AF206009

Bibliografische Information der Deutschen Nationalbibliothek:

Die Deutsche Nationalbibliothek verzeichnet diese Publikation in der Deutschen Nationalbibliografie; detaillierte bibliografische Daten sind im Internet über http://dnb.dnb.de abrufbar

Herstellung und Verlag:

BoD – Books on Demand, Norderstedt

ISBN: 978-3-7448-6388-9

Prolog

Er hört nichts, als das unerbittliche Rauschen in seinen Ohren, spürt das Hämmern und Dröhnen in seinem Schädel, als würde ständig jemand gewaltsam darauf einprügeln.

Irgendwie hat er es geschafft, sich Zugang zum Backstage-Bereich des Theaters zu verschaffen, jedoch ohne zu wissen, wie er das angestellt hat.

Nun steht er in völliger Dunkelheit, niemand scheint ihn sehen zu können. Er ist unsichtbar, geradezu vom Schwarz verschluckt. Seine Sicht verschwimmt vor seinen Augen und er kann gerade noch den hell erleuchteten, roten Bühnenvorhang rechts von sich erkennen. Vor ihm ist ein schmaler Durchgang direkt zur Bühne.

Er muss sich beherrschen, nicht schallend loszulachen. Höchstens vier, fünf Schritte trennen ihn noch von der Bühne und dem Scheinwerferlicht, machen einen Unsichtbaren wieder sichtbar. Sein Körper beginnt zu wanken, als ein heftiger Schwindel durch ihn hindurchjagt und er schafft es irgendwie, sich auf den Beinen zu halten.

Der Alkohol.

Er schaut auf die Flasche in seiner linken Hand.

Ein zwölfjähriger *Glenfiddich*. Ein guter Whiskey. Jetzt ist die Flasche fast leer.

Verdammt, habe ich das etwa alles heute alleine getrunken!?, schießt es ihm durch den Kopf.

Er war nie ein Trinker. Alkohol gab es immer nur zu besonderen Anlässen. Und nur hochwertiges Zeug.

Warum bin ich eigentlich hinter der Bühne und nicht auf einem der Sitzplätze im Zuschauersaal? Was habe ich hier zu suchen?

Die Erinnerung und der damit verbundene Schmerz treffen ihn wie ein Schlag mit dem Hammer und lassen ihn keuchend nach Luft schnappen.

Mit der rechten Hand greift er hinter sich an seinen Gürtel, an etwas Kühles, Unnachgiebiges. Bedrohlich und beruhigend. Ein tröstliches Gefühl durchströmt ihn, erleichtert atmet er aus.

Sie ist noch da.

Es wird Zeit. Das Theaterstück, das er sich heute eigentlich ansehen wollte – bevor sich alles schlagartig änderte und ihn von einem Moment zum nächsten in den Abgrund stürzen ließ – geht jeden Augenblick los, und vorher muss sein Vorhaben erledigt sein.

Er geht zwei Schritte nach vorne, das dumpfe Pochen in seinem Kopf scheint mit jedem Schritt stärker zu werden, und nun kann er einen kurzen Blick in den Zuschauersaal riskieren, ohne entdeckt zu werden.

Ein zufriedenes Lächeln umspielt seine Mundwinkel.

Zumindest glaubt er zu lächeln. Der Alkohol hat seinen Körper mittlerweile komplett betäubt.

Das ist gut. So wird alles leichter.

Ein regelrechtes Hochgefühl durchströmt ihn, als er den bis auf den letzten Sitzplatz gefüllten Saal sieht. Er nimmt einen großen Schluck von dem Whiskey – vermutlich seinen letzten.

>>Wie schön, dass Sie alle heute Abend so zahlreich erschienen sind!<<

Unbewusst zuckt er bei dem Klang seiner eigenen Stimme zusammen, selbst überrascht darüber, wie klar und deutlich er zu hören ist. Und laut. Oder bildet er sich auch das ein? Betrunkene merken oft überhaupt nicht, wie schwer ihnen die Zunge beim Sprechen tatsächlich ist.

Er tritt auf die Bühne, das Gehen fällt ihm zusehends schwerer. Er dreht sich in Richtung der Zuschauer, geblendet vom furchtbar grellen Scheinwerferlicht, jedoch kann er nach einigen Sekunden die Gesichter in den ersten Reihen unerwartet deutlich erkennen.

Verwirrte Blicke, verhaltenes Getuschel und Gehuste, hier und da ein unsicheres Kichern.

Gehört dieser schrecklich aussehende Mann zur Show dazu, oder nicht?, scheinen sie zu denken.

Es ist einfach zu herrlich.

Alles vergeht für ihn wie in Trance. Er könnte ewig hier stehen, jedoch muss er sich beeilen. Das Sicherheitspersonal ist mit ziemlich hoher Wahrscheinlichkeit bereits auf dem Weg zu ihm …

Er beginnt zu reden, und nun merkt er auch, wie betonschwer seine Zunge ist. Sie gehorcht ihm nicht.

Er spricht etwas über seine – baldige – Exfrau, doch seine Worte ergeben für ihn keinen Sinn mehr.

Als er für einen Moment innehält und den Kopf gegen das Scheinwerferlicht hebt, sieht er sie.

Diese Augen. Dunkelbraun, mandelförmig. Er würde sie immer wieder, unter Tausenden wiedererkennen.

Warum zum Teufel ist sie hier!? Warum gerade heute?

Sie bringt seinen Plan völlig ins Wanken.

Er kann es nicht durchziehen. Nicht vor ihr.

Doch dann sieht er ihren Blick. Er unterscheidet sich nicht von denen der anderen Menschen in diesem Saal.

Verwirrt, fragend. Unsicher, was als nächstes passiert. Sie sieht in ihm einen fremden, betrunkenen Verrückten. Ihr Freund neben ihr wendet sich ab, sieht zu ihr.

Sie wirft ihm einen raschen Seitenblick zu, dann wandern ihre ängstlichen Augen wieder zu ihm zurück.

Sie ist so wunderschön, so vollkommen.

Das dunkle, lange Haar, seidig auf ihren Schultern liegend. Er kann beinahe ihren Duft riechen.

Ein kurzes, wissendes Lächeln seinerseits, und plötzlich scheint sie zusammenzuzucken. Ihr Blick wird teilnahmslos, als würde er sie langweilen, als würde sie in eine andere Welt flüchten. Weg von ihm. Sie weiß nicht, wer er ist.

Der Schmerz bricht erneut über ihn herein, dieses Mal so schlimm wie zuvor nicht.

Er kann es durchziehen. Er *wird* es durchziehen. Für ihn gibt es keine andere Möglichkeit.

Er hat nichts mehr.

Die Verzweiflung und die Gewissheit darüber treiben ihn an.

Er sieht zwei Männer von der Security von beiden Seiten die Bühne betreten, wird gebeten, sie zu verlassen. In ruhigem, freundlichem Ton.

Sie haben Angst vor ihm. Zu was er fähig zu sein vermag. Das Monster, das beiseitegeschafft werden muss, ohne großes Aufsehen, ohne dabei Panik zu erregen.

Ersteren Gefallen wird er ihnen tun.

>>Moment! Ist ja gut! Ich möchte mich nur noch vom Publikum verabschieden, schließlich bin ich heute hier der Star des Abends!<<

Er greift hinter sich an seinen Gürtel unter seinem Hemd und zückt sie, seine Pistole. Schwer und verheißungsvoll liegt sie in seiner Hand. Ein schockiertes Raunen geht durch den Saal.

Er meidet es, noch einmal zu ihr hochzusehen, als er den Lauf der Pistole an seine wild pochende Schläfe hält, während das Adrenalin in seinem Körper den Alkohol aus seinem Blut sekundenschnell zu verdrängen scheint, sodass er plötzlich wieder klar denken und fühlen kann.

Er hat keine Zeit mehr. Keine Wahl mehr.

Seine Stimme ist ihm fremd, sie gehört nicht zu ihm.

>>Auf Nimmerwiedersehen, ihr Pfeifen!<< - Er entsichert die Waffe und drückt in dem Moment ab, als die Männer der Security auf ihn zu stürmen.

Er fühlt keinen Schmerz.

Erst als er die Augen öffnet, setzt dieser ein. Knallhart und gnadenlos, als würde sein Schädel zerfetzt. Doch nach ein paar Sekunden ist es vorüber, und er starrt an die Decke.

In seinem Schlafzimmer, in seinem Bett liegend.

Ein furchtbarer Gedanke schleicht sich in seinen Verstand. Ihm wird schlecht.

Er schaut auf die digitale Anzeige seiner Uhr auf dem Nachttisch.

Es ist zwanzig vor Zehn.

Ein Klingeln an der Tür hat ihn geweckt.

1

>>Liebling, bist du soweit? Wir müssen bald los!<<
Ich stehe im Badezimmer vor dem Spiegel und bürste
meine langen, braunen Haare.
Es ist Freitag, der erste Januar 2016.
Mein Freund Lars hat mir zu Weihnachten Karten für
ein *Tausendundeine Nacht* –Stück in einem
Hamburger Theater geschenkt, das nun in etwa
vierzig Minuten beginnen soll.
>>Malie?<<
>>Ich bin fertig!<<, brülle ich zurück, trete in den
Flur und betrachte ein letztes Mal mein komplettes
Spiegelbild in dem neben der Garderobe hängenden
Wandspiegel.
Ich trage ein einfaches, kurzes schwarzes Kleid, das
an der Taille eng geschnitten ist und bis knapp zu den
Knien reicht. Dunkelbraune, mandelförmige Augen
schauen mir entgegen, die meine thailändischen
Wurzeln nicht verbergen können, sowie die kleine
Stupsnase, die Lars so an mir liebt. Nur ein Hauch
von Make-Up ziert mein ovales Gesicht, ein
durchsichtiger Lipgloss meine schmalen Lippen. Im
Gegensatz zu anderen Frauen in meinem Alter
schminke ich mich im Alltag nie und wenn ich mal
abends ausgehe, so wie heute, nur sehr wenig. Durch
meine von Natur aus karamellbraune Haut benötige
ich das aus meiner Sicht auch nicht.
>>Du siehst hübsch aus.<<

Ich drehe mich um.

Lars steht neben mir und lächelt mich verlegen an.

Er sieht toll aus in seinem dunkelblauen Anzug und mit den zerzausten, blonden Haaren.

Schon den ganzen Abend über ist mir aufgefallen, dass er irgendwie nervös ist.

Insgeheim hoffe ich, dass er mir heute Abend, im Theater, den lang ersehnten Heiratsantrag nach vier Jahren Beziehung machen wird ...

Ich strahle ihn an.

>>Danke, du siehst auch super aus.<<

Ich gehe auf ihn zu und muss mich, da ich ziemlich klein und zierlich bin und er um einiges größer ist als ich, auf die Zehenspitzen stellen, um ihn zu küssen.

~ ~ ~

Nach etwa zwanzigminütiger Autofahrt und einer gefühlt ewig langen Suche nach einem Parkplatz, stehen wir nun vor dem imposanten, neobarocken Gebäude, das sich in seiner weißen Pracht völlig von der lauten, überfüllten Gegend und den umliegenden Gebäuden abhebt, romantisch und surreal wirkend in einer modernen, hektischen Zeit, und schauen auf die über dem Eingang angebrachte Leuchtreklame, die das Theaterstück des heutigen Abends präsentiert.

Ein eiskalter Windzug wirbelt meinen Mantel und den Rock meines Kleides darunter auf, streift unangenehm wie die Berührung zig kalter Hände meine nackten Beine und ich hüpfe fröstelnd von einem Bein auf das andere, als würde diese Bewegung mich irgendwie aufwärmen können.

Mir fehlen plötzlich meine Jeans und Sneakers, zu dieser Jahreszeit meine gefütterten Stiefel, die ich sonst immer trage. Kleider und hochhackige Schuhe sind für gewöhnlich überhaupt nicht mein Fall.

Immerhin schneit es heute nicht, dafür ist es eindeutig zu kalt.

Lars zückt neben mir beide Eintrittskarten, nimmt meine Hand und tritt mit mir durch die große, verglaste Tür ins Gebäude ein.

Ich seufze erleichtert, als ich merke, wie angenehm warm es in dem Theater ist und öffne meinen Mantel, während wir in der Eingangshalle stehen und uns erst einmal orientieren müssen.

Es ist das erste Mal, dass Lars und ich in ein Sprechtheater gehen.

Bisher waren wir nur auf Konzerten und in Musicals, aber das hier wird etwas völlig anderes sein und ich bin bereits ziemlich aufgeregt.

Die Eingangshalle wimmelt von schick gekleideten, überwiegend älteren Menschen und als ich mich über sie hinweg umschaue, erkenne ich Abendkassen, zwei kleine Bars, an denen Snacks und Getränke ausgeschenkt werden, riesige Treppen mit rotem Teppich, die seitwärts nach oben führen und weitere verglaste, braune Holztüren, hinter denen sich vermutlich Garderoben, weitere Bars und die Eingänge zu den Rängen befinden.

>>Wir haben noch knapp sieben Minuten bis Vorstellungsbeginn. Möchtest du etwas trinken?<<

Ich schaue zu Lars hoch, der mich noch immer an der Hand hält und den ich in meiner Träumerei fast vergessen habe, direkt in seine warmen, haselnussbraunen Augen.

Er steuert bereits mit mir auf eine der kleinen Bars zu.

>>Ein Glas Sekt wäre nicht schlecht.<<

Nachdem wir auf einen schönen Abend angestoßen und zügig unsere Gläser geleert haben, gehen wir auf eine Dame zu, ein Funkgerät in der rechten Hand haltend, vor einer der großen Holztüren stehend, und zeigen unsere Karten vor.

>>Da ihr einen Balkon-Logenplatz im obersten Bereich habt, müsst ihr links zu meiner Kollegin, die dort an der Treppe steht und ihr eure Karten vorzeigen. Dann sind oben am Ende des Ganges auf der rechten Seite die jeweiligen Eingänge zu den einzelnen Logen. Dort befindet sich ebenfalls eine Garderobe.<<

Sie weist mit der Hand auf die ganz linke der großen, mit rotem Teppich überzogenen Treppe und wir folgen ihrer Anweisung.

Nachdem wir, oben angekommen, unsere Mäntel abgegeben haben, geht mir Lars voraus auf die hinterste der kleinen Eingangstüren zu den Logenplätzen zu und hält sie mir wie ein Gentleman auf.

>>Willkommen im VIP-Bereich<<, verkündet er mir augenzwinkernd und ich traue meinen Augen kaum, als ich in die kleine Nische mit den beiden Sitzplätzen trete, ein kompletter kleiner Bereich nur für uns beide, abgetrennt von allen anderen.

Lars schließt die Tür hinter uns und ich trete an die Brüstung vor, bis sich mir ein Blick auf den gesamten Zuschauersaal bietet.

Ich fühle mich wirklich, als würde ich auf einem Balkon stehen und schlucke über die pompöse, barocke Erscheinung in goldenen und roten Farbtönen, über den Stuck und die Verzierungen an den prunkvollen Wänden, Säulen und Decken.

Unter uns erstrecken sich auf der linken Seite die Bühne, noch verborgen hinter einem riesigen roten Vorhang, sowie die unteren Ränge, die bereits bis zum letzten Platz voll besetzt sind. In den oberen Rängen rechts von uns füllen sich bereits nach und nach die Sitzplätze, uns gegenüber auf der anderen Seite des Saales befinden sich weitere Balkon-Logenplätze.

Es ist perfekt. Etwas Vergleichbares habe ich noch nie gesehen.

Ich habe das Gefühl, alles und jeden sehen zu können, zu beobachten – und dabei selbst nicht gesehen zu werden.

>>Na, was sagst du? Habe ich uns gute Plätze rausgesucht?<<

Lars hat sich links neben mich auf den Stuhl gesetzt und grinst stolz bis über beide Ohren wie ein Honigkuchenpferd.

Ich lache, falle ihm um den Hals und bedecke sein Gesicht mit unzähligen Küssen.

>>Schatz, das ist der absolute Wahnsinn! Du bist der Beste, ich kann es kaum erwarten!<<

Jetzt wäre ein Heiratsantrag absolut perfekt!, schießt es mir unweigerlich durch den Kopf, doch zu meiner

Enttäuschung macht Lars keinerlei Anstalten in diese Richtung, bis schließlich das Licht ausgeht und den Zauber des Saales in kompletter Dunkelheit erstickt. Die Scheinwerfer gehen an und tauchen den Bühnenvorhang in grelles Licht.

Lars drückt sanft meine Hand und wir schauen beide erwartungsvoll in Richtung Bühne.

Es wird ohrenbetäubend still, nur ein verhaltenes Räuspern ist hin und wieder zu vernehmen und wider Erwarten passiert eine ganze Weile erst einmal gar nichts. Die Bühne bleibt weiterhin hinter dem Vorhang verborgen.

>>Wie schön, dass Sie alle heute Abend so zahlreich erschienen sind!<<

Ich zucke unwillkürlich zusammen und suche mit meinen Augen den kleinen sichtbaren Teil der Bühne ab, um zu erkennen, woher diese tiefe und laute Stimme kam.

Nun sehe ich einen Mann von der Seite kommend vor den Vorhang treten, in schwarze Lackschuhe, eine schwarze Anzughose und in ein weißes Hemd gekleidet, dessen Ärmel hochgeschoben und die obersten Knöpfe an der Brust geöffnet sind. Der Mann hat pechschwarzes Haar und einen ebenso dunklen Dreitagebart, sein Haar ist komplett zerzaust und in der linken Hand hält er eine Flasche, an der ich aus dieser Entfernung nicht erkennen kann, um welchen Inhalt es sich darin handelt.

In torkelnden Schritten läuft er in der Mitte der Bühne hin und her – und lallt vor sich hin, sichtbar und hörbar betrunken, in einer Lautstärke, in der jeder in diesem Saal ihn hören kann.

>>Sie müssen mich entschuldigen, eigentlich sollte ich heute Abend nicht hier auf der Bühne stehen und Ihnen mein Leid klagen – nein! Ich sollte ganz oben in den Rängen sitzen, mit meiner Frau zusammen … Nun, leider hat die mir aber einen gewaltigen Strich durch die Rechnung gemacht!<<

Er redet wirres Zeug und ich höre hier und da unsicheres Gelächter.

Gehört das zum Stück dazu? Ein besoffener Kerl in ungepflegter Erscheinung passt so überhaupt nicht zu den Geschichten aus *Tausendundeine Nacht* …

Ich schaue verwirrt zu Lars, doch dieser sieht mich nur mit hochgezogener Augenbraue an.

Er hat also ebenfalls absolut keine Ahnung, was das soll.

Der Mann beendet seine Tirade, hebt seufzend den Kopf und schaut zur Decke empor. Das Licht der Scheinwerfer erhellt sein Gesicht und plötzlich durchfährt es mich wie ein Stromschlag.

Dieser Mann kommt mir bekannt vor.

Noch während ich fieberhaft darüber nachdenke, wo ich ihn schon einmal gesehen haben könnte, dreht er seinen Kopf – und sieht mich direkt an.

Ich halte den Atem an und höre das Blut in meinen Ohren rauschen, als seine Augen an mir haften bleiben und ein Lächeln seine Lippen umspielt.

Zwei Männer von der Security betreten die Bühne, direkt auf ihn zu und bitten ihn höflich, die Bühne zu verlassen, um nicht zu viel Aufsehen und mögliche Panik zu erregen.

Noch immer die Flasche in der Hand haltend, hebt der Mann beide Arme und ruft:

>>Moment! Ist ja gut! Ich möchte mich nur noch vom Publikum verabschieden, schließlich bin ich heute hier der Star des Abends!<<

Er lacht laut und ungehalten, greift mit der rechten Hand hinter sich an seinen Gürtel, holt etwas hervor – und hält sich plötzlich eine Pistole an die Schläfe.

Ein schockiertes Raunen geht durch den gesamten Zuschauersaal und ich klammere mich zitternd an Lars, der mich sofort schützend in den Arm nimmt.

Noch bevor irgendjemand wirklich begreifen kann, was da gerade passiert, ob Show oder Wirklichkeit, noch bevor die beiden Sicherheitsleute irgendwelche Anstalten machen können, diesen scheinbar Verrückten doch mit Gewalt von der Bühne zu zerren, brüllt dieser durch den Saal: >>Auf Nimmerwiedersehen, ihr Pfeifen!<< - Und drückt ab.

~ ~ ~

Der Weihnachtsmarkt ist völlig überfüllt an diesem Samstag im Dezember, obwohl es unaufhörlich schneit. Vermutlich liegt es daran, weil bald Weihnachten ist und der Markt nur noch etwa vier Wochen in diesem Jahr geöffnet hat.
Ich stehe mit Lars und unseren Freunden Lina und Benny am Glühweinstand, jeder von uns einen heißen, dampfenden Becher Feuerzangenbowle in den behandschuhten Händen haltend. Ich puste und nippe vorsichtig an dem heißen Getränk, nachdem wir uns der Reihe nach zugeprostet haben. Lars

macht irgendeinen Witz und kurz darauf brechen wir Vier in schallendes Gelächter aus.

Mir schwirrt der Kopf.

Es ist nicht die erste Feuerzangenbowle an diesem Abend – ehrlich gesagt habe ich nach Nummer Vier aufgehört zu zählen – und die Stimmung ist dementsprechend heiter.

Nachdem ich nun auch diesen Becher geleert habe, kuschele ich mich an Lars, der einen Arm um mich legt und schmiege meinen unter einer dicken Wollmütze versteckten Kopf an seine Schulter. Mir ist schwindelig – und ich habe plötzlich großen Hunger.

>>Lina, kommst du mit mir nach drüben zu dem Stand, an dem es Flammkuchen gibt?<<, lalle ich und hebe einen Arm, um in die entsprechende Richtung zu zeigen.

>>Klar.<<

Meine beste Freundin löst sich von ihrem Verlobten, hakt sich bei mir unter und zusammen machen wir uns auf den Weg.

Sie ist einen Kopf größer als ich und ich bin froh, sie auf unserem Weg durch die Menschenmassen als Stütze zu haben.

Ich klammere mich an ihrem Arm fest.

>>Lars hat mir immer noch keinen Antrag gemacht<<, platze ich unerwartet heraus und klinge richtig verzweifelt.

Dieses Thema macht mich jedes Mal ungeduldig und traurig und die Tatsache, dass Benny Lina schon vor zwei Monaten gefragt hat, macht es auch nicht unbedingt besser.

>>Ach Süße, das wird schon! Gedulde dich noch ein bisschen. Bestimmt wartet er nur auf den richtigen Moment<<, versucht meine Freundin mich zu beruhigen. Im Gegensatz zu mir klingt sie noch völlig nüchtern, obwohl sie genauso viel intus hat wie ich. Und sie läuft auch kerzengerade. Na ja, anscheinend spielt die Körpergröße da eine entscheidende Rolle ...

>>Schließlich stehen Weihnachten und Silvester bald vor der Tür! Da gibt es noch genug passende Momente für einen Antrag.<<

Sie zwinkert mir zu.

Weiß sie etwa schon was darüber?

Mein Herz macht einen Satz, ich bin plötzlich ganz hibbelig, beschließe jedoch, sie dazu nicht weiter auszufragen.

Sie würde es mir sowieso nicht verraten.

Als wir am Flammkuchenstand ankommen, reihen wir uns in die dort anstehende Schlange ein.

Ich spüre mein Handy in der Jackentasche vibrieren und ziehe einen Handschuh aus, um danach greifen zu können.

Kaum halte ich es in der Hand, rempelt mich jemand von hinten an und es fällt auf den Boden. Ich fluche und bin gleichzeitig erleichtert, dass der gesamte Weihnachtsmarkt mit grober Holzspäne ausgelegt ist.

Behände bücke ich mich und strecke meinen Arm nach dem Handy aus, aber eine fremde Hand kommt mir zuvor.

>>Hier, bitteschön. Irgend so ein Vollidiot hat Sie gerade angerempelt, hat sich aber direkt wieder aus dem Staub gemacht.<<

Ich richte mich auf, nehme mein Handy entgegen und schaue zu dem Mann auf, der es aufgehoben hat.
Er lächelt mich an und kleine Fältchen umspielen seine freundlichen, grünen Augen. Er hat schwarzes, gelocktes Haar und ist sehr groß – wobei ich Letzteres in meinem Fall beinahe von jedem Menschen behaupten kann.
>>Oh. Vielen ... Dank<<, stammele ich etwas unbeholfen und schenke ihm ein schüchternes Lächeln.
>>Gerne.<< Er zwinkert mir zu. >>Einen schönen Abend noch.<<
Damit wendet er sich zum Gehen.

~ ~ ~

>>Scheiße!<<
Nur langsam dringen die Geräusche in meiner Umgebung wieder zu mir durch, nachdem ich durch den lauten Knall, der durch den Pistolenschuss durch das Theater hallte, wie taub war.
>>Malie? Komm, wir müssen hier weg!<<
Lars' Stimme klingt wie aus weiter Ferne. Es riecht nach Erbrochenem und ich realisiere, dass es entweder von ihm oder von mir stammt.
Die Erinnerung an diesen Mann tauchte wie ein Blitz vor meinem inneren Auge auf, während Blut durch die Gegend spritzte, die auch das Sicherheitspersonal traf und der Selbstmörder leblos zu Boden sank. So, als wollte mich mein Körper vor der heftigen und

gnadenlosen Realität dieser abstrakt wirkenden Bilder schützen.

Der Saal ist bereits fast leer, nachdem alle Zuschauer laut schreiend rausgerannt sind.

Lars packt mich an meiner Hand und zerrt mich aus dem Logenplatz heraus, rennt mit mir durch das Theater. Ich folge ihm wie ein Roboter, ich funktioniere nur noch.

Es kann sich doch nur um einen schlechten Scherz handeln.

Als wir durch die Türen nach draußen treten, wimmelt es nur so von Blaulicht.

Polizisten sperren mit ihren Fahrzeugen die komplette Straße zum Theater ab, Notärzte und Sanitäter versorgen umgekippte oder traumatisierte Menschen, retten Leben, verteilen heiße Getränke.

Seelsorger sind auch vor Ort, die mit in Aludecken eingewickelten Leuten reden, manche schreien, andere heulen, wieder andere starren nur apathisch auf einen Fleck oder werden sogar aggressiv, weisen jede Art von Hilfe von sich.

Ein Sanitäter stürmt auf uns zu, führt uns zu einem der Fahrzeuge, bedeutet uns zu setzen, wirft uns je eine Aluminiumdecke über die Schultern und drückt uns nach kurzer Zeit einen Becher heißen Tees in die Hand.

Ich spüre nicht, wie kalt es draußen ist.

Ich scheine rein gar nichts mehr zu spüren.

Lars nippt gedankenverloren an seinem Tee und ist richtig grün im Gesicht. Es scheint ihm noch schlechter zu gehen als mir.

Er sieht mich an und bemüht sich zu einem Lächeln.

>>Hey, meine Süße. Es … es tut mir leid …<<, er bricht mitten im Satz ab.

>>Ich wollte nicht, dass der Abend so … scheußlich endet.<< Nun lächelt er nicht mehr.

Seine Worte und der elende Klang seiner Stimme machen mich plötzlich so unglaublich traurig. Ich beginne, unkontrolliert zu weinen.

Da ich mich im Rausch meines Nervenzusammenbruchs nicht mehr beruhigen kann, bekomme ich nur noch vage mit, wie Sanitäter und Notärzte um mich herumschwirren, mich hochheben und auf eine Trage in eines der Fahrzeuge legen. Eine Spritze wird aufgezogen, Stimmen reden beruhigend auf mich ein. Lars über mir, der mir mit blassem Gesicht und leidendem Blick mit der Hand über die Wange streichelt – und dann höre ich nichts mehr, alles um mich herum wird langsam und still, während mich eine wohlige Wärme einhüllt, als das Beruhigungsmittel durch meine Venen in meinen Körper fließt und mich unglaublich müde werden lässt.

2

Ich reiße die Augen auf.

Zarte Sonnenstrahlen kitzeln meine Nase und ich brauche einen Moment, ehe ich realisiere, dass ich nicht im Krankenhaus, sondern zuhause bin.

In unserem Schlafzimmer, in unserem Bett.

Ich starre an die Decke und höre Lars leise und friedlich neben mir schnarchen, spüre die beruhigende Wärme seines Körpers.

Bilder des gestrigen Abends schießen mir unaufhaltsam durch den Kopf und ich fühle eine quälende Enge in meinem Brustkorb.

Er hat sich einfach den Schädel weggepustet. Einfach so.

Bevor die Panik erneut von mir Besitz ergreifen kann, schüttele ich die Erinnerung beiseite und schmiege mich eng an Lars. Mein Herz rast.

>>Hey, Liebling.<<

Lars hebt den Kopf und grinst mich, vom Schlaf noch ganz zerknirscht, an, seine strohblonden Haare das reinste Durcheinander.

Es tut gut, in seine braunen Augen zu schauen, zu sehen, dass es ihm gut geht.

>>Guten Morgen.<< Er drückt mir einen Kuss auf die Stirn.

Dann kneift er die Augen zusammen und sieht an mir vorbei, zum Wecker auf meinem Nachttisch.

>>Wow, schon kurz nach Elf.<< Er gähnt herzhaft und streckt sich.

Es kommt mir seltsam bekannt vor, der ganze morgendliche Ablauf.

Warum ist er so fröhlich, wirkt so frei von Sorgen? Hat er den gestrigen Abend etwa vergessen oder verdrängt er ihn einfach nur?

Ich wünschte, ich könnte das auch ...

>>Malie, ist alles in Ordnung mit dir? Du hast noch keinen einzigen Ton von dir gegeben.<<

Jetzt sehe ich ihn wirklich verwirrt an.

Er setzt sein typisches, flirtendes Lars-Lächeln auf, dem ich vom ersten Treffen an völlig verfallen bin.

>>Frohes neues Jahr, meine Süße!<<

Was!?

Er zieht mich zu sich in die Arme und ich versteife augenblicklich. Ohne auf meine Reaktion einzugehen, steht er auf und greift sich kurz danach stöhnend an den Kopf.

>>Oh Mann, wie viel habe ich gestern bitte getrunken?<<

Endlich finde ich meine Stimme wieder. Sie ist nur ein leises Krächzen.

>>Wir haben bloß ein Glas Sekt getrunken.<<

Lars lacht, was mich zusammenzucken lässt.

>>Du scheinst ja einen noch schlimmeren Kater als ich zu haben. Hast du etwa die ganzen Kurzen vergessen, die wir mit Benny und Lina weggehauen haben?<<

Kurze? Benny und Lina? Wann und wo haben wir die beiden gestern getroffen?

Leide ich unter Amnesie?

Das muss der Schock sein, anders kann ich es mir nicht erklären.

Ich reibe mir die Augen.

>>Wann haben wir die beiden getroffen?<<

Lars sieht mich an, als hätte ich ihn gefragt, wer unser Bundeskanzler ist.

>>Hallo? Erde an Malie? Gestern? Silvester? Party mit Benny und Lina hier bei uns?<<

Will er mich verarschen!?

>>Lars, das ist echt nicht witzig! Was versuchst du damit zu bezwecken? Ich weiß, dass der Abend gestern für uns beide ein traumatisches Erlebnis war, aber deswegen nicht mehr darüber reden? Ihn komplett aus unser beider Gedächtnisse streichen?<<

Der hat vielleicht Nerven!

In seinem Gesicht bildet sich ein riesengroßes Fragezeichen.

>>Traumatisches Erlebnis? Liebling, ist gestern etwas vorgefallen, von dem ich nichts weiß? Verdammt, wie viel habe ich getrunken!?<<

>>Lars! Du hast nur ein Glas Sekt getrunken! Mit mir zusammen! Im Theater!<<

Langsam werde ich richtig wütend. Und laut.

>>Hör auf, dir etwas vorzumachen! Damit ist uns beiden nicht geholfen! Wir können das nur verarbeiten, wenn wir darüber reden. Denkst du etwa, mir setzt das nicht zu? Die Bilder haben sich in mein Gedächtnis gebrannt, für immer, verdammt nochmal!<<

Lars´ Blick verdunkelt sich.

>>Schrei hier nicht so rum! Was redest du da für einen Müll? Welches Theater?<<

Ich schnaube. Warum tut er das mit mir? Mit uns? Wie kann man nur so unglaublich egoistisch sein ...

Ich senke meine Stimme und rede langsam, wie mit einem kleinen, begriffsstutzigen Kind.

>>Lars ... Schatz ... Du hast uns doch zu Weihnachten Karten für die *Tausendundeine Nacht*-Vorstellung im Theater geschenkt. Für den ersten Januar. Und da waren wir gestern. Nur leider konnten wir von dem Stück nichts sehen, *weil sich vorher so ein Irrer mit einer Pistole die Rübe weggeschossen hat!*<< Den letzten Satz schreie ich.

Anstatt auszurasten, kommt Lars stattdessen auf mich zu und setzt sich neben mich aufs Bett. Sanft streichelt er meinen Arm.

>>Malie, bitte hör auf so zu schreien. Beruhige dich. Schatz, das musst du geträumt haben. Natürlich habe ich uns die Karten für das Theaterstück geschenkt, und ich freue mich auch schon riesig darauf. Aber das kann doch alles nicht passiert sein, weil es doch erst heute Abend stattfindet. Heute ist der erste Januar. Und gestern war Silvester und wir haben hier, in unserer Wohnung, mit Lina und Benny zusammen ins neue Jahr reingefeiert. Ganz ohne traumatische Erlebnisse.<< Er grinst.

Ich öffne den Mund, um etwas zu sagen, schließe ihn jedoch gleich wieder.

Darauf fällt mir nichts ein.

Entweder spielt mir mein langjähriger Freund, dem ich bisher blind vertraut habe, etwas vor oder ich habe das Ganze wirklich nur geträumt.

Doch warum fühlt es sich dann so real an, als wäre es tatsächlich passiert? Der laute Knall, das viele Blut, die Schreie, der Geruch nach Erbrochenem? Das Beruhigungsmittel, das langsam durch meine Venen floss und mich betäubt hat?

Ich kann die Tränen nicht mehr zurückhalten.

Lars zieht mich sofort an sich, an seinen warmen, nackten Oberkörper, umschließt mich fest mit seinen Armen, streicht sanft über mein Haar.

>>Scht, ganz ruhig. Du hattest einen fürchterlichen Albtraum.<<

Er drückt mich sanft von sich und küsst mein verheultes Gesicht.

>>Beruhige dich. Du bist hier, bei mir, in Sicherheit. Nichts davon ist wirklich passiert.<<

Ich starre in seine treuen Augen und halte mich an diesem Gedanken fest.

~ ~ ~

Die Fahrt zum Theater ist für mich die reinste Qual.

Ich konnte Lars nicht davon überzeugen, einfach zuhause zu bleiben und den dortigen Besuch zu verschieben. Er freut sich so sehr auf das Stück. Und er ist schon wieder den ganzen Abend über so seltsam nervös.

Alles ist wie gestern – nein, wie in meinem Traum – mit dem einzigen Unterschied, dass ich mich dieses Mal nicht darauf freue, sondern regelrecht beinahe in Panik ausbreche.

Mit Absicht trage ich heute kein schwarzes, sondern ein hautfarbenes Kleid mit glitzernden Pailletten und meine langen Haare trage ich nicht offen, sondern habe sie mir zu einem strammen Pferdeschwanz zusammengebunden. Dieses Mal habe ich mich ungewohnt kräftig, mit schwarzem Eyeliner und knallrotem Lippenstift, geschminkt.

Ich möchte alles so anders wie möglich als in meinem Traum machen.

>>Wow.<<

Lars traute seinen Augen kaum, als er mich sah. Es ist das erste Mal in vier Jahren Beziehung, dass er mich so aufgestylt zu Gesicht bekommt. Seine Kinnlade klappte förmlich nach unten.

Damit entlockte er mir das erste Lächeln an diesem Tag.

Er stand wieder in seinem blauen Anzug vor mir, alles exakt so wie zuvor in meinem Albtraum.

Nervös räusperte ich mich.

>>Schatz, möchtest du nicht … etwas anderes anziehen?<<

Er sah mich fragend an. Dieser Blick scheint heute zu seinem ständigen Begleiter geworden zu sein.

>>Warum? Gefällt dir der Anzug nicht?<<

Lars war so nervös und unsicher, dass mir mein für ihn seltsames Verhalten richtig leidtat.

Ich schüttelte schnell den Kopf.

>>Nein, ist schon gut. Wirklich. Du siehst toll aus! Entschuldige mich, ich bin noch etwas durcheinander …<<

Nun sitzen wir in unserem schwarzen Mini und suchen einen Parkplatz.

Es wundert mich fast nicht, dass wir genau denselben Platz wie in meinem Traum finden und dort parken.

Wir kommen am Theater an, ich schaue zu den leuchtenden Lettern am Eingang hoch und bisher fällt mir an der äußeren Fassade nichts Ungewöhnliches auf. Natürlich kenne ich dieses Gebäude von außen. Wir sind hieran schon ein paar Male vorbeigefahren.

Lars zückt beide Eintrittskarten, nimmt mich an die Hand und betrit mit mir durch die großen verglasten Eingangstüren das Theater.

Was mich nun allerdings wundert, ist, dass der Eingangsbereich mit den Bars, den riesigen Treppen und den Holztüren genauso aussieht wie in meinem Traum.

Ich kann mich nicht erinnern, jemals hier gewesen zu sein.

>>Wir haben noch knapp sieben Minuten bis Vorstellungsbeginn. Möchtest du etwas trinken?<<

Ich starre Lars an, als hätte er mich getreten.

>>Malie?<<

Schnell fasse ich mich wieder und schüttele den Kopf.

>>N-nein … für mich nichts, danke.<<

Lars zieht eine Augenbraue hoch.

>>Hm, okay, wie du meinst. Ich hole mir ein Glas Sekt.<<

Ich grinse gequält. >>Super.<<

Nachdem er sein Sektglas geleert hat, ist er gerade dabei, mit den Karten auf die Dame mit dem Funkgerät an den braunen Holztüren zuzugehen.

Ich packe ihn am Arm und ziehe ihn zurück.

>>Schatz, ich glaube, zu den Balkon-Logenplätzen müssen wir dort vorne ganz links zu der Treppe und

der Dame dort die Karten vorzeigen, weil wir dann dort hoch müssen.<< Mit dem Finger deute ich in die Richtung. Meine Stimme zittert.

Lars grinst. >>Nicht schlecht, du bist ja ein richtiger Fuchs.<<

Doch dann verschwindet sein Lächeln.

>>Woher weißt du, welche Plätze wir haben? Das sollte doch eine Überraschung werden.<<

Ich schwitze und werde knallrot im Gesicht. Jetzt muss sofort eine gute Lüge her!

Sorry Schatz, aber ich glaube, ich kann hellsehen?

>>Ähm … Tut mir echt leid, aber ich war so neugierig und habe … mir die Karten vor ein paar Tagen angesehen.<< Schüchtern grinse ich ihn an.

Er lässt es zum Glück auf sich beruhen und wir gehen auf die Frau am Fuße der Treppe zu.

Wir geben unsere Mäntel an der Garderobe ab, Lars führt mich zu der letzten Tür, die uns zu unseren Sitzplätzen führen soll.

Er öffnet sie. Ich fühle mich wie in einem Kokon gefangen.

>>Willkommen im VIP-Bereich<<, verkündet er mir augenzwinkernd.

Hätte er sich diesen blöden Witz nicht einfach verkneifen können? Ich habe das Gefühl, mich übergeben zu müssen.

Ich atme also einmal tief durch, um meine Fassung so gut wie möglich wiederzuerlangen und trete in die dunkle Nische.

Ein kehliger Laut entfährt mir, als ich den Zuschauersaal erblicke, groß und pompös in den

Gold- und Rottönen, mit den Mustern und Stuckverzierungen an Wänden und Decken …

>>Ja, es ist der absolute Hammer, nicht wahr?<<

Lars, der meinen Schrei anscheinend völlig missverstanden hat, strahlt übers ganze Gesicht.

>>Na, was sagst du? Habe ich uns gute Plätze rausgesucht?<<

Ich schaue ihn nur an und kann das alles nicht glauben.

Ich. War. Hier. Noch. Nie! Verdammt!

Mein Kopf spielt mir einen Streich. Das ist es! Vermutlich habe ich mir bereits im Internet Bilder von diesem Theater angesehen und kann mich einfach nicht mehr daran erinnern …

>>Liebling, ist alles okay? Du bist so blass …<<

Lars tut mir wirklich aufrichtig leid. Er muss mich für verrückt halten.

Ich setze wieder einmal ein gequältes Lächeln auf.

>>Ja, alles super! Ich bin bloß so überwältigt von dem Anblick hier, sowas habe ich noch nie gesehen.<<

Mit zitternden Beinen setze ich mich auf einen der Stühle, diesmal jedoch auf den anderen.

Alles so anders wie möglich machen …

Im Stillen frage ich mich, ob ich in letzter Zeit irgendwann einen *Final Destination*-Film geguckt habe – und mich daran ebenfalls nicht erinnern kann.

Ich erschrecke fast, als das Licht plötzlich ausgeht und nur noch der rote Bühnenvorhang beleuchtet wird. Lars – dieses Mal rechts neben mir – nimmt meine Hand, um sie im selben Moment wieder loszulassen.

>>Iih, Malie, du hast ja ganz nasse Hände! Entspann dich mal. Was ist denn nur los mit dir?<<

Ich wische meine Hände am Rock meines Kleides ab.

>>Alles okay. Ich bin bloß etwas aufgeregt.<<

Verdammt, ich will hier einfach nur noch weg!

Mein Herz poltert wild in meinem Brustkorb, als ich zur Bühne starre und auf einen Irren mit einer Alkoholflasche in der Hand warte, der sich anschließend das Hirn aus dem Schädel schießen wird …

Aber nichts dergleichen geschieht.

Der Vorhang geht auf und das Stück beginnt.

Ich bin so erleichtert, dass ich heulen möchte und mich gar nicht auf das Schauspiel konzentrieren kann.

Ich habe wirklich nur geträumt! Gott sei Dank!

~ ~ ~

Das Theaterstück ist wirklich wunderschön, voller Musik, Witz, Romantik und Farbenpracht.

Ich habe die ganze Zeit über Tränen in den Augen, aber nicht, weil ich davon so ergriffen bin.

Nach anderthalb Stunden ist die Vorstellung zu Ende, die Lichter im Saal gehen wieder an und die Schauspieler lassen sich unter wildem Klatschen, vor den Zuschauern verbeugend, feiern.

Lars und ich klatschen ebenfalls jubelnd Beifall und nach kurzer Zeit greift er nach meiner Hand und umschließt sie mit der seinen. Er sieht mir tief in die

Augen und ein geheimnisvolles Lächeln umspielt seine Mundwinkel.

>>Malie … Liebling …<<

Ich sehe ihn erwartungsvoll an.

Er räuspert sich, sichtlich angespannt.

>>Du wunderst dich bestimmt, warum ich den ganzen Abend über nervös bin … Nun ja …<<

Mein Herz macht einen Satz.

>>Wir sind jetzt seit vier Jahren ein Paar, wohnen schon zusammen und das war bisher die beste Zeit meines Lebens. Und das soll es auch bleiben! Deswegen frage ich dich …<<

Er greift in die Tasche seines Jacketts und holt eine kleine schwarze Schachtel hervor.

>>Malie Wagner, willst du mich heiraten?<<

Er öffnet die Schatulle und zum Vorschein kommt ein silberner Ring mit einem kleinen funkelnden Steinchen darauf.

Ich starre den Ring an und kann es gar nicht fassen. Endlich hat er mich gefragt! Ich war die ganze Zeit damit beschäftigt gewesen, mich über meinen seltsamen Traum zu wundern und habe versucht, meine Panik zu unterdrücken, dass ich diese Möglichkeit gar nicht mehr in Betracht gezogen habe …

>>Schatz? Was sagst du dazu?<<

Jetzt erst merke ich, dass ich noch keinerlei Reaktion gezeigt habe.

>>Oh Lars, das ist so wundervoll! Ja! Ja, ich will dich heiraten!<<

Er schiebt mir mit zittriger Hand den Ring auf meinen linken Ringfinger, ich falle ihm um den Hals und erneut habe ich Tränen in den Augen.
Das ist der schönste Abend meines Lebens!

~ ~ ~

Wir lieben uns den ganzen Abend, bis in die Nacht hinein.
Kaum waren wir in unserer Wohnung angekommen, sind wir sofort übereinander hergefallen und unser Weg ins Schlafzimmer wurde gepflastert von Klamotten, die wir uns nach und nach von den Leibern rissen.
Nun liegen wir Arm in Arm im Bett, nackt und erschöpft und während Lars sanft meinen Kopf streichelt, schlafe ich friedlich und glückselig in seiner warmen Umarmung ein.

3

Zarte Sonnenstrahlen dringen durch die weißen Vorhänge im Schlafzimmer und kitzeln sanft meine Nase.

Ich öffne die Augen und brauche einen Moment, bis ich richtig wach werde.

Langsam drehe ich meinen Kopf und schaue zu meinem Nachttisch auf die digitale Anzeige des Weckers. Eine Minute nach Elf.

Einen kurzen Moment erschrecke ich, doch dann fällt mir ein, dass ja heute Samstag, der zweite Januar ist und ich erst am Montag wieder zur Arbeit muss.

Warum trage ich eigentlich mein Nachthemd? Bin ich nicht nackt eingeschlafen?

Neben mir liegt Lars friedlich schlafend, auf dem Bauch liegend.

Ich erinnere mich an den gestrigen Abend im Theater und grinse fröhlich von einem Ohr zum anderen.

Malie Schmidt. Lars und Malie Schmidt. Wie ein Mantra wiederhole ich im Geiste meinen zukünftigen Nachnamen.

Ich hebe meine linke Hand, um den wunderschönen Ring bei Tageslicht anzuschauen und wundere mich, warum er nicht an meinem Finger steckt.

Vielleicht habe ich ihn gestern im Eifer des Gefechts zusammen mit den Klamotten auf den Boden geworfen …

Als mir einfällt, wie wir uns stundenlang leidenschaftlich geliebt haben, muss ich wieder grinsen.

Ich setze mich langsam im Bett auf, greife zu meinem auf dem Nachttisch liegenden Handy und schreibe sofort eine Nachricht an meine Freundin Lina.

Guten Morgen Liebes, du wirst es nicht glauben! Lars hat mir einen Antrag gemacht! Gestern! Endlich sind wir verlobt!

Ich schicke die Nachricht ab und könnte sofort Luftsprünge machen.

Linas Antwort folgt umgehend:

Was? Das ist ja krass! Wann gestern hat er dich denn gefragt?? Ich freue mich sehr für euch! :-*

Bevor ich eine Antwort tippen kann, regt sich Lars neben mir, hebt den Kopf und sieht mich aus müden Augen an.

>>Hey, Liebling.<< Er grinst mich an. >>Guten Morgen.<<

Er richtet sich ebenfalls auf, beugt sich zu mir und drückt mir einen Kuss auf die Stirn.

Dann kneift er die Augen zusammen und sieht zum Wecker.

>>Wow, schon kurz nach Elf.<< Er gähnt und streckt sich.

Ich hebe beide Augenbrauen und starre ihn einfach nur an.

Sichtlich irritiert von meiner Reaktion, fragt er mich:
>>Malie, ist alles in Ordnung mit dir? Du hast noch keinen einzigen Ton von dir gegeben.<<
Was zum ...!?
Als ich immer noch nicht reagiere, setzt er sein smartes Lächeln auf und ruft:
>>Frohes neues Jahr, meine Süße!<<
Das darf doch nicht wahr sein!
Als er mich in seine Arme ziehen will, schubse ich ihn von mir weg und springe wie von der Tarantel gestochen aus dem Bett.
>>Schatz ...!?<< Lars versteht die Welt nicht mehr.
Ich hebe abwehrend beide Hände.
>>Lars, bitte, ich frage dich jetzt etwas und will von dir, dass du mir wahrheitsgemäß antwortest! Welcher ... welcher Tag ist heute?<<
>>Malie, schrei hier doch nicht so rum!<< Lars sieht mich an, als hätte ich den Verstand verloren. *Und wie ich das habe!*
>>Bitte, beantworte einfach nur meine Frage.<<
Meine Stimme klingt verzweifelt.
>>Ist heute der zweite Januar?<<
>>Nein, wie kommst du darauf? Natürlich nicht, heute ist Neujahr!<< Er lacht. >>Ich glaube, du hast gestern eindeutig zu viel getrunken.<<
Mir ist nicht nach Lachen zumute. Überhaupt nicht.
Ich habe gestern nichts getrunken, verdammt! Nur du! Ein Glas Sekt!
Lars steht vom Bett auf und greift sich direkt stöhnend an den Kopf.
>>Oh Mann, wie viel habe *ich* gestern bitte getrunken?<<

Tränen laufen über meine Wangen.

Du hast mir einen Antrag gemacht! Wir sind verlobt! Wo zum Teufel steckt mein Ring? Warum kannst du dich an nichts erinnern!?

Am liebsten würde ich ihn anschreien. Aber ich bleibe stumm.

Vielleicht bin ich tot. Vielleicht bin ich irgendwann, irgendwie gestorben und kann mich nicht mehr daran erinnern. Und bin jetzt dazu verdammt, für immer in dieser sich ständig wiederholenden Ewigkeit zu versauern.

>>Sag mal, weinst du?<<

Lars kommt sofort auf mich zu. Ich stoße ihn erneut von mir und gehe wortlos zum Kleiderschrank.

Ich muss hier raus. Weg. Einen klaren Kopf bekommen. Weg von Lars.

>>Malie, sag doch was.<< Seine Stimme klingt kleinlaut und ich muss gegen den inneren Impuls ankämpfen, ihm alles erklären zu wollen.

Du kannst mir nicht helfen! Niemand kann das. Ich bin tot, kapiert? Anders kann es nicht sein. Lass mich einfach nur in Ruhe!

Immer noch schweigend, ziehe ich mir das Nachthemd über den Kopf, schmeiße es auf den Boden, schlüpfe hastig in die nächstbeste Unterwäsche, die ich zu greifen bekomme und ziehe mir eine schwarze Leggins, ein Tanktop und einen Kapuzenpullover an.

>>Malie! Verdammt, jetzt sprich mit mir!<<

Ich dränge mich an Lars vorbei, trete aus dem Schlafzimmer in den kleinen Flur unserer Zweizimmerwohnung, schlüpfe in dunkelgrüne

Sneakers und ziehe mir meine dunkelblaue Softshelljacke über.

>>Gehst du Laufen?<<

Endlich drehe ich mich zu meinem Verlobten ... *Freund* um.

>>Ja Lars, ich gehe Laufen. Mach dir keine Sorgen. Ich brauche einfach im Moment meine Ruhe. Wir reden später.<<

Damit greife ich nach dem Schlüsselbund, der auf der kleinen Kommode im Flur neben der Haustür liegt und verlasse die Wohnung, lasse den verwirrten Lars alleine zurück.

~ ~ ~

An den Landungsbrücken am Hamburger Hafen ist es ungewöhnlich leer, obwohl herrlichster Sonnenschein den Nebel vom Feuerwerk aus der vergangenen Silvesternacht durchdringt.

Vermutlich müssen die ganzen Feierwütigen erst einmal ihren Rausch ausgiebig ausschlafen, ehe Hamburgs Straßen wieder wie gewohnt vom alltäglichen Verkehrschaos überflutet werden.

Die Luft ist zum Joggen eindeutig viel zu kalt, doch ich genieße jedes Zwicken in meinen Lungen oder Taubheitsgefühl im Gesicht. Es gibt mir das Gefühl, lebendig zu sein.

Gleichzeitig bin ich jedoch froh darüber, meine Thermo-Regenjacke angezogen zu haben.

Ich laufe die Landungsbrücken entlang, hinunter zu den Anlegestellen der Fähren, direkt am Wasser entlang. Keine Fähre oder Menschenseele ist zu sehen, es wirkt regelrecht gespenstig.

Außer Atem bleibe ich stehen, stütze meine Hände auf meinen Knien ab und schaue auf die im Sonnenlicht glitzernde Wasseroberfläche der Elbe. Dahinter, im grauen Nebel verborgen, erkenne ich die dunklen Silhouetten des riesigen Containerhafens.

Eine kleine Pause kann ja nicht schaden.

Ich dehne und strecke mich ausgiebig, atme tief die frische Hafenluft ein, als eine kalte Windböe gegen mein Gesicht peitscht. *Ich hätte mir eine Mütze mitnehmen sollen*, schießt es mir durch den Kopf, doch dann fällt mir schmerzlich ein, dass ich mir ums Krankwerden keine Sorgen machen brauche, da ich vermutlich sowieso wieder am ersten Januar aufwachen werde.

Was soll das alles? Womit habe ich das nur verdient? Schlechtes Karma vielleicht?

Doch ich bekomme nicht die Gelegenheit dazu, mir weiter den Kopf darüber zu zerbrechen.

>>Sieh an, sieh an, so schnell sieht man sich wieder.<<

Ich zucke zusammen und fahre herum.

Der Selbstmörder aus dem Theater kommt auf mich zu, die Hände in den Hosentaschen, eine schwarze Lederjacke tragend. Schwarzes, lockiges Haar, das im Sonnenlicht glänzt und ein dichter, schwarzer Dreitagebart. Seine grünen Augen durchbohren mich, als er direkt vor mir zum Stehen kommt, viel zu nah.

Was will er von mir? Hat er mich verfolgt?
Ich schaue ihn an wie einen Außerirdischen. Bilder von seinem Selbstmord treten urplötzlich vor mein inneres Auge …

Er hat eine Fahne. *Ist er etwa schon wieder betrunken?* Ich mache unwillkürlich einen Schritt zurück.

Seine Lippen verziehen sich zu einem frechen Grinsen.

>>Was … was wollen Sie von mir?<< Ich klinge unsicher, was so nicht beabsichtigt war.

Sein Grinsen wird breiter.

>>Ah, wie ich sehe, erinnerst du dich an mich. Und deiner Reaktion nach zu urteilen, erinnerst du dich an einen ganz besonderen Abend im Theater, der zufällig mit meiner Wenigkeit zu tun hat.<<

Ich versuche, unbeeindruckt zu wirken. Als könne ich mich nicht an so einen Abend erinnern. Was mir natürlich nicht gelingt.

Ich trete noch einen Schritt zurück und blinzele zweimal zu heftig.

Er wirft den Kopf in den Nacken und lacht laut auf, was mich völlig zusammenfahren lässt.

>>Ach meine Liebe, du brauchst mir nichts vorzumachen! Denkst du, ich bin blöd? Denkst du etwa, mir ist nicht aufgefallen, dass du dich *gestern* im Theater vollkommen anders verhalten hast als am Abend zuvor und sogar anders ausgesehen hast, ganz im Gegensatz zu all den anderen Leuten? Im Gegensatz zu deinem süßen Freund?<<

Mir wird übel. Ich schlucke aufkommende Galle hinunter.

Er sieht an mir vorbei, legt einen Finger an sein Kinn und tut so, als würde er über irgendetwas angestrengt grübeln.

>>Hmm, lass mich nachdenken … Ach ja!<<

Er schaut mich wieder an. Meine Nackenhaare stellen sich auf.

>>Ich nenne es mal den *ersten* Abend, du weißt schon, der mit meinem grandiosen Abgang … Da hast du doch ein schwarzes Kleid getragen, die langen Haare offen, kaum einen Hauch von Schminke in deinem hübschen Gesicht … Und am *zweiten* Abend in einem hautfarbenen Kleid, die Haare zusammengebunden, die Lippen feuerrot …<<

Ich kann das Zittern nicht aufhalten. Er fährt unbeirrt fort.

>>Ja, ganz genau, ich war wieder dort und habe dich beobachtet. Wie du an der Garderobe gestanden und dich hektisch, mit großen verängstigten Augen umgesehen hast, wie du das ganze Déjà-vu gar nicht fassen konntest. Diesmal dachte ich mir, schone ich deine geschundene Seele, schließlich konntest du dich bloß als Einzige an das Trauma erinnern. Also habe ich mir tatsächlich einfach nur das Stück angesehen und dich dabei nicht aus den Augen gelassen. Es war einfach zu herrlich, wie ängstlich und nervös du warst. Ach, und der tolle Antrag erst …<<

Er greift nach meiner linken Hand. Ich bin wie erstarrt und ziehe sie nicht zurück.

>>Huch, wo ist denn dein Ring? Oh, sag bloß, dein Traumprinz kann sich nicht mehr daran erinnern? Wie schade aber auch.<<

Jetzt entreiße ich ihm meine Hand doch.

>>Lassen Sie mich gefälligst in Ruhe!<<, fauche ich.

Daraufhin bricht er erneut in schallendes Gelächter aus.

>>Süße, entspann dich. So wie es aussieht, bist du die Einzige, die mit mir in dieser sich täglich wiederholenden Scheiße gefangen ist.<<

Sein Blick wird plötzlich ernst, fast bedauernd, als er seinen Arm hebt, ein paar meiner Haarsträhnen durch seine Finger gleiten lässt, seine warme Hand an meine kalte Wange legt und sie zärtlich streichelt, seine Augen weiterhin die meinen fixierend.

Ich bin so irritiert von dieser Berührung, dass ich keinerlei Gegenwehr leiste.

>>Ausgerechnet du.<< Er seufzt und reißt mich damit aus meiner Trance.

>>Weißt du, mir kam gerade der Gedanke, ob du nicht der Schlüssel zu dieser ganzen Misere bist. Vielleicht muss ich dich töten, um wieder frei zu kommen.<<

Ich blinzele erneut. *Was hat er da gerade gesagt!?*

Ein fieses Lächeln.

>>Einen Versuch wäre es zumindest wert. Was habe ich schon zu verlieren?<<

Eine innere Stimme in mir beginnt zu schreien.

Renn weg Malie, sofort! Der Typ ist komplett durchgeknallt, ein Psychopath!

Als könne er meine Gedanken lesen, packt er mich plötzlich fest an meinen Armen, sodass ich mich keinen Millimeter mehr bewegen kann. Ich schreie auf.

>>Nein, bitte nicht! Lassen Sie mich gehen! Ich kann doch nichts dafür!<<

Heiße Tränen laufen über meine Wangen, die ich in meiner Panik nicht zurückhalten kann.

Er sieht mich beinahe traurig an.

>>Es tut mir leid, wirklich.<<

Mit diesen Worten hebt er mich hoch, als würde ich nichts wiegen – und schmeißt mich wie einen Sack Müll in die Elbe.

Das Wasser ist kalt, so verdammt eiskalt, es lähmt meine Glieder.

Ich versuche wild strampelnd an die Oberfläche zu gelangen, aber ein gewaltiger Strom wirbelt mich unkontrolliert umher, zieht mich immer weiter nach unten.

Meine Lungen fühlen sich an, als würden sie jeden Augenblick zerplatzen.

Ich strampele weiter, weiß nicht mehr wo oben und unten ist, bis die Kälte mich komplett lähmt. Dann handelt mein Körper nur noch rein instinktiv.

Ich reiße den Mund auf und atme tief ein, bis eiskalte Nadeln meine Lungen zerfetzen.

Sterben tut weh ...

Das ist mein letzter Gedanke, bevor die ewige Dunkelheit mich endlich einhüllt und der Tod mich zu sich holt –

4

Schreiend und hustend wache ich auf.

Arme umschließen mich und als ich zu mir komme, liege ich in meinem Bett und werde von meinem Freund beruhigend und sanft hin und her gewogen.

Meine Wohnung, mein Bett, mein Lars – mein sicherer Hafen, für alle Ewigkeit, egal was mir auch zustößt. Diese Erkenntnis beruhigt mich ungemein, obwohl ich noch immer stark huste und wimmere, weil dieses zerreißende Gefühl meiner Lungen durch das Ertrinken im eiskalten Wasser einfach nicht verschwinden will.

Es hat sich zu real angefühlt. Ich kann nicht nur träumen oder gar tot sein.

>>Scht, alles wird gut, mein Schatz. Ganz ruhig. Du hattest bloß einen Albtraum.<<

Ich klammere mich an Lars und kann nicht aufhören zu weinen. Ich bin gestorben, verdammt, und es war einfach viel zu real! Diese Schmerzen …

Plötzlich überkommt mich eine rasende Wut.

Dieser miese Dreckskerl hat mich einfach rücksichtslos umgebracht! Einfach so in die Elbe geworfen und ertrinken lassen!

Lars nimmt mein Gesicht in beide Hände und wischt mit den Daumen meine Tränen weg, die langsam am Versiegen sind. Dann küsst er mich zärtlich auf die Nase.

>>Alles okay? Hast du dich wieder beruhigt?<<

Wann werde ich ihn wohl nicht mehr so besorgt wegen mir sehen müssen?

>>Ja … Es geht mir gut.<< Ich versuche mich an einem zaghaften Lächeln.

Lars lächelt ebenfalls, wieder sichtlich entspannt – und herrlich süß mit seinen verschlafenen Augen und den zerzausten Haaren.

>>Brauchst du irgendwas?<<, fragt er mich kurz darauf.

>>Nein, nur dich<<, erwidere ich flüsternd.

Dann fällt mir etwas ein.

>>Wie wäre es, wenn wir heute den ganzen Tag zuhause bleiben? Hier im Bett oder auf der Couch? Und herrlich faulenzen und uns später eine Pizza oder was auch immer bestellen? Das Theater können wir doch verschieben, ehrlich gesagt fühle ich mich heute nicht besonders …<<

Der Gedanke daran rauszugehen, versetzt mich in Angst und Schrecken. Der Tod sitzt mir immer noch in den Gliedern. Ich möchte einfach hierbleiben, in unserer schützenden Wohnung, bei dem Mann den ich liebe und der mir Geborgenheit gibt.

Lars denkt einen Moment darüber nach und wirkt dabei etwas enttäuscht.

Natürlich weiß ich auch warum, denn ich durchkreuze gerade seine Pläne für den perfekten Heiratsantrag.

Aber das ist mir nicht wichtig. Ich will nur bei ihm sein, in seinen Armen liegend, bis in alle Ewigkeit.

Egal ob verlobt oder nicht.

Schließlich lächelt er mich an und erwidert: >>Ja, warum nicht. Kümmern wir uns heute nur um uns beide.<< Damit drückt er mich zurück in die großen, hellblauen Kissen und küsst mich innig.

~ ~ ~

Es ist einfach ein wundervoller Tag.
Wir lieben uns bis zum frühen Nachmittag immer wieder, dann bestellen wir uns völlig erschöpft zwei große Pizzen, setzen uns, nur in Unterwäsche gekleidet, damit ins Wohnzimmer auf unsere graue Stoffcouch, während des Essens irgendetwas im Fernsehen schauend, nur um uns kurz danach wieder ins Schlafzimmer zurückzuziehen und erneut miteinander zu schlafen.

Nachdem ich am späten Abend meinen letzten Höhepunkt für diesen Tag erreicht habe, liege ich glücklich und durchgeschwitzt in Lars´ Armen und möchte diesen Tag am liebsten immer und immer wieder erleben.

5

Ganze vier Tage lang halte ich diesen Zustand mit Lars durch, von dem ich dachte, ihn für immer so verbringen zu können – bis mir sterbenslangweilig wird.

Nun ist es auch so, dass Lars und ich schon lange zusammen sind und eben nicht mehr frisch verliebt.

Für ihn ist das natürlich aufregend, da er es ja täglich von Neuem erlebt. Ich hingegen brauche allmählich Abwechslung, muss mal wieder raus – und zwar ohne ihn.

Das Trauma des erlebten Todes habe ich mittlerweile überwunden und bin bereit, herauszufinden, was der Grund für diese endlose Schleife ist und wie ich ihr entkommen kann. Dass ich tot bin oder träume, ziehe ich immer weniger in Betracht. Dazu ist es zu real. Kein Traum der Welt fühlt sich so an …

Am Anfang dachte ich, es hat etwas mit dem Theater zu tun. Dass ich es irgendwie verhindern muss, mit Lars dort hinzugehen, um dann am zweiten Januar aufzuwachen.

Aber jetzt habe ich seit vier Tagen die Wohnung nicht mehr verlassen und es hat sich nichts geändert …

~ ~ ~

Einer der wenigen Vorteile der Schleife – natürlich neben dem Nichtsterbenkönnen – ist, dass der erste Januar ein herrlicher sonniger Tag ist, trotz der Kälte. Und Sonnentage kommen in Hamburg für gewöhnlich selten vor.

Ich spaziere also alleine an der Alster entlang, nachdem ich mich umgezogen habe und aus der Wohnung geschlichen bin, ohne Lars zu wecken. Was nicht einfach war.

Bisher ist er immer bei der kleinsten Regung von mir wach geworden.

Ich trage eine dicke schwarze Strumpfhose, einen dunkelblauen Wollpulli, dazu flache braune Stiefel und einen hellbraunen Wintermantel. Auf Mütze und Handschuhe habe ich verzichtet, wie gesagt, ich kann ja nicht krank werden. Außerdem ist es an der Alster, im Gegensatz zum Hafen, ziemlich windgeschützt und die einfallenden Sonnenstrahlen wärmen sogar richtig.

Ich greife in meine Manteltasche und hole mein Handy heraus, während ich darüber nachdenke, ob ich Lina anrufen soll. Ich könnte einen schönen Spaziergang an der Alster mit ihr machen. Auch, wenn sie sich morgen nicht mehr daran erinnert. Verlobt bin ich ja heute nicht, das könnte ich ihr also auch nicht erzählen.

Während ich also im Gehen Vor- und Nachteile abwäge, mich mit meiner Freundin zu treffen, fällt mir jemand in meiner unmittelbaren Nähe auf, der mit dem Rücken zu mir an der Alster steht, die Hände in den Taschen seines schwarzen Mantels.

Das pechschwarze Haar würde ich unter Tausenden wiedererkennen.

Unwillkürlich umklammere ich das kleine Schweizer Taschenmesser in meiner Manteltasche, das Lars mir vor zwei Jahren zum Geburtstag geschenkt hat, nachdem ich einmal in der U-Bahn von einem besoffenen Kerl angequatscht wurde. Mehr ist zwar nicht passiert, aber ich weiß noch, wie ich dachte, dass ein Pfefferspray mir wohl hilfreicher als ein Messer wäre, falls ich erneut in so eine oder gar in eine schlimmere Situation geraten würde …

Ohne das Messer hätte ich mich heute nicht aus dem Haus getraut, es gibt mir ein scheinheiliges Gefühl von Sicherheit, obwohl ich damit überhaupt nicht umgehen kann und mich jeder mit Leichtigkeit überwältigen und es mir entwenden könnte.

Vor allem *er*.

Als ich daran denke, wie er mich einfach so festgehalten und hochgehoben hat, bevor er mich in die Elbe warf und ich mich in seinem Griff keinen Millimeter mehr bewegen konnte, bekomme ich plötzlich einen gewaltigen Kloß im Hals und die Panik droht mich erneut zu übermannen.

Dass ich ihm auch ständig über den Weg laufen muss …

Ich will mich schon umdrehen und das Weite suchen, bevor er mich entdeckt, aber dann packt mich plötzlich eine unglaubliche Wut.

Wenn dieser Mistkerl mich einfach so skrupellos umbringen kann, dann kann ich das schon lange! Vielleicht muss nicht ich sterben, um dem Ganzen zu entkommen, sondern er! Weil er ein böser Mensch ist oder sowas in der Art …

Zumindest hat er das schon zur Genüge bewiesen!

Langsam und geräuschlos, weil ich plötzlich Angst habe, er könne mich bemerken, hole ich das Taschenmesser aus meiner Manteltasche und lasse es aufschnappen. Auf Zehenspitzen schleiche ich Schritt für Schritt, wie in Zeitlupe, auf ihn zu. Mein Puls rast, meine Hände schwitzen und sofort umfasse ich das Messer noch fester. Ich darf mir keinen Fehler erlauben. Ich habe nur diesen einen Versuch.

Mit meinen Augen fixiere ich seinen Hals, denn es wäre die einzig mögliche Chance, ihn so auszuschalten, wenn ich das Messer direkt in seine Halsschlagader ramme. Ich ignoriere die aufsteigende Übelkeit, die dieser Gedanke in mir auslöst. Und die Angst.

Was ist, wenn ich gar nicht an seinen Hals herankomme? Er ist so viel größer als ich …

Die letzten Meter auf ihn zu setze ich zum Sprint an und hebe meinen Arm, lege meine ganze Kraft zum Zustechen hinein.

Dann geht alles unglaublich schnell.

Bevor ich überhaupt den leisesten Hauch einer Chance habe, zuzustechen, wirbelt dieser Mistkerl plötzlich herum, packt mein Handgelenk, sodass ich vor Schmerzen aufschreie, drückt mich fest an seinen Körper, sodass ich mich nicht mehr bewegen kann und hält mir die Klinge des Taschenmessers an die Kehle, das er mir irgendwie entwenden konnte, ohne dass ich es mitbekommen habe.

Seine Stimme zerschneidet die Luft.

>>Ein Schweizer Taschenmesser, ist das dein verfluchter Ernst!? Was Besseres ist dir nicht eingefallen?<<

Sein Lachen läuft mir noch kälter den Rücken hinunter.

Er kommt mit seinem Gesicht ganz dicht an meines heran, sodass ich seinen warmen Atem über meine Wangen, meine Nase, meine Lippen streichen spüre. Dieses Mal riecht er nicht nach Alkohol.

>>Dein Vorhaben ist leider zwecklos. Mich zu töten holt uns nicht hier raus. Glaube mir, ich habe das als Erstes ausprobiert, bevor ich auf die Idee kam, dich zu töten – was uns augenscheinlich genauso wenig gebracht hat.<<

Er lässt seine Hand, die das Messer hält, sinken und ich winde mich in seinem stahlharten Griff.

>>Lass mich los! Du hast mich ertrinken lassen! Hast du eine Ahnung, wie sich das anfühlt? Wie es ist, in eiskaltem Wasser zu ertrinken, wie deine Lungen zerreißen!? Und du hast das einfach zugelassen, du verdammter Psychopath!<<

Ich schreie und hämmere ihm dabei mit den Fäusten auf die breite Brust. Heiße Tränen laufen mir in Strömen über die Wangen, aber das ist mir egal. Verzweiflung und Wut haben die Oberhand übernommen.

Er hält mich weiterhin fest an sich gedrückt, bis mich die Wärme seines Körpers beruhigt und ich wieder zu ihm hochschaue, in seine blassen Augen, in denen nichts als Traurigkeit liegt.

>>Genügt es dir, wenn ich dir sage, dass es mir ehrlich leidtut, was ich getan habe? Es hat nichts mit

dir zu tun. Aber ich kann leider nichts unversucht lassen, um dieser Hölle zu entkommen, die sich jeden Tag wiederholt. Das musst du verstehen.<< Er setzt ein verschmitztes Lächeln auf, das ihn widerwärtiger Weise charmant wirken lässt.

>>Schließlich wolltest du mich gerade auch kaltherzig umbringen, ist es nicht so? Und jetzt streite ja nicht ab, dass du nicht eine Sekunde lang darüber nachgedacht hast, ob das vielleicht die Lösung wäre!<<

>>Ich wollte mich an dir rächen! Wegen dem, was du mir angetan hast!<< Ich würde ihm wirklich liebend gerne jetzt und sofort ins Gesicht spucken.

Er scheint wieder einmal meine Gedanken lesen zu können, denn er lässt mich sofort los und ich hole unwillkürlich tief Luft.

>>Jetzt mach mir hier mal keine Szene! Ich habe mich bei dir entschuldigt, Punkt. Du scheinst dich ja sehr wichtig zu nehmen.<<

Bevor ich auf seine unverschämte Bemerkung reagieren kann, klappt er mein Taschenmesser zu und wirft es in die Alster. Ich starre ihm mit offenem Mund hinterher.

>>Was zum … Spinnst du!? Das war ein Geschenk von meinem Verlob- … Freund! Damit ich mich verteidigen kann!<<

Er lacht mich aus. Zu Recht. Morgen liegt es sowieso wieder in meinem Nachtschränkchen. >>Was ja super geklappt hat, stimmt's? Komm mal wieder runter, oder soll ich dich gleich hinterherschmeißen? Das hat doch schon einmal ganz gut funktioniert.<<

Doch sein Blick wird sofort wieder ernst, als er in mein schockiertes Gesicht schaut.

Die Angst vor ihm und seiner eiskalten Unberechenbarkeit droht wieder an die Oberfläche zu kriechen.

>>Hey, wollen wir nicht einfach das Kriegsbeil begraben und uns näher kennenlernen? Wer weiß, vielleicht finden wir ja sogar gemeinsam eine Lösung -<<

Ich weiche abrupt zurück, als er auf mich zukommt.

Er bleibt in einigem Abstand vor mir stehen und streckt mir seine Hand entgegen.

>>Hallo, ich bin Idris. Eigentlich bin ich ein ganz netter Kerl.<<

Er zwinkert mir zu und ich widerstehe dem Impuls, ihm eine Ohrfeige zu verpassen.

Will der mich jetzt komplett auf den Arm nehmen!?

Idris lässt nicht locker.

>>Ach komm schon, ich mein´s ernst! Ich schwöre dir hiermit auch, dass ich nicht mehr versuchen werde, dich zu töten oder dir sonst irgendwie zu schaden, okay?<<

Keine Ahnung, was in mich geraten ist, aber die Art, wie er mit noch immer freundschaftlich ausgetreckter Hand vor mir steht und die Ernsthaftigkeit in seinem Blick lassen mich nachgeben.

Ich seufze und nehme seine Hand entgegen, die warm und rau ist und riesig im Vergleich zu meiner kleinen Hand.

>>Also gut. Ich bin Malie<<, erwidere ich knapp und lasse ihn dabei nicht aus den Augen.

Sein Mundwinkel zuckt und er hält meine Hand einen Moment länger als nötig fest, während er mir unverwandt in die Augen sieht.

Nach einer gefühlten Ewigkeit lässt er mich endlich los.

>>Hi, Malie. Ein sehr schöner Name. Ich würde dich gerne auf einen Kaffee einladen.<<

~ ~ ~

Es ist seltsam, seinem *Mörder* in einem Café direkt an der Alster gegenüberzusitzen und Cappuccino mit extra viel Milchschaum zu trinken.

Vor allem, da dieser Mann weder mit seiner Ausstrahlung, noch mit seinem Verhalten in diese normale Welt zu passen scheint.

Er trinkt seinen Kaffee, schwarz und mit viel Zucker, und beachtet mich nicht, so als wäre ich gar nicht da. Sein lockiges Haar ist zerzaust, sein schwarzer Dreitagebart wirkt ungepflegt und unter seinen stechend grünen Augen zeichnen sich dezent dunkle Linien ab, was mir allerdings nicht zum ersten Mal auffällt. Er sieht müde aus, als hätte er tagelang nicht geschlafen – und er zieht meine Blicke magisch an, ohne dass ich etwas dagegen tun könnte. Ich beobachte ihn, wie er gedankenverloren aus dem Fenster auf die Alster schaut, hin und wieder an seinem Kaffee nippend. Irgendetwas scheint an ihm zu nagen, vielleicht eine schlimme Erinnerung, die er zu verdrängen versucht.

Als sein Blick den meinen trifft, fühle ich mich plötzlich ertappt und schaue blitzschnell auf meine Tasse Cappuccino, die ich mit beiden Händen umschlossen halte. Ich spüre die Schamesröte in mein Gesicht aufsteigen, führe die Tasse an meine Lippen und nehme hastig einen großen Schluck von dem heißen Getränk, wobei ich mir fürchterlich die Zunge verbrenne. Vor Schmerz schießen mir Tränen in die Augen und ich widerstehe dem Impuls, mein Gesicht zu verziehen.

>>Was geht in deinem kleinen hübschen Kopf vor sich, kleine Malie? Schmiedest du etwa wieder Mordpläne gegen mich?<<

Der Klang seiner tiefen Stimme lässt mich wieder zu ihm aufblicken.

Die Art und Weise, wie er meinen Namen ausspricht, lässt mir einen Schauer über den Rücken laufen – jedoch keinen unangenehmen.

Er zwinkert mir zu. Das macht er für meinen Geschmack eindeutig viel zu oft, denn es irritiert mich gewaltig und das hasse ich wie die Pest.

>>Verübeln könnte ich es dir nicht.<<

Ich seufze und beschließe, warum auch immer, ihm die Wahrheit zu sagen.

>>Nein, das tue ich nicht. Aber ich würde gerne mehr über dich erfahren. Sind wir laut deinen Worten von vorhin nicht genau deswegen zusammen hier?<<

Erwartungsvoll schaue ich ihn an und warte auf seine Reaktion. Idris jedoch wendet seinen Blick ab und sieht erneut wortlos aus dem Fenster.

Will ich wirklich mehr über ihn erfahren?

Will ich wirklich wissen, warum er sich damals im Theater selbst erschossen und mich ohne mit der Wimper zu zucken in die Elbe geworfen hat?

Ein schelmisches Grinsen umspielt seine Mundwinkel, als er mich wieder anschaut und damit wirkt er nicht mehr wie ein gewissenloser, skrupelloser Mörder, sondern eher wie ein kleiner frecher Junge, gekleidet in einen hellgrauen Kaschmirpullover mit V-Ausschnitt, am linken Handgelenk eine breite, silberne Uhr tragend, der gerade irgendeinen Schabernack verzapft hat.

Ich werde aus diesem Mann einfach nicht schlau. Er hat mich bereits in seinen Bann gezogen und ich bin mir nicht sicher, ob ich das will.

>>Du hast Recht, deswegen sind wir hier. Fangen wir doch mit dir an.<<

Sein Lächeln wird breiter, aufrichtig, entblößt weiße Zähne mit einer winzigen, kaum wahrnehmbaren Lücke zwischen den Schneidezähnen und kleine Lachfalten durchziehen sein Gesicht und umranden seine Augen. Mir kommt der Gedanke, dass er über Dreißig sein muss.

Er ist alles andere als perfekt. Sein Gesicht ist markant, ausdrucksstark. Männlich mit den dunklen Bartstoppeln und dem ernsten Blick, als hätte er schon alles auf der Welt gesehen und erlebt. Der komplette Kontrast zu meinem Lars, dem blonden und hübschen Sonnyboy.

Außerdem gefällt es mir ganz und gar nicht, wie er mich ansieht. So als würde er mich bereits kennen und durchschauen.

Ich wickle eine meiner langen Haarsträhnen um den Zeigefinger und lächle ihn dabei kokett an, während ich sage: >>Okay, dann frag mich. Was willst du wissen?<<

Es blitzt in seinen Augen und sofort werde ich wieder rot. Ich hätte wissen müssen, dass man mit diesem Mann nicht flirten kann.

>>Wie alt bist du? Wo kommst du her? Du siehst ziemlich exotisch aus mit deinen Mandelaugen und deiner karamellfarbenen Haut.<<

Ich schaue ihn überrascht an. Mit so einer direkten, mein Äußeres betreffenden Frage habe ich als Einstieg nicht gerechnet. Natürlich fällt es sofort auf, dass ich nicht europäisch aussehe. Jedoch finde ich seine Frage nicht unhöflich, zumal ich ihn dasselbe fragen könnte …

Ich überlege, ob ich bezüglich meiner Herkunft gleich mit der Tür ins Haus fallen soll, entscheide mich jedoch dagegen. Vielleicht ist es besser, wenn er nicht alles über mich weiß.

>>Ich bin Siebenundzwanzig und komme aus Deutschland, aber ich habe thailändische Wurzeln.<<

Idris betrachtet mich, ehrlich interessiert.

>>Thailand? Ich sehe dich eher als eine jüngere und zierlichere Version von Nicole Scherzinger.<<

Wieder ein Zwinkern.

Ich breche in lautes Lachen aus. Ein paar der anderen Leute im Café drehen sich zu uns um.

>>Was, ernsthaft? Nicole Scherzinger kommt aber aus Hawaii.<< Jetzt bin ich es, die ihn frech angrinst. Er sieht aus, als würde er nachdenken.

>>Mag sein. Aber du bist um einiges hübscher als sie.<<

Ich verschlucke mich an meinem Cappuccino.

Hat er mich gerade hübsch genannt? Und warum verliere ich deshalb derartig die Fassung?

Ich spüre, wie ich schon wieder rot werde und muss den Blick von ihm abwenden.

Warum fühle ich mich plötzlich so geschmeichelt? *Das sollte ich nicht ...*

Das Summen meines Handys lenkt mich zum Glück ab.

Ich greife in die Tasche meines Mantels, den ich neben mir auf der Sitzbank platziert habe und hole es heraus. In dem Moment hört es auf zu vibrieren und ich schaue auf das Display – zehn Anrufe in Abwesenheit, fast alle von Lars, bis auf zwei davon, die von Lina stammen. Wahrscheinlich hat er sie damit beauftragt, mich ebenfalls anzurufen. Die sechs Textnachrichten lösche ich sofort, ohne sie durchzulesen. Zum Glück bin ich mit dem Auto in die Stadt gefahren, sonst wäre Lars womöglich noch auf die Idee gekommen, mich zu suchen.

Ich habe kein schlechtes Gewissen. Morgen geht alles von vorne los und Lars wird sich nicht daran erinnern können.

Ich höre ein leises Räuspern und schaue direkt in Idris´ süffisantes Grinsen.

>>Na, gibt es Ärger im Paradies? Weiß dein Traumprinz etwa nicht, wo du dich mit wem triffst?<<

>>Das geht dich nichts an.<<

Ich schnaube verächtlich, schalte mein Handy aus und packe es zurück in die Manteltasche.

Dann sehe ich herausfordernd zu ihm auf.

>>Was ist mit deiner Frau? Weiß sie etwa, wo du dich rumtreibst?<<

Als ich seinen Blick sehe, bereue ich meine neugierige Frage sofort.

Bin ich zu weit gegangen? Schließlich ist er gefährlich, das darf ich nicht vergessen ...

Ich werfe verstohlen einen Blick auf den Ringfinger seiner rechten Hand, kann daran jedoch keinen Ehering entdecken.

>>Wir sind getrennt.<<

Ertappt schaue ich ihn wieder an.

>>Genauer gesagt, leben wir sogar in Scheidung.<<

Ich räuspere mich. >>Oh, das ... Das tut mir leid.<<

Sein Blick wird wieder weicher.

Dann seine raue Hand, die zärtlich meine rechte Wange streichelt. Ich zucke nicht zurück.

>>Das braucht es nicht.<<

Blitzartig erscheinen Bilder vor meinem inneren Auge. Verzerrte Bilder, unzusammenhängend. Zerwühlte Laken, einen Raum, in dem ich noch nie war. Ich höre Lachen, das von mir zu kommen scheint, ein glückliches, sorgloses Lachen. Dann plötzlich Vogelgezwitscher, Sonne, die mich blendet und mein Gesicht wärmt.

Nichts davon ergibt Sinn.

Schnell schüttele ich diese seltsamen Bilder beiseite und blicke in Idris´ grüne Augen, die mich wachsam betrachten.

>>Ich verstehe das alles nicht<<, beginne ich. >>Warum erleben wir den ersten Januar immer wieder von Neuem? Was hat das nur zu bedeuten?<< Idris zieht seine Hand langsam zurück, ohne mich jedoch dabei aus den Augen zu lassen.

>>Ich weiß es nicht, kleine Malie. Aber vermutlich ist es unsere Aufgabe, das herauszufinden.<< Resigniert zucke ich mit den Schultern. Dann fällt mir plötzlich etwas ein.

>>Ich kenne dich. Das heißt, nicht wirklich, aber wir sind uns schon einmal begegnet, erinnerst du dich? Das war auf dem Weihnachtsmarkt, ungefähr einen Monat vor Weihnachten. Mein Handy ist auf den Boden gefallen und du hast es aufgehoben.<< Dass er damals anders aussah, glücklicher und irgendwie besser, behalte ich lieber für mich.

Idris sieht erneut müde aus, fast schon traurig.

>>Ja, ich erinnere mich daran, Malie.<<

Er wendet den Blick ab. Konnte ich etwa gerade Schmerz in seinen Augen erkennen?

Unbeirrt rede ich weiter.

>>Und dann natürlich der Abend im Theater. Idris, was ist passiert – warum hast du dich dort vor Publikum erschossen?<<

Als er herumfährt und mit der Faust auf den Tisch knallt, sodass unsere Tassen umkippen und der Rest meines Cappuccinos auf der braunen Tischdecke landet, weiche ich erschrocken und mit einem spitzen Schrei zurück. Nun ist es komplett still im Café und alle Augenpaare sind auf uns gerichtet. Doch ich sehe nur Idris, wie er mich hasserfüllt anstarrt.

>>Für heute reicht es mit der Fragestunde<<, knurrt er mit drohender und ruhiger Stimme.

>>Du solltest besser aufhören, deine Nase in Dinge zu stecken, die dich nichts angehen.<<

Damit greift er hinter sich in seine Hosentasche und für einen Moment habe ich Angst, er könne wieder eine Pistole ziehen, doch er holt nur sein Portemonnaie hervor, knallt einen Zwanzigeuroschein auf den Tisch, steht auf und zieht seinen Mantel über.

>>Der Rest ist Trinkgeld.<< Damit wendet er sich ab und verlässt das Café.

Verwirrt und stumm bleibe ich zurück, nicht imstande, mich zu bewegen oder gar zu atmen. Die anderen Leute starren mich noch immer an und die Unterhaltungen wurden noch immer nicht wiederaufgenommen.

Diese Stille bringt mich fast um.

~ ~ ~

>>Wo zum Teufel warst du? Ich habe mir Sorgen gemacht!<<

Lars ist völlig außer sich. Er steht in Jeans und T-Shirt gekleidet vor mir in unserem Wohnungsflur, nachdem er sofort auf mich zugestürmt kam, als ich die Wohnung betreten habe.

Ich knalle meinen Schlüsselbund auf die kleine Kommode neben der Haustür und beachte ihn nicht.

Es war ein Fehler, heute zu ihm zurückzukehren. Ich hätte meine Zeit einfach irgendwo absitzen und auf morgen warten sollen.

>>Malie, antworte mir! Wieso bist du nicht an dein Handy gegangen oder hast auf meine Nachrichten reagiert? Ich war kurz davor, die Polizei zu rufen und dich als vermisst zu melden!<<

Er stellt sich mit vor der Brust verschränkten Armen direkt vor mich, sodass ich nicht an ihm vorbeikomme.

Jetzt platzt mir wirklich der Kragen.

>>Ist das dein Ernst, Lars? Nur weil ich ein paar Stunden nicht erreichbar war? Ich habe einen langen und ausgiebigen Spaziergang an der Alster gemacht, um für mich zu sein. Weg von dir. Um einen klaren Kopf zu bekommen. Was nicht das erste Mal vorkommt. Es ist einfach alles so verwirrend …<<

Als ich seinen fragenden Blick sehe, realisiere ich, dass er meine Misere ja überhaupt nicht kennt oder versteht.

Ich muss mit ihm darüber sprechen. Was kann es schaden? Wer weiß, vielleicht kann er mir sogar helfen, immerhin bin ich ihm wichtig und er macht sich Sorgen um mich.

Als ich ihn anlächele, scheint er sich etwas zu beruhigen. Ich nehme seine Hand und führe ihn ins Wohnzimmer, und gemeinsam nehmen wir auf der dunkelgrauen Couch Platz. Ich halte noch immer seine Hand fest umschlossen, als ich beginne:

>>Ich muss mit dir über etwas sprechen. Du wirst mich mit Sicherheit für verrückt erklären, aber ich

bitte dich, mir zu glauben, denn es ist die Wahrheit!<<

Lars sieht mich aufmerksam, wenn auch noch immer mit einem fragenden Ausdruck im Gesicht an.

>>Es ist so, dass ich in einer Art Zeitschleife gefangen bin. Ich erlebe den heutigen Tag, also den ersten Januar, jeden Tag von Neuem. Es gibt für mich keinen zweiten Januar und keinen anderen weiteren Tag mehr, verstehst du? Ich wache jeden Morgen auf und es ist immer Neujahr. Und ich habe absolut keine Ahnung, warum und wie lange dieser Zustand anhalten wird. Und wie ich ihm entkomme. Ich weiß nur, dass es mich langsam aber sicher wahnsinnig macht!<< Von Idris erzähle ich ihm vorsichtshalber nichts.

Mein Freund starrt mich mit offenem Mund an – dann schüttelt er ungläubig den Kopf.

>>Das ist überhaupt nicht gut. Was redest du da? Geht es dir gut? Tut dir irgendetwas weh? Du solltest am Montag mal zum Arzt gehen. Du verhältst dich absolut eigenartig. Ich mache mir wirklich ernsthaft Sorgen um dich!<< Seine Stimme klingt völlig ruhig, abgeklärt, als würde er einem kleinen, verstörten Kind gut zureden.

Jetzt bin ich es, die ungläubig schaut. *Was soll diese seltsame Fragerei? Warum sollte es mir nicht gut gehen?*

>>Lars, ich meine es ernst! An dem Tag, als ich in die Schleife geraten bin, waren wir im Theater, und bevor das Stück losging, ist jemand betrunken auf die Bühne gestürzt und hat sich mit einer echten Pistole vor dem gesamten Publikum in den Kopf geschossen.

Es war der erste Januar. Ich stand völlig unter Schock und habe eine Beruhigungsspritze bekommen. Als ich am nächsten Morgen wach wurde, war es wieder der erste Januar und du konntest dich an nichts erinnern, nur ich, und alles ging wieder von vorne los. Und die darauffolgenden Tage auch.<<

Merkt er denn nicht, wie verzweifelt ich bin?

>>Malie, Schatz, was soll das? Das musst du alles geträumt haben. Heute ist doch der erste Januar und gestern haben wir mit Lina und Benny zusammen ins neue Jahr reingefeiert. Und der Vorfall in dem Theater kann doch gar nicht passiert sein, wir gehen doch erst heute Abend dort hin. Liebling, hast du Kopfschmerzen, irgendwelche Gedächtnislücken?<<

Er seufzt. >>Ich habe dir gestern doch gleich gesagt, dass zu viel Alkohol nicht gut für dich ist. Du hättest die ganzen Kurzen nicht mittrinken dürfen. Davon bekommst du nur Albträume.<<

Als ich immer noch nichts sage, grinst er mich plötzlich an.

>>Fest steht, dass ich dich die nächste Zeit keine Horror- oder Actionfilme mehr gucken lasse! Und Alkohol kannst du auch erst einmal vergessen.<<

Es ist zum Mäusemelken. Wie kam ich bloß auf die Idee, Lars würde mich verstehen und mir helfen können? *Was ist bloß passiert? Wir konnten uns immer alles erzählen, egal wie verrückt es auch klang ...*

Ich muss zu schreien begonnen haben, denn Lars schreckt plötzlich förmlich vor mir zurück.

>>Ich habe das nicht geträumt! Ich erlebe das alles wirklich, jetzt gerade, in diesem Augenblick! Lars,

ich lüge dich nicht an, das musst du mir glauben! Bitte hilf mir doch … irgendwie!<< *Diese verdammten Tränen, ich muss unbedingt lernen, sie zurückzuhalten!*

Lars wischt mit seinem Daumen sanft eine dicke Träne von meiner Wange.

>>Ruh dich ein bisschen aus. Du bist ja völlig durcheinander. Natürlich helfe ich dir. Komm mit.<<

Jetzt ist er es, der mich bei der Hand nimmt und mich ins Badezimmer führt. Dort sehe ich wie in Trance zu, wie er heißes Wasser und Schaum in die Badewanne füllt und schon breitet sich eine wohlige Wärme im gesamten Badezimmer aus.

Geduldig hilft er mir, mich Stück für Stück zu entkleiden und als ich in die Wanne steige und das heiße Wasser mich umhüllt, entspanne und beruhige ich mich tatsächlich.

Ich schaue zu Lars auf, der noch immer völlig bekleidet vor der Wanne steht und hoffe, dass er sich gleich zu mir gesellen wird – doch leider tut er mir diesen Gefallen nicht.

>>Ruf mich, wenn du was brauchst.<< Damit wendet er sich ab, verlässt das Badezimmer und schließt die Tür hinter sich.

Ich seufze und schließe die Augen.

Nach einer Weile höre ich gedämpft, wie Lars telefoniert. Hoffnung keimt in mir auf und ich öffne die Augen. *Er versucht tatsächlich, mir zu helfen!* Mein Herz rast vor Freude. Es war doch das einzig Richtige, mich ihm anzuvertrauen!

Er läuft in der Wohnung auf und ab und als ich einige Wortfetzen mitbekomme, fällt alles in mir zusammen.

>>Ja … ja, es scheint ihr wirklich schlecht zu gehen. Sie redet nur wirres Zeug … Ich schicke sie am Montag zum Arzt, mach dir keine Sorgen! Zur Not kann vielleicht ein Psychologe helfen …<<

Er scheint mit meiner Mutter zu telefonieren. *Was bringt mir* Montag *ein Arzt!? Ich brauche* jetzt *Hilfe! Es wird keinen Montag geben! Es wird nicht einmal ein Morgen geben!*

Am liebsten würde ich laut schreien. Als ich erneut zu schluchzen beginne, verfluche ich mich innerlich dafür. Ich kann mich nicht erinnern, jemals so viel in so kurzer Zeit geweint zu haben …

Vielleicht sollte ich wirklich zum Arzt gehen, auf eigene Faust. Oder direkt zu einem Psychologen. Nur wird es mit Sicherheit schwierig werden, an Neujahr und ohne Termin eine geeignete Praxis zu finden, die geöffnet hat. Außerdem weiß ich wirklich nicht, wie man mir helfen könnte. Jeder normale Arzt oder Psychologe würde mich für verrückt erklären und mir vermutlich Bettruhe verordnen oder sogar Psychopharmaka. Was mir ja wieder nichts bringen würde, weil am nächsten Tag alles wie ausgelöscht wäre und wieder von vorne beginnt. So etwas passiert nur in Filmen oder in Romanen, das würde mir auch jeder Arzt erzählen.

Ich muss mich damit abfinden. Abwarten, bis es endet. Oder auch niemals endet …

Plötzlich überkommt mich eine gewaltige innere Ruhe. Mir kann nichts passieren. Ich wache jeden

Morgen von Neuem am selben Tag auf. Ich könnte Dinge tun, die ich noch nie getan habe oder mich nie getraut habe, sie zu tun. Einfach leben, da es ja kein Morgen gibt.

Ein regelrechtes Hochgefühl durchströmt mich, als ich daran denke, wie ich an nur einem einzigen Tag die Welt retten könnte – auch wenn am nächsten Tag alles wieder so wäre wie zuvor. Ich brauche mir keine Gedanken um irgendwelche Folgen zu machen.

Vielleicht ist das der Grund dieser Schleife. Zu mir selbst zu finden.

Nur was hat Idris dann damit zu tun?

Dieser Kerl kann mir gestohlen bleiben! Ich hoffe wirklich, ihm nicht noch einmal über den Weg zu laufen …

>>Alles in Ordnung bei dir? Brauchst du irgendwas?<<

Ich zucke unwillkürlich zusammen, als ich Lars plötzlich in der Tür stehen sehe. Ich war so in Gedanken vertieft, dass ich ihn gar nicht bemerkt habe.

>>Ja, alles super, danke. Ich werde mich auch gleich abduschen und zu dir kommen, dann können wir es uns auf der Couch gemütlich machen und einen Film zusammen schauen.<<

Heiter strahle ich ihn an und zwinkere ihm dabei zu.

Das habe ich mir eindeutig von Idris abgeguckt …

>>Aber, wie du schon sagtest: keine Actionfilme und Horrorfilme mehr!<< Ich kichere, während ich zur Duschbrause greife, und Lars sieht richtig erleichtert aus.

Der Arme. Er kann ja nichts dafür. Heute werde ich noch einmal einen wunderschönen Abend mit ihm verbringen.

Morgen beginnt mein neues Leben.

6

Als Erstes fahre ich in das Schanzenviertel zu einem Frisör, der heute trotz Feiertag geöffnet hat.

Laut den Bildern aus *Google* sehen der Laden und dessen Mitarbeiter verrückt genug aus, um meinem Wunsch optimal nachzukommen.

Ich finde einen Parkplatz direkt vor dem Salon und als ich ihn betrete, kommt ein großer, schlaksiger junger Mann in komplett schwarzen Klamotten, mit pinken Haaren und auffälligem Lidstrich sofort auf mich zugeeilt.

>>Was kann ich für dich tun, Liebes?<<

Sein Enthusiasmus und seine lockere Art gefallen mir. Er führt mich auf einen Hocker vor einem riesigen, goldgerahmten Spiegel zu, auf dem ich umgehend Platz nehme. Ich beobachte ihn im Spiegel, wie er begeistert mit beiden Händen durch mein langes, dunkles Haar fährt und verkünde mit einem breiten Lächeln im Gesicht:

>>Ich dachte da an einen Undercut auf einer Seite. Und diesen bitte sehr kurz, fast komplett abrasiert. Die andere Seite und die Haare am Hinterkopf sollen lang bleiben und ich hätte sie gerne lila gefärbt.<<

Meinem Frisör klappt die Kinnlade herunter.

>>Du verscheißerst mich doch. Mal ernsthaft, was kann ich für dich tun? Vielleicht ein bisschen die Spitzen schneiden? Ein paar Stufen hineinbringen? Oder blonde Strähnchen?<<

Ich lache herzhaft. Seine Ungläubigkeit ist wirklich niedlich.

>>Nein, das war mein voller Ernst. Ich möchte eine komplette Typveränderung.<<

Dass morgen sowieso wieder alles im Normalzustand ist, behalte ich natürlich für mich.

>>Oookay … Du bist echt crazy, Schätzchen! Da bist du bei mir an der richtigen Adresse.<<

Er klatscht einmal laut in beide Hände. >>Ich bin übrigens Simon.<<

>>Malie.<< Ich strahle ihn durch den Spiegel an.

>>Also, Malie, machst du gerade eine furchtbare Trennung durch? Oder warum diese krasse Typveränderung?<<, fragt Simon mich, während er mich zu einem freien Stehwaschbecken führt. Ich nehme auf dem Hocker davor Platz und nehme ein herrlich weiches, blaues Handtuch entgegen, das Simon mir reicht.

>>Sagen wir einfach, ich befinde mich momentan in einer Ausnahmesituation<<, antworte ich ihm augenzwinkernd.

Nach ungefähr zwei Stunden ist das Werk vollbracht. Ich betrachte mich im Spiegel und schnappe fiepend nach Luft. Simon hat es perfekt umgesetzt. Auf der linken Seite und am Hinterkopf die langen Haare leicht durchgestuft, in einem wunderschönen, dunklen Violett, rechts der Undercut, soweit geschnitten und rasiert, dass meine Kopfhaut durch die dünnen, kurzen Strähnen hindurchschimmert.

Es sieht schrecklich und schön zugleich aus, wie in meiner Vorstellung.

Lars würde durchdrehen. Meine Eltern auch, wenn sie hier wären und nicht in München.

Mittlerweile haben sich alle anderen Frisöre und Kunden im Laden zu mir gewandt und betrachten ungläubig und begeistert meine Verwandlung.

>>Und, gefällt es dir, Crazy-Malie?<<

>>Es ist perfekt!<<, rufe ich und falle Simon um den Hals.

~ ~ ~

>>Und wo soll das Symbol hin?<<

>>Auf den Hals, bitte.<<

>>Das ist aber eine sehr empfindliche Stelle.<<

>>Ich werd´s überleben.<<

Steffen, der korpulente und grimmig aussehende Tätowierer, hat Recht. Es tut höllisch weh.

Während ich also auf dem Folterstuhl, wie ich ihn sogleich in Gedanken nenne, liege und meine Nägel in das schwarze Leder kralle, muss ich ein Schreien unterdrücken. Zum Glück ist es nur ein kleines Tattoo, andernfalls hätte ich diese ganze Aktion womöglich abbrechen müssen.

Nun stehe ich vor dem mannshohen Spiegel und betrachte das Ergebnis.

Die Haut an meinem Hals ist stark gerötet, aber das Symbol ist klar und deutlich zu erkennen. Einfach, ohne Schnickschnack. Das typische Symbol der Unendlichkeit, die liegende Acht.

Steffen klebt ein großes Pflaster auf die Wunde und erklärt mir nötige Hygienemaßnahmen, doch ich höre ihm nicht zu.

Kaum habe ich das Tattoo-Studio verlassen, reiße ich das Pflaster wieder ab. Natürlich habe ich keine Angst vor einer möglichen Infektion oder Entzündung.

Nachdem ich mich wieder ins Auto gesetzt habe, zücke ich mein Handy, um meine Freundin Lina anzurufen. Die verpassten Anrufe und Nachrichten von Lars entgehen mir dabei natürlich nicht.

Ich schreibe ihm eine kurze Nachricht, dass ich mich mit Lina treffe und rufe diese anschließend an.

>>Oh mein Gott, Malie! Wie siehst du denn aus!?<<
Fast alle Augenpaare der Gäste in dem kleinen, urigen Café im Schanzenviertel richten sich auf mich, jedoch widmet mir kaum jemand noch länger besondere Aufmerksamkeit. Hier falle ich mit den violetten Haaren nicht wirklich auf.

Außer meiner Freundin Lina, die mich nun schockiert anstarrt und von ihrem Stuhl aufgesprungen ist. Ich kann mir ein Grinsen nicht verkneifen, als ich geradewegs auf sie zukomme und mich auf den Stuhl ihr gegenüber vor dem kleinen, runden Tisch setze.

>>Hi Lina, ich finde es auch schön, dich zu sehen.<<
Sie ist noch einige Sekunden wie erstarrt, nimmt aber schließlich auch wieder auf ihrem Stuhl Platz.

>>Was hast du getan? Deine Haare sehen ja furchtbar aus! Hast du völlig den Verstand verloren? Und was ist das da an deinem Hals?<<
Lina beugt sich mit ihren auf dem klebrigen Tisch abgestützten Armen zu mir, kneift die Augen

zusammen, um mein Tattoo besser sehen zu können und verzieht dabei angewidert das Gesicht, als hätte ich irgendeine sichtbare, ansteckende Krankheit.

Ich drehe meinen Kopf etwas nach rechts, damit sie das Symbol auf meiner linken Halsseite betrachten kann.

>>Das ist eine liegende Acht. Das Symbol der Unendlichkeit<<, erkläre ich ihr sachlich, so als hätte sie mich gerade nach dem Weg gefragt.

Sie rümpft die Nase. >>Aha. Und was hat das zu bedeuten?<<

>>Das, was es darstellt. Die Unendlichkeitsschleife.<<

Sie weicht abrupt zurück und wischt sich die Hände an ihrer blauen Jeans ab.

>>Sag mal, willst du mich veralbern? Auf welchem Trip bist du denn? Hast du das alles heute machen lassen, oder wie?<<

Ich kann nicht leugnen, dass mich die heftige Reaktion meiner besten Freundin auf mein Äußeres enttäuscht. Klar, sie kann gerne schockiert sein, aber – sie ekelt sich geradezu vor mir.

Etwas genervt erwidere ich: >>Ja, alles vor unserem Treffen.<< Dann zucke ich mit den Schultern, als wäre es nichts Besonderes. >>Ich hatte einfach mal Lust dazu.<<

>>Einfach mal Lust dazu? Du weißt schon, dass so ein Tattoo für immer bleibt? Und die Haare ... Das dauert ja *ewig*, bis die wieder nachwachsen!<< Sie schüttelt sich.

>>Und was sagt Lars dazu? Der ist bestimmt nicht begeistert davon.<<

Na, wie schön, dass du meinen Freund so gut zu kennen scheinst!

>>Lars weiß noch nichts davon. Außerdem glaube ich, dass er im ersten Moment einen gewaltigen Schreck bekommt, es aber im Nachhinein nicht schlimm finden wird. Schließlich liebt er mich und nach vier Jahren Beziehung ist ihm mein Äußeres nicht mehr allzu wichtig.<<

Lina stößt ein kurzes, lautes Lachen aus, das eher klingt, als wäre jemand auf eine Maus getreten.

>>Das glaubst du doch wohl selbst nicht! Also, eins kann ich dir sagen, *so* macht er dir mit Sicherheit keinen Antrag!<<

Dieses hinterhältige Miststück!

Bevor ich die Gelegenheit dazu bekomme, komplett auszurasten und ihr eine Ohrfeige zu verpassen, steht ein Kellner an unserem Tisch, um unsere Bestellungen aufzunehmen.

Lina bedeutet ihm mit einer Handbewegung, später wiederzukommen.

>>Was ist dein Problem, Lina? Du bist meine Freundin, du solltest hinter mir stehen und meine Entscheidungen respektieren! Warum habe ich bloß das Gefühl, dass du ständig auf Lars´ Seite stehst, statt auf meiner?<<

>>Wie kann ich hinter dir stehen, wenn du mir vorher nicht einmal mitteilst, was du vorhast? Auf jeden Fall hätte ich dir von *dieser* Aktion abgeraten! So kann doch keiner mit dir vor die Tür.<< Sie schüttelt den Kopf und sieht mich dabei an, als wäre ich komplett durchgeknallt.

>>Und wie hast du dir das eigentlich mit deinem Job gedacht? In einer Zahnarztpraxis hat man schließlich jeden Tag mit Patienten zu tun und dein Chef duldet das mit Sicherheit nicht.<<

Ich verdrehe die Augen und verschränke fest beide Arme vor der Brust.

>>Das lass mal meine Sorge sein.<<

Unser Streitgespräch wird von Linas klingelndem Smartphone unterbrochen. Sie klickt den Anruf weg und sagt dann: >>Wie auch immer. Ich werde jetzt zu Benny nach Hause zurück, sonst wird er noch wütend, dass wir den heutigen Tag nicht miteinander verbringen. Außerdem haben wir beide noch einen ziemlichen Kater.<< Sie kichert albern und steht dann auf. Mit einem letzten herablassenden Blick auf mich fügt sie hinzu: >>Du solltest auch wieder nach Hause. Zu Lars. Ruf mich an, falls ihr heute Abend nicht mehr zusammen sein solltet.<<

Bevor ich überhaupt die Möglichkeit auf irgendeine Art von Reaktion habe, ist sie schon auf ihren hochhackigen, fellbezogenen Stiefeletten aus dem Café geeilt.

Etwas verärgert blickt der Kellner von vorhin mich an und ich winke ihn gnädiger Weise zu mir, um mir einen Cappuccino zu bestellen. Natürlich gehe ich nicht nach Hause. Obwohl ich nach Linas Worten schon gerne wissen würde, wie Lars reagiert. Wäre er wirklich so oberflächlich und würde mich deshalb verlassen?

Niemals! Ich kenne ihn!

Andererseits dachte ich bis jetzt auch, ich würde meine beste Freundin kennen …

>>Ach, du Schande!<<

Ich schrecke aus meinen Gedankengängen hoch, als sich Idris plötzlich mir gegenüber auf den Stuhl schmeißt. Er sieht verruchter aus als sonst, komplett in Schwarz gekleidet, und die Ränder unter seinen Augen wirken irgendwie dunkler als die Tage zuvor. Er grinst mir offen frech ins Gesicht.

>>Malie, Malie, was ist nur in dich gefahren? Was sollen die lila Haare?<< Er lacht mich lauthals aus.

Ich schnaube genervt. >>Was willst du, Idris? Nach unserem letzten Treffen habe ich ehrlich gesagt keine Lust auf deine Gesellschaft.<<

Idris zieht eine Augenbraue hoch. Seine Augen funkeln mich an. Statt einer Antwort, berührt er sanft mit zwei Fingern mein Tattoo, was mir einen elektrisierenden Schauer durch den Körper jagt.

>>Eine liegende Acht. Die Unendlichkeit. Sehr tiefgründig.<<

Liegt da etwa Spott in seiner Stimme? In seinem Blick auf jeden Fall.

Ich schiebe seine Hand von mir weg.

>>Die kleine Malie kann anscheinend nichts entstellen<<, fährt er unbeirrt fort, während er mir zuzwinkert. Ich bekomme einen dicken Kloß im Hals. Da war kein Spott.

Schnell weiche ich seinem Blick aus. >>Verschwinde einfach. Ich möchte alleine sein.<<

Wieder geht er nicht darauf ein.

>>Du hast da ja eine echt nette Freundin. Irgendwie, wie soll ich sagen – *affektiert*.<<

Als ich ihn fragend ansehe, fügt er unverblümt hinzu: >>Ich kam nicht umhin, eurem Gespräch eine Weile zu folgen.<< *War ja klar!*

Nun bin ich es, die auf seine Bemerkung nicht eingeht und nehme schweigend einen Schluck von meinem Cappuccino.

Er durchbricht schließlich das Schweigen. >>Schon gut, ich möchte dir nicht weiter auf die Nerven gehen. Komm morgen Mittag um ein Uhr zum Alsterpavillon und warte dort auf mich.<< Schon wieder dieses verfluchte Zwinkern. >>Ich habe eine Überraschung für dich.<< Er legt einen Fünfeuroschein auf den Tisch und verlässt das Café.

7

Ich war kurz davor gewesen, Idris´ selbstgefälliger Aufforderung nicht nachzukommen.

Ich habe eine Überraschung für dich.

Meine Neugier hat jedoch wieder einmal gesiegt.

>>Was guckst du so komisch? Na los, steig ein!<<

Ich steige zügig zu Idris in seinen schwarzen Audi. Ebenso schwarzes Leder ziert den Innenraum. Dieser Kerl liebt Schwarz, das ist sicher.

Ich weiß nicht, was ich erwartet habe. Auf jeden Fall nicht so ein normales, bodenständiges Auto.

Der Wagen riecht nach Leder und nach Idris. Angenehm und bedrohlich zugleich.

Unwillig muss ich mir eingestehen, dass mir dieser Geruch gefällt …

>>Schön, dich wieder in deiner normalen Gestalt zu sehen. Sorry, aber das Draufgängerische passt nicht zu dir.<< Er kann sich ein Grinsen nicht verkneifen, während er das Auto wieder in den chaotischen Stadtverkehr lenkt.

Ich gehe nicht auf seine Bemerkung ein. Ehrlich gesagt, vermisse ich meine bunten Haare und vor allem das Tattoo.

>>Was hat dein Prinz eigentlich dazu gesagt?<<

>>Gar nichts<<, antworte ich knapp. Im Stillen ärgere ich mich etwas, dass er Lars immer *Prinz* nennen muss.

>>Wie, *gar nichts*?<<

Ich seufze genervt. >>Ich war nicht zuhause. Habe die Nacht in einem Motel verbracht<<, gebe ich schließlich zu. Idris erwidert darauf nichts, doch sein spöttisches Grinsen verrät seine Gedanken.

~ ~ ~

>>Wo willst du mit mir hin?<<, frage ich, als Idris die Autobahnauffahrt entlangfährt und kurz darauf mit Vollgas direkt auf die linke Spur zieht, im Slalom um die anderen, langsameren Fahrzeuge. Ich mag es, wenn man zügig fährt, aber Idris überspannt den Bogen mal wieder.

>>Du lässt dich nicht gerne überraschen, was?<< Wortlos drehe ich meinen Kopf zu Idris und betrachte sein Seitenprofil. Trotz der überhöhten Geschwindigkeit sieht er völlig entspannt aus, hält das Lenkrad mit nur einer Hand fest, jedoch den Blick konzentriert auf die Straße geheftet. Er sieht fast fremd für mich aus, denn heute ist er ausnahmsweise rasiert, was ihm jedoch ausgesprochen gut steht. Die dichten, schwarzen Haare sind dieses Mal nicht so zerzaust wie sonst. Selbst die Ringe unter seinen Augen wirken heute nicht ganz so dunkel.

>>Warum starrst du mich so an, kleine Malie?<< Seine grünen Augen treffen die meinen und schnell weiche ich seinem Blick aus, schaue nach vorne auf die Straße.

>>Erzählst du mir heute wenigstens etwas über dich? Schließlich bin ich mit dir in deinem Auto gefangen,

habe überhaupt keine Ahnung, wohin du mich bringen wirst oder was du mit mir vorhast und weiß dabei rein gar nichts von dir.<< *Außer, dass du verrückt bist*, füge ich in Gedanken hinzu.

Er zögert einen Moment, ehe er erwidert: >>Das kommt darauf an, was du wissen willst. Aber worüber machst du dir Sorgen? Du wachst doch morgen sowieso wieder neben deinem Traumprinzen in deinem Bettchen auf, egal was passiert.<<

Ich seufze. Er ist so verdammt starrsinnig!

>>Ist dir eigentlich nie der Gedanke gekommen, dass die Schleife jederzeit zu Ende sein könnte? Von daher sollten wir, meiner Meinung nach, jeden Tag darauf achten, wie wir ihn beenden.<<

>>Wie rührend<<, entgegnet er spöttisch.

Wir schweigen uns einen Moment lang an, bis ich schließlich sage: >>Ich werde dich nicht über dich ausfragen, keine Angst. Erzähl mir einfach, was du willst. Im Gegenzug erzähle ich dir dann Dinge über mich.<< Ich lächele ihn von der Seite an, er bemerkt es jedoch nicht, da sein Blick weiterhin konzentriert auf die Straße gerichtet ist.

>>Das brauchst du nicht, Malie.<<

Ich wundere mich über seine Aussage, aber dann beginnt er unerwartet zu erzählen.

>>Gut, wie du willst. Wo soll ich anfangen? Dass ich in Scheidung lebe, weißt du ja bereits. Ich werde am fünften August Siebenunddreißig und bin Sohn einer Deutschen und eines Marokkaners. Mein Nachname ist Amin.<<

Als er eine Pause macht und sein Blick sich in seinen Gedanken zu verlieren scheint, bemerke ich, wie ich ihn anstarre und unbewusst die Luft angehalten habe, während ich ihm gespannt lausche.

>>Genau genommen, bin ich der *Adoptivsohn* einer Deutschen und eines Marokkaners. Ich wurde als Baby adoptiert, aber ich konnte mir keine besseren Eltern vorstellen.<<

Er sieht für einen kurzen Moment zu mir herüber, betrachtet aufmerksam mein Gesicht, aber ich starre ihn einfach nur an, fühle mich wie betäubt. Ich kann nicht glauben, was er da gerade erzählt hat …

>>Sie gaben mir also den Namen Idris<<, fährt er fort, den Blick wieder auf die Straße gerichtet, da ich nicht imstande bin, etwas zu erwidern. >>Idris, eine Gestalt ohne Identität.<< Er lächelt bitter. >>Sie fanden den Namen passend, denn ich habe keine Identität. Niemand weiß, wo ich herkomme. Meine Eltern haben mich aus einem Waisenhaus in Griechenland mit nach Deutschland genommen, in dem es auch Flüchtlingskinder gab.<<

Als er endet, weiß ich bereits, dass er mir für heute nicht mehr erzählen wird.

Endlich finde ich meine Stimme wieder. >>Was ist mit deinen Eltern? Also, deinen *Adoptiv*eltern? Wo sind sie jetzt?<<

>>Sie leben nicht mehr, Malie. Mein Vater war krank und ist vor sieben Jahren gestorben, meine Mutter bloß ein halbes Jahr später. Man vermutet, an gebrochenem Herzen.<<

Ich schlucke und schaue wieder aus dem Fenster, während Idris immer schneller zu fahren scheint.

Idris, der Mann ohne Identität. Diese Erkenntnis macht mich unglaublich traurig.

~ ~ ~

Das Wetter ist kalt und rau in Haffkrug an der Ostsee. Die Sonne, die Hamburg an diesem ersten Januar zum Strahlen bringt und einen dort sogar etwas aufwärmt, ist hier von bedrohlich aussehenden, dunklen Wolken verdeckt. Der tosende, eiskalte Wind peitscht mir um die Ohren und ich bin froh, als ich ein altes Haargummi in meiner Manteltasche finde, womit ich mir mühselig die wirren, langen Haare zusammenbinde.

Das ist also Idris´ Überraschung. Mich an die Ostsee zu bringen. Besonders hierher, an meinen Lieblingsort.

Trotz der unglaublichen Kälte und des starken Windes, gehe ich im Laufschritt auf die Seebrücke zu, die knapp vierhundert Meter hinaus auf das Meer führt.

Am Fuße der Brücke sieht es aus, als würde sie direkt in die Unendlichkeit führen, um sie herum nichts als wildes, rauschendes Meer und scheinbar unendliche Weite. Es ist so dunkel, dass ich von hier aus ihre Spitze nicht erkennen kann, obwohl es mitten am Tag ist.

Der Wind scheint stärker zu werden, als ich über die Brücke laufe und das Meer peitscht in hohen Wellen daran hoch, je mehr ich das Festland verlasse. Weit draußen, am Horizont, bahnen sich einzelne Sonnenstrahlen den Weg durch die dichten Wolken und lassen dort die unruhige Wasseroberfläche glitzern.

Keine Menschenseele ist zu sehen, was mich allerdings nicht wundert. Vereinzelt sieht man Leute unten am Strand entlanglaufen, aber die meisten halten sich gerade womöglich in den vielen Cafés auf, dem ungemütlichen Wetter entflohen. Es ist eindeutig viel zu kalt und zu windig hier oben, aber das stört mich nicht. Ich fühle mich dadurch lebendiger denn je.

Als ich am anderen Ende der Brücke ankomme und einzelne Stufen hinabsteige, um dem Wasser noch näher zu sein, spritzt mir unaufhörlich Gischt von den sich bedrohlich aufbäumenden Wellen entgegen, die gegen die dort unten angebrachten, massiven Holzpfeiler der Brücke krachen.

Es ist eisig und zu allem Überfluss werde ich auch noch nass, aber das Gefühl von peitschendem Wind in meinem Gesicht, der mir das Atmen erschwert und der Anblick von wilden, sich brechenden und direkt auf mich zukommenden Wellen des heute ungewöhnlich rauen Meeres, geben mir das Gefühl, dass ich lebe. Dass ich weder tot bin, noch dass ich träume.

Ich wurde als Baby adoptiert.

Idris´ Worte und seine Geschichte gehen mir nicht mehr aus dem Kopf. Ich kann nicht glauben, was er mir erzählt hat. Ausgerechnet er hat dieselbe Vergangenheit wie ich, mit dem einzigen Unterschied, dass ich meine Identität kenne. Dass ich weiß, woher ich komme.

Ich denke an meine Adoptiveltern, die in München leben und im Gegensatz zu seinen am Leben sind. Meine Liebe zu ihnen ist grenzenlos und ich habe sie immer wie meine richtigen Eltern gesehen. Über meine leiblichen Eltern weiß ich bis heute nichts. Ich wurde direkt in Thailand adoptiert. Das haben meine Eltern mir erzählt, denn ich war noch zu klein gewesen, um mich an irgendetwas erinnern zu können.

Ich atme tief die kalte Meeresluft ein, schließe die Augen, lasse Wind und Wasser auf mich einprallen. Zaghafte Schritte hinter mir reißen mich aus meiner Trance und lassen mich herumfahren.

Erst jetzt merke ich, dass ich von Kopf bis Fuß völlig durchnässt bin, spüre Nässe und Kälte durch meine Klamotten bis in meine Glieder kriechen.

Ich hatte ihn fast vergessen.

Idris steht vor mir, die Hände in den Taschen seines schwarzen, trotz der Kälte offenen Mantels vergraben und sieht mich wortlos an. Sein schwarzes Haar ist vom Wind völlig zerzaust und in seine grünen Augen tritt ein Blitzen, dass noch wilder ist als das Meer um uns herum.

Wir stehen einfach nur da und schauen uns an, verstrickt in ein gemeinsames Schicksal, von dem wir nicht wissen, wie wir ihm entkommen sollen.

Nur wir beide. Lebendig in einer Welt aus Toten.

Wie von selbst setzen meine Beine sich in Bewegung, direkt auf ihn zu. Meine Arme greifen in seinen Mantel, schlingen sich um seinen breiten Oberkörper. Mein Körper scheint meinem Kopf nicht mehr zu gehorchen, als ich mich dicht an ihn drücke, meinen

Kopf an seinen Brustkorb lege, seinen Duft einatme, seine wohltuende Wärme in mich aufnehme.

Er schlingt beide Arme fest um mich, drückt mich noch dichter an sich, vergräbt eine Hand in meinem Haar, sodass es beinahe schmerzt. Ich höre sein Herz wild in seiner Brust schlagen und wieder treffen seltsam verzerrte Bilder auf meine Netzhaut, zu denen ich keinerlei Erklärung habe.

Ich stehe in Schlittschuhen auf einer Eisbahn und muss mich an jemandem festhalten, weil ich durch meine Ungeschicktheit beinahe auf meinem Hintern gelandet wäre.

Wieder ist mein eigenes Lachen überdeutlich zu hören und übertönt alles andere.

Ich reiße mich von Idris los und schaue ihn an. Er tritt wieder näher an mich heran, legt seine Hand an meine Wange. Als er sein Gesicht zu mir herunterbeugt, lässt er seinen warmen Atem, seine Lippen zärtlich über meine Stirn, meine Wangen, meine Nase, bis hin zu meinen Lippen streicheln. Meine Augen sind geschlossen und mein Herz rast.

>>Erinnerst du dich, Malie?<<

Ich reiße die Augen auf und schaue ihn an.

Mein Körper ist von einer Gänsehaut überzogen und ich muss mich räuspern, um überhaupt einen Ton herauszubringen. *Was passiert hier gerade?*

>>Wo … Woran soll ich mich erinnern?<<, frage ich mit zitternder Stimme, denn ich habe keine Ahnung, wovon er spricht.

Idris hält einen Moment inne und ein enttäuschter Ausdruck tritt in sein Gesicht. Dann löst er sich von mir und durch seine fehlende Nähe wird mir augenblicklich wieder eiskalt.

>>Es ist verdammt kalt und langsam wird es auch dunkel. Wir sollten fahren<<, sagt Idris mit ausdrucksloser Stimme, dreht sich um und steigt die Stufen zur Brücke hinauf.

Ich schaue ihm einen Moment lang verwirrt nach, ehe ich ihm auf wackeligen Beinen folge.

Auf dem Weg zum Auto herrscht in meinem Kopf das reinste Chaos.

Idris läuft in raschem Tempo über die Brücke und ich habe Mühe, mit ihm Schritt zu halten. Er dreht sich nicht einmal um, um zu schauen, ob ich hinterherkomme.

Mir ist sein seltsames Verhalten ein Rätsel. Erst war er im Begriff, mich zu küssen und dann plötzlich dieser Wandel um hundertachtzig Grad …

Und was hatte seine Frage zu bedeuten? Woran soll ich mich erinnern?

Das Verwirrendste an allem ist aber, dass ich es bereitwillig zugelassen hätte, wenn er mich geküsst hätte. Noch schlimmer, ich war sogar richtig enttäuscht, als er es nicht getan hat.

Auf der Rückfahrt sprechen wir kein Wort miteinander. Ich traue mich kaum zu atmen, geschweige denn irgendetwas zu sagen, so angespannt ist die Atmosphäre zwischen uns.

Idris starrt stur geradeaus auf die Straße, das Lenkrad mit beiden Händen so fest umschlossen, dass die Knöchel bereits weiß hervortreten.

Kaum zu glauben, dass vorhin noch so eine intime und intensive Situation zwischen uns entstanden war …

Ich finde erst meine Stimme wieder, als wir vor meiner Haustür zum Stehen kommen.

>>Woher weißt du, wo ich wohne? Ich kann mich nicht erinnern, dir meine Adresse genannt zu haben.<<

Als er den Kopf zu mir dreht und mich angrinst, bin ich erleichtert, dass das Eis zwischen uns wieder gebrochen zu sein scheint.

>>Sowas ist nicht schwer herauszufinden, kleine Malie.<< Er zwinkert mir zu. *Oh Mann …*

>>Arbeitest du beim Geheimdienst oder so?<<, frage ich ihn, während ich mich abschnalle.

Dabei fällt mir auf, dass er mir noch gar nicht erzählt hat, was er beruflich macht.

Ich bin mir auch nicht sicher, ob ich das wirklich wissen will …

Er lacht und augenblicklich entspanne ich mich etwas.

>>Nein. Es wird dich vielleicht wahnsinnig enttäuschen, aber in meinem *normalen* Leben bin ich ein stinklangweiliger Rechtsanwalt. Für Verkehrsrecht. Mit eigener Kanzlei mitten in Hamburg, direkt am Jungfernstieg, die ich mir mit einem anderen Anwalt teile. Normaler und langweiliger geht es gar nicht.<<

Ich kann nicht anders, als ihn mit großen Augen anzustarren. Erst sein Auto, jetzt sein Job …

>>Du hast mich für einen Schwerverbrecher gehalten, nicht für einen normalen, bodenständigen

Mann. Habe ich Recht?<< Sein Blick ist feixend, jedoch auch neugierig.

Als Antwort schlucke ich nur. Seine Fähigkeit, meine Gedanken zu lesen, ist erschreckend.

>>Es tut mir leid Malie, aber du bist wie ein offenes Buch. Ich brauche dich nur anzusehen und weiß sofort, was du denkst.<< Durch die draußen herrschende Dunkelheit wirken seine Augen pechschwarz, als er mich mit solch einer Intensität anschaut, dass ich wegschauen muss.

>>Dafür, dass du Rechtsanwalt für Verkehrsrecht bist, fährst du aber selbst wie eine besengte Sau<<, versuche ich mich und die Situation zu entspannen.

Sein breites Lächeln verursacht mir jedoch einen noch größeren Kloß im Hals.

>>Nun ja, ich vertrete Fahrer, die wie ich sind oder sogar schlimmer. Ich verurteile sie nicht.<<

Ich schaue aus dem Fenster, in den zweiten Stock hinauf, direkt auf unser Wohnzimmerfenster. Die Jalousien sind oben, in der Wohnung dahinter jedoch ist es stockdunkel. *Schläft Lars schon?*

Gerade, als ich aussteigen will, kommt mir eine Idee und ich bleibe sitzen.

>>Idris … wenn wir die heutige Nacht einfach wachbleiben, bis morgen, meinst du nicht, dass wir der Schleife damit entkommen könnten?<< *Ich habe es zumindest bisher noch nicht versucht …*

Doch Idris zerschlägt meinen Hoffnungsschimmer sofort.

>>Es bringt nichts. Auch das habe ich nicht unversucht gelassen. Um Punkt Mitternacht schläfst

du einfach ein, egal wo du gerade bist. Und wachst am ersten Januar wieder auf.<<

Hilflos schaue ich auf meine Hände in meinem Schoß, die wegen der Dunkelheit immer mehr vor meinen Augen verschwimmen.

>>Lass es uns einfach genießen<<, höre ich Idris sagen und das lässt mich wieder zu ihm schauen. >>Wir leben einfach so, als gäbe es kein Morgen … was ja irgendwie auch stimmt. Machen wir einfach Dinge, die wir schon immer machen wollten. Was ist so großartig an Freiheit? Ich denke sogar, dass wir *jetzt* so richtig frei sind. Keine Gefangenen.<<

Der Optimismus in seiner Stimme und in seinen Worten faszinieren mich und gleichzeitig klingen sie aus *seinem* Mund fremd in meinen Ohren.

War er es nicht, der sich einst umbringen wollte? Und sogar mich?

~ ~ ~

Als ich die Wohnung betrete, sehe ich nirgendwo Licht brennen. Es ist komplett dunkel, nur das schwache Licht der Straßenlaternen von draußen scheint durch die Wohnzimmerfenster bis in den Flur.

>>Lars?<<

Ich mache überall Licht, während ich durch die Wohnung laufe und meinen Freund suche.

Und ihn nirgends finde.

Nicht einmal schlafend im Bett im Schlafzimmer, wo ich ihn zuerst vermutet hatte.

Er ist nicht da und er hat mir auch keine Nachricht hinterlassen.

Ich nehme mein Handy vom Nachtschrank, das ich extra zuhause gelassen habe, um nicht den ganzen Tag von Lars genervt zu werden, und entsperre das Display. Keine neuen Nachrichten, nicht einmal von Lina.

Wenn ich nicht wüsste, dass niemand außer mir sich morgen noch daran erinnern könnte, dann würde ich wie eine Verrückte versuchen, Lars irgendwie zu erreichen. Aber dann wäre ich natürlich auch nicht einfach abgehauen, ohne mich bei ihm zu melden.

Seufzend schalte ich mein Handy aus, ziehe Mantel und Stiefel aus und schmeiße sie achtlos in die Ecke. Mein Wecker zeigt 23:31 Uhr an, also habe ich noch eine halbe Stunde bis Mitternacht. Und laut Idris´ Worten ist dann dieser Tag vorüber.

Ich lösche das Licht in der gesamten Wohnung und stelle mich ans Wohnzimmerfenster, um die grauen, lichtdurchlässigen Gardinen zuzuziehen.

Als ich aus dem Fenster schaue, sehe ich noch immer Idris´ Wagen unten stehen, den Motor abgestellt.

Mein Herz beginnt unerwarteter Weise zu flattern und ich setze mich auf die Fensterbank, schaue zu seinem Wagen hinunter, bis ich schließlich einschlafe.

8

Guten Morgen Sonnenschein, und ein frohes neues Jahr! Ha, ha ... Sei um zwölf Uhr am Flughafen und pack dir kurze Klamotten und Badesachen ein. Es geht für ein paar Stunden ins Warme ;-)
Idris.

Ich sitze aufrecht mit meinem Handy in der Hand im Bett und lese die Nachricht immer und immer wieder. Dabei quält mich nur eine Frage.

Woher hast du meine Handynummer??

Nicht so viel Kopfzerbrechen, kleine Malie! Beeil dich lieber, die Zeit rennt.

>>Schatz, was ist los? Warum ziehst du dich denn an?<<
Lars sieht wirklich unglaublich süß aus, wenn er gerade aufgewacht ist.
Irgendwie habe ich ein schlechtes Gewissen ihm gegenüber, weil ich gestern einfach verschwunden bin, ohne ihm etwas zu sagen. Was natürlich total unnötig ist, schließlich kann er sich nicht daran erinnern. Trotz allem möchte ich das heute anders angehen.
>>Nicht böse sein, aber ich treffe mich spontan mit Lina. Sie hat mir eben geschrieben und möchte mit

mir reden. Keine Ahnung, vielleicht hat sie Streit mit Benny oder so …<<

Eine kleine Notlüge dürfte ja keinen Schaden anrichten …

Lars setzt sich auf und reibt sich die Augen.

>>Hm, okay … Aber sei heute Abend rechtzeitig wieder hier, ja? Wir wollen doch ins Theater.<<

>>Na, klar.<<

Mit den üblichen Worten >>Oh Mann, wie viel habe ich gestern bitte getrunken?<<, steht Lars auf und macht sich auf den Weg in Richtung Badezimmer. Dafür bin ich sehr dankbar, denn nun kann ich in Windeseile einen Rucksack mit kurzen Hosen, T-Shirts, Sandaletten und einem kurzen Sommerkleid packen. Vermutlich viel zu viel für die paar Stunden …

Ich bekomme ein Kribbeln im Bauch und bin gespannt, wo Idris mit mir hinwill. Andererseits schleicht sich gleichzeitig ein ungutes Gefühl in meine Magengegend, denn er weiß eindeutig zu viel über mich, wo ich wohne, kennt meine Handynummer, und ich habe absolut keine Ahnung, wie das möglich ist …

Als ich mich soweit frisch gemacht und Zähne geputzt habe und mich mit einem Küsschen von Lars verabschiede, merkt er nicht einmal, dass ich einen Rucksack auf meinem Rücken trage.

~ ~ ~

Nachdem ich am Flughafen angekommen war und Idris mich an Terminal Eins erwartet hatte, ging danach alles furchtbar schnell.

Ehe ich es mich versah, hielt ich plötzlich ein Flugticket nach Palermo auf Sizilien in der Hand, in der kleinen Schlange zu den Sicherheitskontrollen stehend – und sitze nun im Flieger, der vor zwei Minuten gestartet ist. Ich sehe aus dem Fenster und schaue zu, wie Hamburg unter uns immer kleiner wird, bis wir unter einigen Turbulenzen durch die dichte Wolkendecke brechen und kurz danach grelles Sonnenlicht die Kabine durchflutet, unter uns die wie Schneeberge aussehenden Wolken.

Nur wenige Plätze in der Maschine sind besetzt, weshalb wir überhaupt so spontan zwei Flugtickets bekommen konnten. Außerdem sind nach diesem Wochenende die Schulferien und bei den meisten Leuten der Urlaub auch wieder vorbei.

Während des vierstündigen Fluges frage ich mich, wie ich überhaupt auf diese Schnapsidee kommen konnte, an bloß einem Tag die Welt zu retten oder sogar an Orte zu reisen, die ich schon immer einmal sehen wollte. Wir kommen um fünf Uhr am Nachmittag in Palermo an und dann bleibt kaum einmal genug Zeit, um dort Dinge zu unternehmen, geschweige denn den Strand zu sehen. Dazu müsste ich früher aufwachen und das ist leider unmöglich.

Es sei denn, ich fliege jeden Tag aufs Neue auf Sizilien, immer wieder an andere Orte. So wäre es dann auch mit den anderen Ländern. Nur leider kann ich mich, wenn man die Flugzeiten berechnet, maximal im europäischen Raum aufhalten …

>>Wir fliegen schon seit zwei Stunden, und du hast noch kein einziges Wort mit mir gewechselt.<<

Ich zucke zusammen, als ich Idris´ Stimme plötzlich höre. Ich war die ganze Zeit über so in Gedanken vertieft, dass ich komplett vergessen habe, dass er neben mir sitzt.

Ich drehe meinen Kopf nach links und schaue direkt in seine grünen Iriden, in denen sich das Sonnenlicht spiegelt und sie damit noch heller, noch eindringlicher wirken lässt.

Ohne es zu merken, bin ich wohl gerade dabei, ihn anzustarren, denn seine Mundwinkel umspielt ein amüsiertes Lächeln. Seine Augen wandern über mein ganzes Gesicht und ich muss wegschauen.

Es bringt doch eh nichts, mit dir zu reden, schießt es mir durch den Kopf, aber das behalte ich für mich. Ich habe keine Lust auf weiteres Rätselraten oder Diskussionen. Außerdem stellen sich mir förmlich die Nackenhaare auf, wenn ich daran denke, wie er letztes Mal im Café reagiert hat, als ich ihn zu viel gefragt habe …

Vielleicht sollte ich mir wirklich weniger den Kopf zerbrechen.

Idris seufzt kaum hörbar und rutscht in seinem Sitz hin und her. Die restlichen zwei Flugstunden verbringen wir weiterhin in beiderseitigem Schweigen.

~ ~ ~

Idris organisiert uns einen kleinen schwarzen Jeep als Mietwagen bei der Autovermietung am Flughafen, nachdem wir in Palermo gelandet sind.

Die Sonne steht noch am Himmel und bei herrlichsten fünfundzwanzig Grad ziehe ich Mantel und Pullover aus, während ich auf den kleinen Geländewagen zulaufe.

An der Beifahrertür stehend, sehe ich dann auch Idris auf den Wagen zugehen, und augenblicklich scheint mein Herz eine Etage tiefer zu rutschen.

Er hat sich eine dunkle Pilotensonnenbrille aufgesetzt und kommt in lässigem Schritt auf mich zu, seine schwarze Lederjacke über die rechte Schulter geworfen, die Hände in den Taschen seiner dunkelblauen Jeans. Die oberen Knöpfe seines hellblau-karierten Hemds sind offen, die Ärmel an beiden Seiten hochgekrempelt. Sein schwarzes Haar glänzt im Sonnenlicht.

Er hebt den Kopf und als er mich sieht, schleicht sich ein breites Grinsen in sein Gesicht.

Mir wird schwindelig und schon wieder muss ich den Blick abwenden.

Was ist nur los mit mir?

Mit einem piependen Geräusch entsperrt Idris die Zentralverriegelung und hastig öffne ich die Wagentür und springe auf den Beifahrersitz.

Wir fahren direkt zum nächstgelegenen Strand.

Die Landschaft um uns herum ist wunderschön, wir sind umgeben von Wasser und Bergen.

>>Warum eigentlich Palermo? Hat das einen bestimmten Grund, dass wir hier sind?<<, frage ich

Idris, als wir vor dem steinigen Strand halten, den Blick direkt auf das ruhige, türkisblaue Meer.

Er stellt den Motor ab. >>Es ist schön hier, wie überall in Italien. Ich mache gerne hier Urlaub.<<

Er dreht seinen Kopf zu mir und ich bin froh, seine Augen unter der dunklen Sonnenbrille nicht sehen zu können.

>>Außerdem habe ich schöne Erinnerungen an diesen Ort. Hier war ich mit der Liebe meines Lebens.<< In seiner Stimme klingt ein leiser Unterton von Bedauern mit.

Ich weiß nicht, warum es mir einen Stich versetzt, als er von seiner Exfrau spricht.

Um meine alberne Gefühlsregung zu überspielen, erwidere ich: >>Magst du schon einmal zum Strand vorgehen? Ich würde mich gerne hier in Ruhe umziehen. Mir ist das eindeutig zu warm in den Winterklamotten.<<

Idris sieht mich noch einen Moment lang an, dann nickt er und steigt aus dem Wagen.

Ich warte, bis er in sicherer Entfernung ist und krame dann mein gelbes Sommerkleid aus dem Rucksack.

Auf meine Badesachen verzichte ich, das Wasser wird sowieso viel zu kalt zum Schwimmen sein. Außerdem hat Idris wohl auch nicht vor, baden zu gehen, denn er hat kein einziges Gepäckstück dabei.

Ich schlüpfe lediglich aus meinen Klamotten und den Winterstiefeln, bis ich nur noch meine Unterwäsche am Leib trage und werfe dann so schnell ich kann mein Kleid über. Dann schlüpfe ich in meine flachen Sandaletten und springe aus dem Jeep.

Idris sitzt direkt am Meer, als ich auf ihn zukomme, den Blick gedankenverloren auf das Wasser gerichtet. Als er meine Schritte hört, dreht er den Kopf zu mir und pfeift mir zu.

>>Tolle Beine!<< Ich verdrehe die Augen.

Ich komme neben ihm zum Stehen und schaue ebenfalls auf das stille Meer. Es ist kein Vergleich zu der rauen Ostsee.

>>Im Süden von Sizilien, in der Provinz Agrigento, an der *Scala dei Turchi*, ist das Meer viel wilder als hier. Während es hier komplett windstill ist, tobt dort ein so starker Wind, dass man kaum am Strand entlanglaufen kann, ohne die ganze Zeit Sand ins Gesicht gepeitscht zu bekommen. Aber trotzdem ist es auch dort wunderschön. Das ist das Tolle an dieser Insel. Sie ist so enorm vielseitig<<, erzählt Idris, als hätte er schon wieder meine Gedanken gelesen.

>>Wie weit ist es bis dorthin?<<, frage ich, weil er damit meine Neugier geweckt hat.

>>Fast zwei Stunden. Wenn wir dort ankommen, ist es bereits stockdunkel.<<

Er sieht meinen enttäuschten Gesichtsausdruck und lächelt. >>Nächstes Mal, kleine Malie.<<

Ich schaue ihn an und frage mich, wie lange dieser Zustand noch anhalten soll. Werde ich nun bis in alle Ewigkeit meine Zeit mit Idris verbringen, mit ihm jeden Tag an einen anderen Ort reisen? Schließlich kennen wir uns kaum, er ist praktisch ein Fremder für mich.

Doch andererseits … Was ist, wenn wir es eines Tages schaffen, aus der Schleife auszubrechen? Werden wir unser bisheriges Leben einfach so weiterleben und so tun, als wären wir uns niemals begegnet?

Ich schlüpfe aus meinen Sandaletten und gehe langsam auf das kristallklare Wasser vor uns zu, einen Fuß vor den anderen setzend. Als meine Zehenspitzen die eiskalte Wasseroberfläche berühren, muss ich einen Aufschrei unterdrücken und bleibe abrupt davor stehen. Zum Baden wäre es eindeutig viel zu kalt! Ich schlinge meine Arme um meinen Oberkörper, als wäre die Umgebungstemperatur plötzlich um zehn Grad gesunken.

>>Zu feige, um ins Wasser zu gehen?<<

Ich fahre herum, als Idris auf einmal neben mir steht – nur in eine dunkelgrüne, weite Badehose gekleidet. Meine Augen scannen ihn in Sekundenschnelle komplett ab, von oben bis unten. Er hat eine sportliche Figur, aber nicht übertrieben. Muskulöse Waden und Oberarme, sowie einen breiten, ebenso muskulösen Oberkörper.

Er grinst selbstgefällig, da ich wieder einmal dabei bin, ihn anzustarren.

Als er auf mich zukommt und Anstalten macht, mich ins Wasser zu schmeißen, springe ich sofort vor ihm zurück.

>>Oh nein, untersteh dich!<<

Er lacht, und kurz darauf stürmt er auf das Meer zu, springt hinein und taucht komplett unter.

Ich bleibe am sicheren Strand stehen und schaue ihm ungläubig dabei zu, wie er immer wieder schnaubend auftaucht und wieder eintaucht.

>>Feigling!<<, ruft er mir zu, als er schon einige Meter weit rausgeschwommen ist.

Das reicht! Als Feigling lasse ich mich nicht bezeichnen!

Kurzerhand ziehe ich mein Kleid über den Kopf und springe ebenfalls, schreiend wegen der Kälte, ins Wasser, nur in meine Unterwäsche gekleidet.

Hastig und prustend schwimme ich auf Idris zu, in der Hoffnung, dass mir schnell warm wird.

Dieser paddelt seelenruhig und entspannt vor sich hin, so als wäre das Wasser herrlich warm.

>>Na, ist die kleine Malie doch kein Feigling?<< Er sieht mich bewundernd an, als ich auf ihn zu schwimme.

Als Antwort schieße ich ihm mit beiden Händen eine riesige Ladung Wasser ins Gesicht.

Ich höre ihn laut fluchen und bin gerade dabei, umzudrehen und so schnell ich kann zum Strand zurück zu schwimmen, aber natürlich ist Idris viel schneller als ich. Ehe ich es mich versehe, ist er schon bei mir und drückt meinen Kopf unter Wasser. Vor Schreck verschlucke ich eine beachtliche Menge von dem kalten, salzigen Wasser und schnappe keuchend und ebenfalls fluchend nach Luft, als er mich wiederauftauchen lässt.

>>Du Mistkerl!<<, rufe ich lachend und springe auf ihn zu, um ihn ebenfalls unter Wasser zu drücken. Doch Idris packt mich nur und drückt mich fest an seinen trotz der Kälte warmen Oberkörper. Weil ich Angst habe, er wolle mich noch einmal auf Tauchgang schicken, klammere ich mich an ihm fest. Ich spüre seinen Herzschlag kräftig in seiner Brust pulsieren. Schwer atmend zittert er leicht am ganzen Körper, jedoch bin ich mir sicher, nicht vor Kälte.

Das Lächeln ist aus seinem Gesicht verschwunden und er sieht mich aus blitzenden Augen an. Als ich mir bewusstwerde, wie nah wir uns gerade sind, halb nackt, Haut dicht an Haut, werde ich plötzlich knallrot im Gesicht und meinen Körper durchflutet eine brennende Hitze.

Mein Herz rast ebenfalls. Ich starre auf seine vollen, vom Wasser noch feuchten Lippen und schalte dann meinen Kopf aus. Ohne über mein Handeln nachzudenken, drücke ich zitternd meine Lippen auf seine.

Idris scheint erst wie erstarrt, doch dann drückt er mich noch fester an sich, während seine Zunge in meinen Mund vordringt. Ich habe das Gefühl, kaum noch atmen zu können.

Als er sich plötzlich von mir löst und mich sanft von sich schiebt, bin ich noch völlig benommen. >>Lass das, Malie<<, raunt er mir kaum hörbar zu und mein Herz schrumpft förmlich in sich zusammen.

>>Du hast bestimmt Hunger. Komm, wir fahren weiter und gehen irgendwo was essen<<, fügt er kurz darauf in normalem Tonfall hinzu, doch durch das Dröhnen in meinem Kopf höre ich ihn kaum.

Während ich ihm dabei zusehe, wie er zum Strand zurückschwimmt und sich dabei immer weiter von mir entfernt, warte ich auf die Gewissensbisse, die sich wegen Lars einstellen sollten – es jedoch nicht tun. Das einzige, was ich spüre, ist die Enttäuschung über Idris´ Zurückweisung.

Dabei hat er Recht. Ich sollte so etwas wie eben nicht tun. Was würde der arme Lars über mich denken? Andererseits werde ich vermutlich nie wieder auch nur einen zweiten Januar mit ihm erleben ... Ich fühle mich plötzlich so weit entfernt von ihm, und damit meine ich nicht die vielen Flugstunden Entfernung zwischen uns. Eher emotional. So als würde ich mich jeden Tag weiterentwickeln und er immer auf derselben Stelle stehenbleiben.

Ich hätte niemals für möglich gehalten, dass ich so etwas auch nur im Entferntesten denken könnte ...

~ ~ ~

Es ist bereits dunkel, als wir in der Innenstadt ankommen, um uns ein nettes Lokal zu suchen.

Die ganze Fahrt über vom Strand in die Stadt hat Idris wieder einmal kein einziges Wort mit mir gesprochen. So als würde er sich jedes Mal immer weiter in sich zurückziehen und eine hohe Mauer um sich bauen, wenn ich ihm zu nahekomme.

Insgeheim bewundere ich ihn, wie er seelenruhig durch den wirren und chaotischen Verkehr gleitet, völlig tiefenentspannt, und sich durch engste Gassen schlängelt, durch die der kleine Jeep kaum zu passen scheint. Hier scheint es keine Verkehrsregeln zu geben, jeder fährt so wie er möchte, immer getreu nach dem Motto: Wer zuerst kommt, malt zuerst. Idris fährt so, als wäre er hier schon hunderte Male zuvor gefahren.

Ich hingegen wäre hier gar nicht zurechtgekommen und hätte schon längst aufgegeben, das Auto irgendwo am Straßenrand abgestellt und wäre zu Fuß weitergegangen.

Die Stadt scheint von Menschen überfüllt zu sein. Es ist laut und voll, gleichzeitig wirkt Palermo jedoch sehr romantisch mit der historischen Altstadt und den barocken Kathedralen und Palästen.

Innerlich werde ich etwas wehmütig ob der Tatsache, dass wir bloß so wenig Zeit haben. Ich hätte mir am liebsten die ganze Stadt angesehen und wäre um die gesamte Insel gereist.

Andererseits werden wir dennoch genug Gelegenheiten dazu haben …

>>Du musst schlicht eine stinknormale Pizza Margherita essen, wenn du in Italien bist. Mehr nicht. Das haut dich vom Hocker, versprochen<<, erklärt Idris mir enthusiastisch, nachdem wir eine kleine Pizzeria in einer der urigen Gassen gefunden haben, fernab von der Straße und dem Stadtlärm. Hier hört man nichts weiter, als italienische Musik und die sich unterhaltenden und lachenden Menschen um uns herum.

Es ist wunderschön hier. Wir sitzen draußen, an einem kleinen, runden Tisch mit einer Kerze in der Mitte zwischen uns und als ich Idris´ Augen im Kerzenlicht aufblitzen sehe, wird mir ganz warm und ich spüre förmlich, wie ich rote Wangen bekomme. Was natürlich aber auch an dem unglaublich leckeren und süßen Lambrusco liegen mag, den er uns bei der hübschen kleinen, italienischen Kellnerin mit den langen, schwarzen Haaren und den dunklen Augen bestellt hat.

Es mag albern klingen, aber mir ist generell aufgefallen, dass die Menschen hier in Palermo überwiegend auffallend gut aussehen, egal ob Männer oder Frauen.

Jedoch ist keiner so schön wie Idris.

Kopfschüttelnd schalte ich meine Gedanken wieder zur Vernunft. *Das ist doch lächerlich!* Ich sollte eindeutig weniger Wein trinken, schließlich vertrage ich Alkohol nicht besonders gut.

>>Was ist wieder los in deinem süßen Kopf, kleine Malie?<<

Ich hebe ruckartig den Kopf und schaue Idris an, der mich mit amüsiertem Lächeln betrachtet.

Ich lächele frech zurück.

>>Nichts, ich habe mich bloß gerade gefragt, wie du davon ausgehen kannst, dass ich zuvor noch nie in Italien war und schon einmal dort eine Pizza gegessen habe?<<

>>Ich weiß, dass du noch nie in Italien warst.<<

Wieder sein blödes Augenzwinkern.

>>Ach, und woher willst du das wissen? Und jetzt sag nicht, du hast eine gute Menschenkenntnis oder kannst meine Gedanken lesen.<< Ich sehe ihn herausfordernd an.

Sein Blick wird immer intensiver.

>>Dass ich deine Gedanken lesen kann, wissen wir doch bereits. Und ja, vielleicht habe ich tatsächlich eine gute Menschenkenntnis, als Anwalt ist so etwas unabdingbar.<<

Ich seufze resigniert. *Okay, das Rätselraten geht also weiter ...*

Idris greift über den Tisch hinweg nach meiner Hand, hält sie sanft in beiden Händen und streichelt zärtlich mit dem Daumen über meinen Handrücken.

>>Faszinierend, wie klein deine Hände sind.<<

Ein Schauer fährt über meinen Rücken.

Sein Blick wird so eindringlich, dass ich nicht imstande bin, ihm noch länger standzuhalten.

Was soll sein komisches Verhalten? Erst weist er mich am Strand zurück und jetzt ...?

Wortlos ziehe ich meine Hand zurück und Idris´ Blick verdunkelt sich augenblicklich.

>>Due Pizza Margherita! Prego!<<

Die Kellnerin von vorhin stellt je zwei große Teller mit riesigen Pizzen darauf vor uns auf den Tisch. Dabei fällt mir auf, dass sie sich mit einem flirtenden Blick auf Idris ziemlich weit nach vorne beugt und eine beachtlich üppige Oberweite präsentiert.

Idris scheint sich in den Kopf gesetzt zu haben, mich zu provozieren.

>>Grazie.<< Er lächelt sie verführerisch an – und zwinkert ihr zu!

Als sie sich albern kichernd wieder umdreht, starrt er ihr ungeniert auf den Hintern.

Ich tue so, als hätte ich seine kleine Provokation gar nicht bemerkt und widme mich meiner herrlich duftenden und unglaublich lecker aussehenden Pizza zu.

Idris hatte Recht – die Pizza haut mich wirklich beinahe vom Hocker! Der Teig ist dünn und knusprig, die Tomatensoße und der Mozzarella-Käse zum Dahinschmelzen. Noch nie zuvor habe ich so eine köstliche Pizza gegessen.

Wir bestellen noch eine weitere Karaffe voll mit Lambrusco und dieser steigt mir immer schneller zu Kopf.

Nachdem wir unsere Pizzen komplett aufgegessen haben, beobachten wir einige der Leute, wie sie, ebenfalls sichtlich beschwipst, aufstehen und beginnen, zur Musik zu tanzen.

Idris erhebt sich von seinem Stuhl, stellt sich direkt vor mich und streckt mir seine Hand entgegen.

>>Darf ich bitten?<<, fragt er mich mit einem ironischen Lächeln. Ich pruste los, nehme aber dennoch seine Hand entgegen und schwanke mit ihm auf die *Tanzfläche*.

Ich bin der Meinung, einen Song von Eros Ramazotti zu hören, bin mir aber nicht sicher, welchen. Dazu dreht sich mir zu sehr der Kopf.

>>Na, verträgt die kleine Malie etwa keinen Alkohol?<< Idris dreht mich einmal wild um die eigene Achse und zieht mich dann ganz eng an sich. Mir ist schwindelig und ich kann nicht aufhören zu lachen.

Er senkt seinen Kopf und vergräbt sein Gesicht in meinem Haar, das ich heute offen trage. Dazu bewegen wir uns weiter langsam im Takt der Musik. Ich strecke meine Arme und klammere mich an seinem Hals fest, drücke mich immer dichter an ihn, während seine Hände auf meinen Hüften liegen. Ich habe Schmetterlinge im Bauch und gerade, als mir bewusstwird, dass ich im Begriff bin, mich in ihn zu verlieben und ihn am liebsten nie wieder loslassen möchte, löst er sich plötzlich von mir und stürmt davon. Völlig perplex sehe ich ihm dabei zu, wie er ins Lokal rennt und mein Herz überschlägt sich beinahe, überwältigt von meinen Gefühlen zu ihm.

Warum weist er mich jedes Mal zurück? Es ist zum Verzweifeln. Anscheinend darf ich ihm nicht zu nahekommen – aber das fällt mir von Minute zu Minute immer schwerer …

Auf zittrigen Beinen gehe ich zu unserem Tisch zurück, setze mich und nehme einen großen Schluck Wein, während ich auf ihn warte. Dabei beobachte ich die Tanzenden, wie sie sich eng umschlungen und verliebt anschauend in den Armen liegen. Eine alberne Sehnsucht erfüllt mich und im Geiste überschlage ich die heutigen Ereignisse.

Besser gesagt, die Ereignisse seit dem Besuch an der Ostsee.

Ich weiß nicht, ob es daran liegt, dass wir die gleiche Vergangenheit haben oder ich das Gefühl habe, dass er mehr über mich weiß, als ich denke. Aber ich scheine magisch von ihm angezogen zu werden und fühle mich ihm enorm verbunden. Seine Anwesenheit verwirrt mich von Tag zu Tag immer mehr.

Malie, hör auf, dir was vorzumachen! Du bist bereits in ihn verliebt, das ist doch eindeutig!

Mit einem Kopfschütteln und einem weiteren großen Schluck vom Wein bringe ich meine innere Stimme zum Schweigen.

~ ~ ~

Nach etwa fünfzehn Minuten – vielleicht auch länger, ich scheine jegliches Zeitgefühl verloren zu haben – ist Idris noch immer nicht zurück und ich werde spürbar ungeduldig.

Das Restaurant leert sich allmählich und ich habe unsere Kellnerin nicht mehr gesehen, was mich ziemlich wundert.

Ich stehe auf – das ist in meinem angetrunkenen Zustand gar nicht so einfach – und gehe ins Lokal, um zu schauen, wo Idris abgeblieben ist.

Im Inneren des Restaurants ist es komplett leer, bis auf einen Kellner, der hinter der Theke steht und Weingläser putzt.

Da mein Italienisch zu wünschen übrig lässt, frage ich ihn auf Englisch, ob er irgendwo einen großen, schwarzhaarigen Mann gesehen hat.

Der Kellner blickt kurz zu mir und zieht eine Augenbraue hoch.

In Italien nach einem schwarzhaarigen Mann fragen, sehr witzig, Malie!

Ich füge noch hinzu, dass er grüne Augen hat und seine Haut ziemlich hell ist, nicht so braun wie die eines Italieners.

Der Kellner schüttelt schulterzuckend den Kopf und widmet sich wieder seiner Arbeit.

Ich seufze und mache mich auf den Weg in Richtung Damentoiletten, da der viele Wein sich langsam auch in meiner Blase bemerkbar macht.

Doch soweit komme ich erst gar nicht, denn als ich den Toilettenraum betrete, höre ich seltsame Geräusche aus einer der Kabinen kommen und bleibe abrupt stehen. Eine plötzliche Welle der Übelkeit überkommt mich, denn ich höre eine Frauenstimme – beim leidenschaftlichen Stöhnen, dazu andere eindeutige Geräusche.

Mir wird schwindelig. Idris und die Kellnerin sind beide ziemlich zum selben Zeitpunkt verschwunden …

Das kann doch nicht sein Ernst sein!

Als die Geräusche immer lauter werden, drehe ich mich um und stürme aus dem Lokal.

Ich laufe zu unserem Tisch zurück – und leere den restlichen Wein aus der Karaffe in einem Zug.

Dieser widerliche, ekelerregende Mistkerl! Wie konnte ich bloß so dämlich sein und auch noch Gefühle für dieses niederträchtige Geschöpf entwickeln!?

Mittlerweile ist das Restaurant leer, nur ich stehe noch draußen am Tisch, mutterseelenallein, mit Tränen in den Augen und völlig betrunken, während der Mann, in den ich dachte, mich verliebt zu haben, mit dieser wildfremden italienischen Schlampe vögelt …

Ich reiße mich zusammen, gehe die Gasse entlang zum Jeep und setze mich hinters Steuer.

Von hier aus kann ich wunderbar den Eingang des Lokales beobachten. Irgendwann wird Idris ja auftauchen …

Ich schaue auf die kleine digitale Uhr im Cockpit – 23:49 Uhr. In elf Minuten liege ich wieder neben Lars in meinem Bett.

Dieser Gedanke tröstet mich ungemein und ich fange an, Lars schrecklich zu vermissen. Endlich stellen sich auch die Gewissensbisse ein, weil ich Idris geküsst habe. Aber das wird auf keinen Fall wieder passieren! *Dieser Dreckskerl kann mir gestohlen bleiben!*

Apropos Dreckskerl … Da kommt er auch schon.

Ich sehe ihn mit der Kellnerin zusammen lachend aus dem Lokal kommen.

Vor der Tür zum Restaurant bleiben sie stehen und küssen sich leidenschaftlich.

Mein Magen krampft sich unweigerlich zusammen.

Als sie sich voneinander lösen, trennen sich ihre Wege. Idris schaut verwirrt um sich, anscheinend sucht er nach mir.

Na los, komm schon her, du Blödmann! Hier bin ich!

Er dreht sich in die Richtung des Jeeps und kommt auf mich zu.

Das ist mein Stichwort.

Just in diesem Moment starte ich den Motor und im Licht der Scheinwerfer sehe ich Idris´ Augen, vor Schreck weit aufgerissen.

Ein Lächeln schleicht sich auf mein Gesicht, als ich den ersten Gang einlege – und mit Vollgas auf ihn zurase.

Idris scheint in einer Art Schockstarre zu sein – oder er hat einfach keine Angst – denn er macht keinerlei Anstalten, zur Seite zu springen.

Ich schaue erneut auf die Uhr und sehe noch, dass es eine Minute vor Mitternacht ist, als ein dumpfer Aufprall mich zur Vollbremsung bringt. Mein Atem geht stoßweise und ich höre das Blut in meinen Ohren rauschen, als ich in den Rückspiegel schaue und Idris in einigen Metern Entfernung auf der Straße liegen sehe. Es ist stockdunkel, aber dennoch sieht sein Körper seltsam verdreht aus. Er rührt sich nicht.

Ein eigenartiges Gefühl der Genugtuung überkommt mich, als die Dunkelheit mich einhüllt und ich in einen tiefen Schlaf zu fallen scheine.

9

Ich schlage die Augen auf und ein glückliches Seufzen entfährt mir, als ich den schlafenden Lars neben mir sehe. Kaum zu glauben, aber ich habe ihn die letzten Stunden in Italien tatsächlich ein bisschen vermisst.

Als sich die verräterische Erinnerung an Idris und sein abscheuliches Verhalten in meine Gedanken schleicht, schmiege ich mich sofort eng an Lars und wimmele sie damit ab.

Lars wird wach und als er wie jeden Morgen den Kopf hebt, um auf den Wecker auf meinem Nachttisch zu schauen, presse ich meine Lippen auf seine und vergrabe meine Finger in seinem Haar.

Er ist völlig perplex und will mich erst von sich stoßen, doch dann spüre ich seine Zungenspitze zaghaft auf meine treffen. Er schlingt seine Arme um meinen Oberkörper und drückt mich fest an sich.

>>Wow! Frohes neues Jahr, Schatz<<, haucht er mir atemlos zu, nachdem er sich kurz von mir gelöst hat, doch ich bringe ihn mit einem erneuten Kuss zum Schweigen.

>>Hm. Du hast noch viel zu viel an.<< Mit einer raschen Bewegung zieht Lars mir das Nachthemd über den Kopf und wirft es achtlos zu Boden.

>>Du auch<<, erwidere ich und deute auf seine Boxershorts.

Mit beiden Händen packe ich den Bund seiner Shorts, doch weiter komme ich gar nicht – denn es klingelt an der Tür.

Ununterbrochen, ohne Pause.

Natürlich weiß ich, wer das ist.

Oh nein Idris, das kannst du schön vergessen!

Ich mache mich jetzt erst recht weiter über die Shorts von meinem Freund her.

Dieser lacht und stößt mich sanft von sich.

>>Malie warte, nicht so stürmisch! Hörst du nicht das Sturmgeklingel an der Tür?<<

Idris lässt nicht locker. Es klingelt noch immer ununterbrochen.

>>Ja, und? Erwartest du jemanden? Der- oder diejenige wird schon irgendwann damit aufhören, wenn wir es einfach ignorieren.<<

Ich lächele ihn verführerisch an und beginne erneut damit, ihn zu küssen.

Doch er lässt sich zu sehr ablenken.

Idris, du bist und bleibst ein Mistkerl ...

>>Ich gehe jetzt an die Tür und schaue, welcher Idiot das ist, dann ist wenigstens Ruhe!<<

Oh, Idiot trifft es sehr gut!

Lars springt vom Bett und will sich gerade eine Jogginghose überziehen, doch ich halte ihn auf. Dabei bin ich bemüht, nicht panisch zu klingen.

>>Nein Schatz, ist schon gut, leg dich wieder ins Bett! Ich gehe an die Tür.<<

Ich springe ebenfalls aus dem Bett, stoße Lars beiseite und haste auf den Kleiderschrank zu, um mir meinen flauschigen, pinken Bademantel überzuwerfen.

Lars sieht mich verdutzt an, leistet jedoch keinen Widerstand.

Ich knote die Schlaufen des Bademantels so fest zu, wie es nur geht, schlüpfe in meine Hausschuhe, streife mit den Händen meine zerzausten Haare glatt und gehe auf wackeligen Beinen auf die Haustür zu.

Zum Glück wohnen wir in einem Mehrfamilienhaus, so trennen Idris und mich noch ein Treppenhaus und die Außentür.

Vorsichtshalber ziehe ich unsere Wohnungstür komplett zu, renne die Treppen vom zweiten Stock ins Erdgeschoss runter und marschiere den Hausflur entlang, wobei ich immer nervöser werde, je näher ich der Außentür komme. Durch ihre milchige Glasscheibe kann ich Idris´ Silhouette erkennen, die auf mich enorm bedrohlich wirkt.

Mein Herz rast und meine Hand zittert, als ich die Tür öffne.

Sie fliegt mir mit einem kräftigen Stoß praktisch entgegen und mit einem erstickten Schrei springe ich zur Seite.

Idris gibt mir keine Zeit, mich zu sammeln – er rast auf mich zu, seine raue Hand meinen Hals fest umschlossen, und drückt mich grob gegen die Wand. Die Angst vor ihm und seiner Unberechenbarkeit kriecht erneut an die Oberfläche und ich muss mich zwingen, ruhig zu atmen und nicht zu hyperventilieren – was mit seiner Hand an meinem Hals kaum möglich ist.

Er drückt nicht richtig zu, es ist mehr eine Drohgebärde, aber wenn er es tun würde …

>>Was soll das? Lass mich los!<<, krächze ich verzweifelt und versuche vergeblich, mich gegen ihn zu wehren.

Sein Körper fungiert als Schraubstock. Ich kann nicht einmal meine Hand heben.

>>Denkst du wirklich, ich lasse dich los? In Wahrheit halte ich mich gerade zurück, deinen dünnen Hals mit meiner bloßen Hand zu zerquetschen<<, knurrt er mir ins Ohr.

Vor Panik weiten sich meine Augen, ich spüre meinen Herzschlag in meiner Halsschlagader pulsieren, die Idris nun immer mehr zudrückt.

Allmählich sehe ich schwarze Punkte vor meinen Augen, die immer mehr und größer werden. Meine Glieder beginnen zu kribbeln. Ich realisiere noch, dass ich nicht mehr atme und die Panik, die eben noch pures Adrenalin durch meinen Körper gejagt hat, weicht nun einer seltsamen Ruhe.

Nicht schon wieder ... Ich will nicht schon wieder durch seine Hand sterben ...

Immerhin scheine ich noch denken zu können.

Idris lockert seinen Griff und sofort schnappe ich gierig und laut keuchend nach Luft.

Er tritt einen Schritt von mir zurück.

>>Sind wir jetzt quitt? Das sollte deine Scheißaktion gestern doch bezwecken, oder nicht?<<

Ich krümme mich vor Husten.

>>Verschwinde<<, presse ich mühsam hervor.

>>Nein Malie, erst will ich Antworten von dir hören. Warum zum Teufel hast du mich überfahren? Macht dir das Spaß? War das deine verspätete Rache an mir,

die damals an der Alster fehlgeschlagen ist oder bist du einfach nur geisteskrank?<<

Seine Stimme ist scharf. Ich richte mich wieder auf und sehe ihm direkt in die Augen, die voller Hass sind.

>>Wer von uns beiden ist hier wohl geisteskrank?<<, brülle ich ihn an.

>>Wer hat mich in einer Tour abgewiesen, nur um sich dann mit irgendeiner italienischen Schlampe auf der Damentoilette zu vergnügen?<<

>>So so, daher weht also der Wind!<< Idris verschränkt beide Arme vor der Brust und wirft laut lachend den Kopf in den Nacken.

>>Du bist eifersüchtig! Weil du mich mit der süßen Italienerin erwischt hast und deshalb hast du mich platt gefahren.<< Er scheint sich gar nicht mehr zu beruhigen.

>>Wenn es nicht so verdammt verrückt wäre, könnte es fast süß sein.<<

>>Ich bin nicht eifersüchtig! Du kannst mir gestohlen bleiben!<<

Idris betrachtet mich abschätzend, während ich meinen Bademantel richte und mit beiden Händen glattstreiche.

>>Du könntest mir einen Gefallen tun und diesen hässlichen Fummel auszuziehen<<, sagt er mit einem süffisanten Grinsen im Gesicht und leckt sich dabei anzüglich über die Lippen.

Ich starre ihn schockiert an.

>>Du könntest mir einen Gefallen tun und verschwinden!<<, fauche ich ihn an.

Sein Blick wird augenblicklich ernst. Er tritt erneut auf mich zu, was mich automatisch zurückweichen lässt, doch hinter mir ist nichts als die Wand.

Er sieht gefährlich aus mit dem dunklen Bart und den starren, blassen Augen, die mich zu durchbohren scheinen und eine Gänsehaut durch meinen gesamten Körper jagen.

Ich lasse mich nicht beirren.

>>Ab sofort will ich dich nicht mehr um mich haben, geschweige denn, dich überhaupt sehen! Wir gehen ab jetzt getrennte Wege, ich brauche dich anscheinend nicht, um aus der Schleife rauszufinden. Das kannst du jetzt auch alleine versuchen. Viel Glück dabei!<<

Ich wende mich zum Gehen, doch Idris packt mich mit drohendem Blick grob am Arm und zieht mich ruckartig zu sich heran. Ich schreie sofort auf.

>>Autsch! Lass mich los, verdammt nochmal!<<

>>Malie? Was ist hier los?<< Erschrocken blicken Idris und ich gleichzeitig auf.

Ich habe Lars gar nicht bemerkt, doch nun steht er in einigem Abstand vor uns, gekleidet in T-Shirt und Jogginghose, mit einem riesigen Fragezeichen im Gesicht und bereit, jederzeit einzugreifen.

Als er Idris anschaut, scheint ihm sein Gesichtsausdruck völlig zu entgleiten.

Dieser lässt mich sofort los und baut sich grinsend vor meinem Freund auf.

>>Sieh an, der Traumprinz höchstpersönlich.<<

Lars geht auf seine Stichelei gar nicht ein, sondern schaut mich direkt fragend an.

>>Was soll das alles? Was hat das hier zu bedeuten?<<

So viele Fragen ...

>>Lars, ich erklär dir später alles, okay? Er wollte gerade gehen!<< Wütend funkele ich Idris dabei an.

Doch als ich seinen Blick sehe, bekomme ich einen dicken Kloß im Hals.

>>Wie du willst, Malie<<, sagt er in ruhigem Tonfall, was für mich noch schlimmer ist, als von ihm angeschrien zu werden.

>>Ich verschwinde. Aus deinem Leben, für immer. Werde glücklich mit deinem Prinzen bis in alle Ewigkeit.<<

Damit dreht er sich um und verlässt das Haus.

Die Leere, die er dabei in mir zurücklässt, ist fast unerträglich.

~ ~ ~

>>Ich verstehe das alles nicht!<<

Lars rennt im Wohnzimmer auf und ab, wobei er sich immer wieder mit beiden Händen an den Kopf fasst und sich die Haare rauft.

Ich sitze auf der Couch, noch immer in meinem Bademantel, und schaue ihm verwirrt dabei zu.

>>Was verstehst du nicht?<<

Es wundert mich, dass er bis jetzt noch nicht gefragt hat, wer dieser seltsame Typ war, der mir im Treppenhaus quasi an die Gurgel gegangen ist. Und woher ich ihn kenne.

Vielmehr irritiert mich, dass er Idris angesehen hat, als hätte er ihn schon einmal gesehen.

>>Dieser … Kerl. Wie bist du an ihn rangekommen? Hat er dich aufgesucht? Erinnerst du dich wieder oder wie kann es sein, dass du wieder Kontakt zu ihm hast?<<

Mir klappt die Kinnlade herunter.

>>Wovon redest du? Ich verstehe gar nichts mehr! Kennst du hin etwa?<<

Das darf doch nicht wahr sein! Was wird hier gespielt? Erst fragt Idris mich, ob ich mich erinnere und jetzt Lars? Woran soll ich mich erinnern?

Mir raucht der Kopf. Das hier ist beinahe zu viel für mich.

Endlich bleibt Lars stehen und sieht mich an.

>>Ich kenne ihn nicht, aber leider weiß ich sehr genau, wer er ist. Wie kannst du uns das nur antun?<<

Ich springe von der Couch auf.

>>*Was* tue ich uns an? Und *woran* zum Teufel soll ich mich erinnern? Lars, sprich endlich mit mir!<<

Er weicht abrupt zurück, als ich auf ihn zugehe. Es fühlt sich an wie ein Schlag in die Magengrube.

>>Komm mir nicht zu nahe! Und lüg mich nicht an! Natürlich erinnerst du dich, warum sonst treibst du dich wieder mit ihm rum?<< Sein Blick ist so abweisend und fremd, dass mir schlecht wird.

Lars schnaubt und schüttelt den Kopf.

>>Und das nach allem, was wir durchgemacht und uns wieder aufgebaut haben.<<

Er stürmt aus dem Wohnzimmer. Ich renne ihm hinterher.

>>Lars! Wohin willst du?<<

Er steht im Flur, bereits in seinen Mantel gekleidet und ist gerade dabei, seine Schuhe zu binden. Dann schnappt er sich den Autoschlüssel von der Kommode.

>>Weg. Einfach raus. Ich brauche klare Gedanken.<<

>>Nein, bitte bleib hier! Lass uns darüber reden!<< Diese verdammten Tränen!

>>Nein, Malie. Ich melde mich später.<< Damit tritt er aus der Wohnung und knallt die Tür hinter sich zu.

~ ~ ~

Nach stundenlangem Weinen bin ich fast schon glücklich, als ich die angebrochene, noch halb volle Weißweinflasche im Kühlschrank finde.

Ich verzichte auf ein Glas und trinke direkt aus der Flasche, während ich ins Wohnzimmer gehe, es mir mit einer Decke auf der Couch gemütlich mache und den Fernseher einschalte.

Es ist bereits acht Uhr am Abend und Lars ist noch immer nicht wiederaufgetaucht. Gemeldet hat er sich auch nicht. Ich habe ihn ein paarmal auf seinem Handy angerufen, doch er hat mich jedes Mal weggedrückt, bis er es schließlich komplett ausgeschaltet hat.

Morgen ist sowieso alles egal und wieder beim Alten.

Außer Idris und mir wird sich niemand erinnern und der ist nun auch Geschichte.

Ich habe keine Ahnung, woher Lars ihn kennt und warum er scheinbar einen Keil zwischen uns getrieben haben soll. Idris war bis jetzt ein völlig Fremder für mich.

Diese verdammte Schleife scheint mir einen gewaltigen Streich zu spielen …

Der Wein zeigt schnell seine Wirkung und ich werde plötzlich hundemüde.

Noch lange vor Mitternacht schlafe ich also auf der Couch ein, von Lars weiterhin kein Lebenszeichen.

10

Lina und ich haben uns einen Flammkuchen mit Ziegenkäse und Zwiebeln bestellt und nun bleiben wir an dem Stand stehen, um ihn uns zu teilen.

Wir haben schon fast aufgegessen, als Benny sich plötzlich zu uns gesellt.

Mit einem Taschentuch wische ich mir den Mund ab.

>>Wo hast du Lars gelassen? Vermisst ihr uns schon?<<, frage ich ihn dann mit einem Augenzwinkern.

>>Er ist uns kurz was zu Trinken holen gegangen<<, antwortet Benny. Er drückt Lina einen Kuss auf die Wange und fügt hinzu: >>Also, ich für meinen Teil vermisse diese wunderschöne Frau hier definitiv.<<

Lina kichert.

>>Zu welchem Stand ist er denn gegangen?<<, frage ich, nachdem ich meine Hälfte des Flammkuchens leer gegessen habe.

>>Zu dem Bierstand da vorne.<< Benny deutet mit ausgestrecktem Arm über die Leute hinweg in die entsprechende Richtung.

Ich mache mich auf den Weg zu meinem Freund und kämpfe mich dabei durch die Massen.

Mittlerweile ist es noch voller auf dem Weihnachtsmarkt geworden.

Als ich an dem Stand ankomme, kann ich ihn dort nirgends entdecken.

Mist, vielleicht haben wir uns verpasst!, *schießt es mir durch den Kopf und ich will gerade wieder umkehren, als ich etwas aus dem Augenwinkel wahrnehme.*

Zuerst fällt mir das strohblonde Haar meines Freundes hinter dem Stand auf.

Erleichtert gehe ich ein Stück weit auf ihn zu – nur um dann sofort wieder stehenzubleiben.

Er ist nicht alleine.

Vor ihm steht Valentina, seine Arbeitskollegin, die erst vor ein paar Wochen mit bei ihm in der Bank angefangen hat zu arbeiten. Ich habe sie schon einmal gesehen, weil Lars mich darum gebeten hatte, sie ein Stück mitzunehmen, als ich ihn einmal von der Arbeit abgeholt habe. Damals fand ich sie ziemlich nett.

Jetzt steht sie auf der Liste der Leute, die ich abgrundtief hasse, an erster Stelle.

Sie ist hübsch. Ziemlich groß, schlank, hat lange schwarze Haare, dunkle Augen, volle rote Lippen. Italienerin oder Spanierin oder so ...

Lachend steht sie ganz dicht vor meinem *Freund und klammert sich mit beiden Händen an seinem grauen Mantel fest, den ich ihm vor ungefähr einem Jahr zum Geburtstag geschenkt habe.*

Lars zieht sie an ihren Ellenbogen noch näher zu sich heran und flüstert ihr etwas ins Ohr, woraufhin sie laut lachend den Kopf zurückschmeißt. Kurz darauf umarmen sich beide innig und als Lars ihr als krönenden Abschluss einen Kuss auf die Wange geben will, dreht Valentina plötzlich ihren Kopf – und seine Lippen landen auf ihren.

Die Welt um mich herum scheint stehenzubleiben, während ich darauf warte, dass mein langjähriger Freund und meine große Liebe sie angewidert von sich schubst.

Doch das tut er nicht.

Erst scheint er erschrocken zu sein, denn er rührt sich überhaupt nicht – doch dann greift er mit einer Hand in ihr gelocktes Haar, mit der anderen an ihren Po und küsst sie so stürmisch und intensiv, dass ich glaube, mich jeden Moment übergeben zu müssen.

Ein Erdbeben vibriert durch meinen Körper und der Boden unter meinen Füßen scheint jeden Augenblick wegzubrechen. Für einen Moment sehe ich nichts, da mir komplett schwarz vor Augen wird, doch als ich die beiden wieder klar sehen kann und beobachte, wie sie sich küssen, lachen und wieder küssen, halte ich es nicht mehr aus.

Ich wirbele herum und stürme zu Lina und Benny zurück, die mich sofort besorgt ansehen, als ich auf sie zukomme.

>>Malie! Was ist passiert? Warum weinst du?<<, ruft Lina erschrocken und springt mir sofort entgegen. Meine Stimme ist nichts als ein verzweifeltes Heulen.

>>Lars betrügt mich! Mit seiner beschissenen Arbeitskollegin!<<

Lina reißt die Augen auf. >>Was!? Wie kommst du denn darauf?<<

>>Ich habe ihn gesehen! Eben gerade! Wie er diese Schlampe Valentina geküsst hat! Abgeleckt würde es besser beschreiben ...<<

Lina zieht mich sofort in ihre Arme. Benny steht vor uns, den Blick zu Boden, und tritt unsicher von einem Fuß auf den anderen.

>>Jetzt sag du doch auch mal was! Du bist schließlich sein bester Freund!<<, fährt Lina ihn an.

>>Jaaa ...<< Benny reibt sich den Nacken und auf seinem Hals entstehen plötzlich lauter rote Flecken, wie immer, wenn er nervös ist oder ihm etwas unangenehm ist.

Lina wirft ihm einen vernichtenden Blick zu. >>Du weißt doch was ... Spuck – es – aus!<<, knurrt sie ihn in drohendem Tonfall an.

Als Benny schließlich zu erzählen beginnt, möchte ich nur noch sterben.

>>Da geht schon länger was mit dieser Valentina ... So ungefähr seit einer Woche. Als sie neu in der Bank angefangen hat, hatte Lars irgendwie Mitleid mit ihr, weil sie anfangs Schwierigkeiten hatte, Kontakte zu den Kollegen zu knüpfen. Sie war wohl von Anfang an eine ziemliche Außenseiterin. Er ist dann also fast täglich mit ihr zusammen mittags in der Pause was essen gegangen. Hat sich gut mit ihr verstanden, meinte, sie wäre eine aufgeschlossene Person, mit der man viel reden kann. Und nett. Sie haben viel zusammen gelacht und haben festgestellt, dass sie sehr viel gemeinsam haben und dieselben Interessen. Er hat ihr auch von dir erzählt, Malie. Und dabei herausgefunden, dass sie Single ist. Irgendwann kam es dann, dass sie ihn aus heiterem Himmel geküsst hat, was er zuerst gar nicht gut fand.<< Benny bricht ab.

>>Erzähl weiter!<<, schreit Lina ihn an und er hebt abwehrend die Hände.

>>Okay, okay! Er hat zugegeben, dass er irgendwie Gefühle für sie entwickelt hat. So kam es dann, dass beide nach Feierabend einmal zu ihr gefahren sind ... Und dort miteinander geschlafen haben. Aber Lars war danach völlig fertig und hat sich schreckliche Vorwürfe gemacht, meinte immer wieder, dass alles ein riesen Fehler gewesen sei, schließlich liebt er dich über alles, Malie, und will dich heiraten!<< Er klingt richtig verzweifelt und will Lars unbedingt trotz allem in Schutz nehmen.

Ich atme einmal tief durch, um meine Fassung wiederzuerlangen.

>>Ist schon gut, Benny. Ich weiß, du meinst es nur gut. Danke, dass du es mir erzählt hast, das weiß ich wirklich sehr zu schätzen.<< Ich löse mich aus Linas Umarmung und kann plötzlich wieder klar denken.

Vielleicht noch klarer, als jemals zuvor.

Während ich wie aus einer Blase heraus Lina dabei beobachte, wie sie Benny schimpfend Vorwürfe macht, warum er denn nicht schon eher etwas gesagt und alles für sich behalten hat, weiß ich genau, was zu tun ist.

Ich werde Lars verlassen.

Ich werde aus unserer Wohnung ausziehen, ein neues Leben beginnen.

Die Gewissheit darüber ist stärker als der Schmerz.

>>Lina, ich muss dich kurz unterbrechen ... Kann ich heute bei euch schlafen? Ich würde es nicht ertragen, neben Lars in einem Bett zu liegen, geschweige denn, die gleiche Luft wie er zu atmen.<<

Lina widmet mir sofort wieder ihre Aufmerksamkeit.

>>Aber natürlich, Liebes!<< Ich lächele sie dankbar an.

>>Hey, Leute!<<

Lars steht mit drei Bierflaschen in den Händen und auffallend fröhlich vor uns.

Als er mein verheultes Gesicht bemerkt, stirbt sein Lächeln sofort.

>>W-was ... Was ist los?<<

Er sieht meinen Blick und scheint nun genau zu wissen, dass ich ihn erwischt habe.

Dass ich sein schmutziges Geheimnis kenne.

Ich wende mich ab.

>>Malie schläft die Nacht bei uns, das ist los<<, giftet Lina ihn an.

Benny stellt sich sofort neben Lars.

>>Alter, ich kann gerne mit zu dir kommen. Lass die Mädels machen. Malie braucht erstmal Abstand<<, raunt er ihm mit gesenktem Kopf zu.

Lars starrt mich noch immer mit offenem Mund an und macht einen Schritt auf mich zu.

>>Malie, ich ... Lass es mich erklären, okay?<<

>>Es gibt nichts mehr zu klären. Ich werde mir gleich morgen eine eigene Wohnung suchen<<, antworte ich ruhig und damit machen Lina und ich gemeinsam auf dem Absatz kehrt.

11

>>Das nenne ich mal ein ordentliches Katerfrühstück.<<

Lina beißt genüsslich in ihren Burger, wobei ihr die Soße auf den Teller tropft. Sie schnappt sich zwei Pommes, die in Sekundenschnelle in ihrem Mund verschwinden.

Ich starre auf meinen Burger mit Champignons und Salat und bekomme keinen Bissen hinunter.

Nachdem ich mich in Windeseile frisch gemacht und fluchtartig die Wohnung verlassen habe, ohne Lars dabei auch nur eines Blickes zu würdigen, habe ich mich mit Lina zum Essen am Jungfernstieg verabredet. Doch nun ist mein Hunger einer schrecklichen Übelkeit gewichen.

Das war kein Traum. Es war eine Erinnerung. Lars hat mich betrogen.

Doch warum empfinde ich nichts als Gleichgültigkeit? Wo ist der Schmerz?

Ich kann nur an Idris denken und daran, dass er aus meinem Leben verschwunden ist, obwohl ich es so wollte. Die Leere in mir frisst mich beinahe auf.

>>Was ist los, Liebes? Hast du keinen Hunger?<<

Ich schaue zu Lina auf, die mich mit vollem Mund fragend ansieht. Ein winziger Klecks Burgersoße klebt an ihrem Kinn.

Ich seufze.

>>Nein, nicht so richtig.<< Ich greife nach einer Pommes und schaue sie angewidert an, bevor ich sie in meinen Mund zwinge.

Eigentlich wollte ich mich mit meiner Freundin treffen, um Lars zu entkommen und sie zu dem Vorfall damals auf dem Weihnachtsmarkt zu befragen. Ein kleiner Hoffnungsschimmer keimt in mir auf, dass ich das alles doch nur geträumt oder mir eingebildet habe, doch nun traue ich mich nicht, dieses Thema anzusprechen.

Du hast doch nur Angst vor der Wahrheit!

>>Worüber grübelst du nach?<<, höre ich Lina fragen und bemerke, dass sie schon fast aufgegessen hat, während ich meinen Burger noch immer nicht angerührt habe.

Ich grinse sie herausfordernd an, als mir unsere letzte Begegnung im Café in der Schanze wieder einfällt.

>>Ach, weißt du, ich überlege doch tatsächlich, mir die Haare komplett lila zu färben. Und an ein kleines Tattoo. Am Hals.<<

Lina sieht mich an, als erwarte sie, dass ich jeden Moment loslachen und ihr verkünden würde, es sei nur ein Scherz gewesen. Doch ich bleibe völlig ernst. Sie bricht in schallendes Gelächter aus.

>>Oh ja, sehr witzig, erzähl mir noch so einen! Sei mir nicht böse, aber sowas würdest du dich nie im Leben trauen. Dafür bist du viel zu feige und verklemmt!<<

Ich funkele sie wütend an.

Dass alle immer glauben, mich zu kennen ...

>>Wer sagt, ich wäre zu feige für so etwas? Ob du es glaubst oder nicht, Lina, aber ich habe mich verändert.<<

>>Nein, Süße. Du bist wieder ganz die Alte.<<

Was zum Teufel meint sie denn damit?

Wir liefern uns sekundenlang ein Blickduell, das ich schließlich unterbreche.

>>Lars hat mich betrogen. Ich weiß es.<<

Lina verzieht keine Miene. Sie streitet es auch nicht ab.

>>Woher weißt du es? Hat Lars es dir erzählt?<<

Mein Herz rutscht eine Etage tiefer. *Es ist also wahr.* Und warum geht sie davon aus, dass ich nichts davon weiß, obwohl ich ihn doch selbst erwischt habe und mir Benny anschließend alles erzählt hat?

>>Nein, ich habe mich von alleine daran erinnert. Letzte Nacht. Doch ich war mir nicht sicher, ob es bloß ein Traum oder doch eine Erinnerung war. Lina, was ist los? Warum dringen immerzu kleine Erinnerungsfetzen in mein Bewusstsein vor und wo ist der Rest? Was ist danach passiert? Warum lebe ich noch mit Lars zusammen? Ich wollte mich doch von ihm trennen und mir eine eigene Wohnung suchen!<<

>>Malie, beruhig dich wieder. Liebes, ihr habt euch nie getrennt. Du hast eine Weile bei uns gewohnt und zuerst hat Funkstille zwischen dir und Lars geherrscht, doch irgendwann habt ihr euch getroffen und darüber gesprochen.<<

Und weiter!?

Ich reibe mir die Augen.

>>Lina, ich versuche zu verstehen, warum ich mich an alles nach dem Besuch auf dem Weihnachtsmarkt

vier Wochen vor Heiligabend nicht mehr erinnern kann. Das Letzte, was ich vor meinem inneren Auge sehe, ist ein fröhliches Weihnachtsfest mit Lars und seinen Eltern und Silvester mit dir und Benny.<<

Und das Theater und Idris, der mir bis jetzt immer am ersten Januar begegnet ist.

Lina kratzt sich am Hals und weicht meinem Blick aus.

>>Du musst mit Lars darüber sprechen. Ich … ich weiß nicht genug davon, um es dir zu erzählen.<<

>>Bullshit! Ich möchte es von *dir* hören! Von meiner besten Freundin! Du kannst dir bestimmt vorstellen, dass ich momentan kein Wort mit diesem Betrüger sprechen will!<<

>>*Boah*, wie krass ist das denn!?<<

Lina und ich zucken gleichzeitig zusammen und wirbeln zu dem Tisch links von uns herum.

Der Typ, der eben gebrüllt hat, starrt mit geweiteten Augen und offenem Mund auf sein Smartphone, sein Kumpel, der ihm vorhin noch gegenübergesessen hat, schaut ihm nun ebenso ungläubig über die Schulter.

Ich schüttele den Kopf und will gerade Lina erneut ins Kreuzverhör nehmen, als der Kerl erneut brüllt.

>>Unglaublich! Schießt der Irre tatsächlich gerade mit `ner Knarre in der Bank um sich!<<

>>Ja, scheiße!<<, stimmt sein Freund mit ein. Mittlerweile haben sich fast alle in dem Restaurant zu den beiden umgedreht.

Aus seinem Smartphone heraus höre ich metallische Geräusche, die wie Schüsse klingen.

Meine Alarmglocken schrillen.

Ein Irrer, der um sich schießt? Mit einer Pistole?

Theater. Pistole. Selbstmord.

Ich stürze von meinem Stuhl, direkt auf den Typen mit seinem Handy zu.

>>Was ist das?<<, brülle ich ihn an. Er schaut nicht einmal auf.

>>Meine Live-Nachrichten-App. Schau dir das an, abgefahren! Ob das ein terroristischer Anschlag ist?<<

>>Heutzutage musst du mit allem rechnen<<, pflichtet sein Begleiter ihm bei, der den Blick ebenfalls nicht vom Handy-Display lösen kann.

Ich setze mich neben den Smartphone-Kerl und schaue ihm über die Schulter.

Ein Live-Video von Überwachungskameras aus der Bank zeigt verpixelt einen Mann in Schwarz gekleidet, der mit einer Pistole wild herumfuchtelt und hin und wieder in die Luft schießt. Die Menschen in der Bank rennen durcheinander und verschreckt umher, einige liegen flach auf dem Boden oder kauern verängstigt in den Ecken.

Der Mann trägt keine Maske, ich kann sein schwarzes Haar sofort erkennen.

Warum sollte er sich auch verstecken.

Natürlich hat er keine Angst, erkannt zu werden. Es gibt ja kein Morgen und das weiß er ganz genau.

>>Malie, was machst du da?<<, höre ich Lina neben mir, doch ich beachte sie gar nicht.

>>Welche Bank ist das?<<, frage ich den Typen mit dem Handy stattdessen.

>>Hm … Nach der großen und altmodisch aussehenden Halle zu urteilen … Moment! Das ist doch hier am Jungfernstieg!<<

Jetzt bemerke ich auch die unzähligen Polizeifahrzeuge mit Sirene und Blaulicht draußen vorbeirauschen.

Ich springe auf und schnappe mir meinen Mantel.

>>Wo willst du denn hin?<<, ruft Lina, doch ich antworte ihr nicht. Stattdessen werfe ich den Mantel über und stürme aus dem Restaurant.

~ ~ ~

Vor dem alten Bankgebäude herrscht das reinste Chaos.

Der Eingang ist weiträumig abgesperrt, Polizeifahrzeuge haben eine riesige Barriere davor gebildet und sperren die Straße sowie die Fußgängerwege rund um die Bank komplett ab.

Dahinter hat sich bereits eine beachtliche Traube an Schaulustigen versammelt, die von den schwer bewaffneten Beamten im Zaum gehalten werden. Vor dem Eingang stehen weitere Polizisten, die Waffen jederzeit bereit, um zu schießen oder die Bank zu stürmen.

Es gestaltet sich mehr als schwierig, in das Innere des Gebäudes zu gelangen.

Aber ich wäre nicht Malie, wenn ich nicht das durchziehen würde, was ich mir vorgenommen habe. Mein Wille war schon immer stärker als jede Vernunft.

Ich setze meine Kapuze auf und quetsche mich durch die Menschenansammlung. Zum Glück bin ich klein, dadurch werde ich kaum wahrgenommen.

Ich schleiche durch die Polizeifahrzeuge hindurch, ohne bemerkt zu werden und stehe plötzlich einem Beamten mit einer Pistole in der Hand gegenüber.

Er packt mich sofort am Arm, sichtlich überrascht.

>>Was machst du hier, Mädchen? Sieh zu, dass du Land gewinnst!<<

>>Ich kenne den Verrückten da drin! Das ist mein Freund! Bitte lassen Sie mich zu ihm, dann kann ich ihn zur Vernunft bringen!<< Ich versuche, möglichst verzweifelt zu klingen und schaffe es sogar, ein paar vereinzelte Tränen abzudrücken.

Ich werde so oder so in dieses verdammte Gebäude kommen, egal wie! Ein paar bewaffnete Polizisten werden mich nicht davon abhalten können.

>>Sag mal, bist du wahnsinnig? Das ist viel zu gefährlich! Der Typ hat die Menschen da drin als Geiseln und außerdem eine Waffe.<<

>>Dann gehen Sie doch mit mir zusammen da rein, dann ist es weniger gefährlich. Ehrlich, ich kann womöglich eine Tragödie verhindern!<<

>>Nein! Verschwinde jetzt oder ich verhafte dich hier an Ort und Stelle!<<

Ein Schuss in der Bank lässt den nicht allzu schlauen Polizisten vor mir mich plötzlich loslassen und in die Richtung der Bank herumfahren.

In diesem Moment schaffe ich es blitzschnell, ihm seine Waffe zu entwenden. Bevor er überhaupt richtig reagieren kann, schieße ich ihm ins Bein, was ihn laut aufschreien und zu Boden sinken lässt.

Ich fackele nicht lange und renne los.

Hinter mir höre ich Schüsse, die dieses Mal nicht von Idris in der Bank, sondern von den Beamten hier draußen stammen, und da ich wild im Zickzack laufe, gelingt es mir, dem Kugelhagel zu entkommen.

Eine Patrone schmettert haarscharf an meinem Ohr vorbei und streift es dabei ein wenig.

Ich fluche und renne weiter.

Ich habe keine Angst. Das hier ist nicht real. Ich bin in einer Schleife und nichts kann mir passieren. Alles ist möglich.

Wie durch ein Wunder erreiche ich, noch immer die Pistole in der Hand, weitestgehend unverletzt das Innere der Bank und knalle die Tür hinter mir zu.

Keiner der Beamten stürmt hinterher, weil sie wissen, dass sie damit bloß ein Blutbad anrichten würden.

In der Halle ist es surreal still, nur das Wimmern und Schluchzen der verängstigten Leute ist zu hören.

Idris dreht sich um und richtet seine Waffe auf mich.

Ein überraschter Ausdruck huscht über sein Gesicht.

Die Pistole in meiner Hand ist unglaublich schwer und ich muss sie mit beiden Händen festhalten, als ich sie auf Idris richte.

Langsam und mit erhobener Waffe arbeite ich mich Stück für Stück zu Idris vor, einen Fuß vor den anderen setzend, wobei ich ihn keine Sekunde lang aus den Augen lasse.

>>Was wird das hier, Idris? Hast du Langeweile und willst ein paar Leute erschrecken? Oder liebst du einfach nur die mediale Aufmerksamkeit?<<

Idris hält ungerührt meinem Blick stand, die Waffe ebenfalls weiterhin auf mich gerichtet, mit nur einer Hand. Er bewegt sich keinen Millimeter.

Ein Lächeln verzieht seine Mundwinkel.

>>Na sowas, die kleine Malie mit einer Knarre in den Händen. Wo hast du die her? Und jetzt sag nicht, du hast sie einem Polizisten da draußen abgenommen.<< Er lacht mich aus.

>>Wenn du damit so gut umgehen kannst, wie mit deinem Schweizer Taschenmesser, könnte das hier interessant enden.<<

Ich beachte seine Stichelei nicht.

>>Idris bitte, komm zur Vernunft und lass die Waffe fallen! Wenn dein Amoklauf was mit mir zu tun hat, können wir doch wie zwei Erwachsene in Ruhe darüber reden.<<

>>Ernsthaft Malie, wenn du mir zu nahe kommst, erschieße ich dich!<<

>>Nicht, wenn ich dich vorher abknalle!<<, schreie ich zurück. Ich sehe die Verunsicherung in seinem Blick, als er meine Entschlossenheit in meinen Augen sieht.

Das verschafft mir die Möglichkeit, ihm nun ganz nahe gegenüber zu stehen.

>>Lass die Waffe fallen<<, flehe ich ihn flüsternd an. Tränen steigen mir in die Augen.

>>Du hast keine Ahnung, wie wichtig du mir bist, Idris. Und ich hatte sie bis jetzt auch nicht. Ich habe mich in dich verliebt.<<

Idris lässt seinen Arm sinken und ich tue es ihm gleich.

Kurz darauf zieht er mich dicht zu sich heran.

>>Sag das nochmal<<, haucht er mit heißem Atem an meine Lippen. Ich schlucke schwer und bekomme kaum einen Ton heraus.

>>Ich … habe mich in dich verliebt<<, wiederhole ich wispernd.

Idris´ Pupillen weiten sich, als er mir tief in die Augen sieht – dann drückt er seine Lippen stürmisch auf meine. Seine Zunge bohrt sich zwischen meine Zähne und als er mich küsst, habe ich das Gefühl, keine Luft mehr zu bekommen. So wurde ich noch nie zuvor geküsst.

Ich zittere am ganzen Körper, als er keuchend von mir ablässt und mich so intensiv ansieht, dass mir schwindelig wird. Er lächelt mich warm an.

>>Meine kleine, wilde Malie<<, raunt er mir mit tiefer Stimme zu, die durch meinen Körper vibriert. Dann nimmt er mein Kinn zwischen Daumen und Zeigefinger und küsst mich erneut.

In diesem Moment fliegt die Tür zur Bank auf und wildes Geschrei ist zu hören.

Idris richtet seine Pistole auf die hereinstürmenden Polizisten und drückt mich beschützend an sich.

>>Waffen fallen lassen!<<, höre ich einen der Beamten bellen.

Doch weder Idris noch ich kommen dem Befehl nach und somit spüre ich den fürchterlichen Schmerz in meinem Rücken bereits, bevor ich den Schuss überhaupt höre.

Auf mich wurde geschossen.

Der Schmerz ist so unglaublich, so zerreißend, dass ich nicht einmal schreien kann.

Das Adrenalin in meinem Körper betäubt mich und ich sinke zu Boden.

Idris beugt sich über mich und sagt etwas, doch ich kann ihn nicht hören. Verschwommen sehe ich die

Angst und die Panik in seinen Augen, auch einen Hauch von Fassungslosigkeit, als er mich mit geweiteten Augen anschaut.

Sind das etwa Tränen?

Ich will ihm sagen, dass morgen alles wieder vorbei ist, dass ich dann wieder lebe, auch wenn ich jetzt sterbe, doch ich kann nicht sprechen. Ich bemerke einen metallischen Geschmack in meinem Mund und weiß, dass es Blut, mein eigenes Blut ist, in dem ich gerade ertrinke.

Idris erschießt irgendjemanden, gefangen in seinem Wahn, küsst mich dann immer wieder im ganzen Gesicht und verteilt warme Tränen darauf.

Es ist so unfassbar traurig, dass mein Herz bricht. Er denkt tatsächlich, er würde mich verlieren.

Bis morgen, Idris, denke ich noch, als es nun komplett dunkel um mich herum wird.

12

Es war nicht leicht, am Montagmorgen aufzustehen und wie gewohnt zur Arbeit zu fahren, vor allem, da Lars das Auto hat und ich mich mit einer ätzenden Busverbindung von Bennys und Linas Wohnung zur Praxis herumschlagen musste. Doch ich habe es geschafft.

Lina und Benny sind beide arbeiten und mir wäre in deren Wohnung bloß die Decke auf den Kopf gefallen. Das hätte zu vielem Nachdenken geführt und in so etwas bin ich nicht gut. Das deprimiert mich nur. Ich brauche Arbeit, um mich abzulenken.

Lina arbeitet als Kosmetikerin und Benny in derselben Bankfiliale, in der auch Lars arbeitet. Dort haben die beiden sich auch kennengelernt, bevor sie mit uns Mädels zusammengekommen sind.

In der Mittagspause erlaubt mein Chef mir, am Rechner an der Anmeldung nach Wohnungen zu suchen, da ich ihm von der vorübergehenden Trennung erzählt habe.

Innerlich bin ich komplett zerrissen, was mir überhaupt nicht ähnlichsieht. Normalerweise weiß ich immer genau, was ich will und halte an meiner Meinung fest.

Doch in Bezug auf Lars bin ich bereit, meine Gewohnheiten über Bord zu werfen. Ich nehme mir auf jeden Fall vor, dass ich mit ihm reden und mir seine Version dazu anhören werde, auch wenn meine

Gefühle für ihn seit dem Wochenende ziemlich auf der Strecke geblieben sind.

Die Pause ist vorüber und die Suche nach einer geeigneten Wohnung war wenig erfolgreich.
Die Tür zur Praxis geht auf und meine beiden Kolleginnen Tanja und Jasmin bereiten die Zimmer für die Nachmittagssprechstunde vor.
>>Guten Tag. Amin mein Name, ich habe um Zwei einen Termin.<<
Ich blicke auf, nehme freundlich lächelnd die Versichertenkarte des Mannes entgegen – und stutze einen Augenblick.
Seine grünen Augen fixieren mich und ein breites Grinsen schleicht sich auf sein markantes, aber freundliches Gesicht.
Den habe ich doch schon einmal gesehen.
Ich lese die Karte ein. Idris Amin, Neupatient. Hier kann ich ihm nicht begegnet sein, höchstens, er hat seinen Termin persönlich vor Ort gemacht.
>>Irgendwie kommen Sie mir bekannt vor<<, höre ich den Mann nun sagen und damit bestätigt sich meine Ahnung.
Ich gebe ihm seine Karte zurück und als seine Finger dabei sanft meine Hand berühren, fällt es mir plötzlich wie Schuppen von den Augen.
>>Natürlich. Vergangenen Samstag auf dem Weihnachtsmarkt. Mein Handy ist runtergefallen, als mich jemand geschubst hat. Sie haben es aufgehoben und mir zurückgegeben.<<

Ich strahle ihn an. Irgendwie gefällt er mir. Ist mir sympathisch. Gut sieht er auch aus, auch wenn er schon ein paar Jährchen älter ist als ich ...

>>Stimmt. Wie konnte ich das nur vergessen. So eine hübsche Frau muss einem doch im Gedächtnis bleiben.<< Er zwinkert mir zu und ich spüre mein Herz flattern.

Flirtet er etwa gerade mit mir? *Egal was er macht, er macht es gut. Mal eine nette Abwechslung zu meinem Liebeskummer ...*

Ich kichere und fühle mich alberner Weise wie ein Teenager.

>>Sie dürfen im Wartezimmer Platz nehmen, Herr Amin. Dr. Brandt wird Sie in ein paar Minuten ins Behandlungszimmer rufen.<<

Er beugt sich verführerisch lächelnd über den Tresen zu mir herunter. Eine gewaltige Hitze steigt in meinen Kopf, als er mit tiefer Stimme sagt: >>Du darfst mich Idris nennen. Wie ist dein Name?<<

>>Malie<<, krächze ich und könnte mich für meine Unsicherheit selbst ohrfeigen.

Doch Idris scheint es irgendwie süß zu finden.

>>Malie. Ein schöner Name. Bis später.<<

Er zwinkert mir erneut zu und macht sich auf den Weg ins Wartezimmer.

Zurück bleibe ich, zitternd wie ein kleines Häufchen Elend.

Unglaublich, dieser Mann! Und erst seine Ausstrahlung ... Riechen tut er übrigens auch verdammt gut.

>>Halt die Klappe, Malie!<<, schimpfe ich leise mit mir selbst und widme mich wieder meiner Arbeit.

Als Idris aus der Behandlung kommt, stellt er sich erneut zu mir an den Tresen.
Meine innere Stimme jubelt.
>>Sag mal Malie, wann hast du heute Feierabend?<<
Mit großen Augen schaue ich zu ihm hoch.
>>Ähm ... um Sieben. Wieso?<<
>>Ich würde dich gerne in einer Bar auf einen Feierabend-Drink einladen. Oder erwartet dich jemand zuhause? Dann vergiss meine Frage bitte sofort wieder.<<
Sein Lächeln ist feixend.
Ich bekomme Herzrasen.
>>Ich ... Nein. Also, nein, niemand erwartet mich zuhause. Ich wohne bei meiner besten Freundin und ihrem Freund ... zur Zeit.<<
Als er eine Augenbraue hochzieht, füge ich rasch hinzu: >>Ja, ich hätte Lust, nach Feierabend mit dir was Trinken zu gehen.<<
>>Okay. Ich hole dich um Sieben ab.<<

~ ~ ~

Sein Audi ist bequem und es riecht im gesamten Innenraum nach ihm – und das ist verdammt gut. Ich würde am liebsten mit dem Wagen verschmelzen.
Malie, jetzt hör aber auf! Du hast absolut kindische Gedanken!
>>Alles klar bei dir? Worüber denkst du so angestrengt nach?<<

Ich schaue zu Idris, direkt in seine Augen, die durch die Dunkelheit draußen schwarz wirken.

Es macht mich fast wahnsinnig, wie er mich immer ansieht.

Schaut er jede so an? Ist das seine Art, Frauen den Kopf zu verdrehen und sie bereitwillig in sein Auto steigen zu lassen? So unvorsichtig bin ich doch sonst nicht. Was ist nur in mich gefahren …

>>Du denkst immer noch nach<<, höre ich Idris lachen. Beschämt weiche ich seinem Blick aus. So wirr hat mich nicht einmal Lars jemals gemacht ...

>>Schickes Auto. Ich habe mich nur gerade gefragt, was du beruflich machst.<<

>>War das eine Frage?<< Es liegt noch immer Belustigung in seiner Stimme.

Ich verdrehe die Augen. Dabei bin ich mehr genervt von mir selbst, als von ihm.

>>Ja.<<

>>Wow. Darüber hast du dir also die ganze Zeit über den hübschen Kopf zerbrochen.

Ich bin Rechtsanwalt und das ist bloß ein ganz normaler Audi.<<

>>Rechtsanwalt. Welche Art von Verbrechern vertrittst du denn?<< Geht doch. Da ist die alte Malie wieder.

Idris scheint es zu amüsieren.

>>Ich vertrete Verkehrssünder. Teile mir eine Kanzlei mit einem Kollegen am Jungfernstieg, mit Blick auf die Alster.<<

>>Schönes Plätzchen.<< Ich nicke anerkennend mit dem Kopf.

>>Du bist keine Meisterin der großen Worte, habe ich Recht?<< Aus dem Augenwinkel heraus sehe ich, dass er mich betrachtet.

Er sollte mal mehr auf die Straße schauen, anstatt mich die ganze Zeit anzusehen. Bei der Geschwindigkeit … Von wegen, er vertritt Verkehrssünder. Der ist doch glatt selber einer …

Ich erwidere nichts auf seine Bemerkung. Er seufzt.

>>Kein Problem. Das ist völlig okay für mich. Menschen zum Reden zu bringen ist mein Job.<<

Der Rebell in mir schweigt ihn jetzt erst recht an, was ihn die gesamte weitere Fahrt über grinsen lässt.

~ ~ ~

Wir suchen uns eine kleine, gemütliche Bar in der Schanze, die gut besucht ist, obwohl es Montagabend ist.

Das Licht dort ist gedämpft und wir setzen uns in eine leere Ecke auf eine stoffüberzogene Bank mit breiter Rückenlehne und einem kleinen Glastisch davor.

Es ist kuschelig und das Bewusstsein, dass Idris so dicht neben mir sitzt, sodass sein Arm bei jeder Bewegung den meinen streift, macht mich unglaublich nervös. Es fühlt sich jedes Mal wie ein gewaltiger Stromschlag an, wenn er mich berührt. Ich bestelle mir eine Weißweinschorle, um lockerer zu werden.

Ist das hier gerade ein Date?

Dieser Gedanke macht mich noch nervöser.

>>Malie, du darfst auch mit mir sprechen. Du musst keine Unterhaltungen in deinem Kopf führen.<<
Unsicher schaue ich Idris an. Er löst seltsame Empfindungen in mir aus, die ich nicht deuten kann. So etwas ist mir noch nie passiert. Ich bin fasziniert und verunsichert zugleich.
>>Oder bereust du es, meine Einladung angenommen zu haben? Wenn du dich unwohl fühlst, können wir das hier jederzeit beenden und du siehst mich nie wieder.<< Er schmunzelt und kleine Fältchen umspielen seine Augen und Mundwinkel.
>>Was ich allerdings sehr schade finden würde.<<
Ich reiße mich zusammen und erlange meine Fassung zurück.
>>Nein, es ist alles okay. Ich bin bloß sehr müde von der Arbeit und denke wirklich viel nach im Moment, aber das hat nichts mit dir zu tun.<< Von wegen!
>>Möchtest du darüber reden?<<
Sein Blick ist aufmerksam und verständnisvoll und das animiert mich dazu, ihm alles zu erzählen.
Einfach alles.
Ich erzähle ihm von Lars und dem Grund unserer Trennung.
>>Das ist nicht nett von ihm<<, sagt er, als ich geendet habe. Irgendwie bringt mich diese Bemerkung zum Schmunzeln.
>>Wenn er dich wirklich heiraten wollte, hätte er das nicht getan. Sobald ein Mann so etwas macht, hat er im Kopf schon mit der Beziehung abgeschlossen und ist nicht mehr glücklich.<<
Ich möchte wirklich das Thema wechseln.
>>Erzähl mir etwas von dir.<<

Keine Ahnung, wie wir auf die Idee gekommen sind, uns gegenseitig unsere dunkelsten Geheimnisse anzuvertrauen, zumal wir uns gerade erst kennengelernt haben, aber wir scheinen uns auf Anhieb zu vertrauen.

Er erzählt mir, dass er verheiratet ist, es jedoch gewaltig in seiner Ehe kriselt und beide darüber nachdenken, sich scheiden zu lassen. Maria, seine Frau, ist bereits zu ihrer Mutter gezogen und hat den gemeinsamen Sohn mitgenommen.

Ja, Idris hat einen Sohn. Er ist acht Jahre alt und sein ganzer Stolz.

Er zeigt mir ein Foto von ihm, das er in seiner Brieftasche mit sich trägt. Der Junge ist eine Kopie von ihm. Dunkle Haare, allerdings dunkelbraun und nicht schwarz wie bei Idris. Helle, grüne Augen.

>>Wie heißt er?<<

>>Adrian<<, antwortet er und lächelt dabei stolz.

>>Wie sieht deine Frau aus?<<

Sein Blick verdunkelt sich.

>>Blonde Haare. Blaue, eiskalte Augen.<<

Seine Stimme ist ein Knurren und ich beiße mir auf die Unterlippe. Das hätte ich besser nicht fragen sollen ...

Als er meinen Gesichtsausdruck sieht, wird sein Blick weicher.

>>Schon gut. Ich spreche nur nicht gerne über sie.<<

Ich nicke. >>Das kann ich sehr gut nachvollziehen.<<

Unsere Drinks zeigen langsam ihre Wirkung und wir sprechen über heitere Themen aus unserem Leben.

Dabei stellen wir schnell fest, dass wir uns auf einer Wellenlänge befinden und viele Gemeinsamkeiten haben, trotz unseres Altersunterschiedes von knapp zehn Jahren.

Wir lachen viel und rutschen immer dichter zusammen. Ich bin völlig trunken vom Alkohol und Idris´ Wirkung auf mich. Er zieht mich an und ich kann nichts dagegen tun.

Irgendwann kommt der Punkt, an dem wir schweigen und uns einfach nur noch tief in die Augen schauen. In dem Moment wird mir bewusst, dass ich mehr will, als mich nur gut mit ihm zu verstehen.

Idris hebt die Hand, streicht mir die Haare aus dem Gesicht und streichelt zärtlich meine Wange. Mein Herz tanzt in meinem Brustkorb, als er sich zu mir herunterbeugt und mir ins Ohr flüstert: >>Ich mag dich, Malie. Und würde dich gerne wiedersehen. Was hältst du davon, wenn wir unsere Nummern austauschen?<< Ich nicke stumm und krame mit zittriger Hand mein Handy aus meiner Handtasche.

Irgendwann werde ich hundemüde.

>>Hast du was dagegen, mich kurz zur nächsten Bushaltestelle zu bringen? Ich würde gerne so langsam nach Hause.<< Wie um meine Aussage zu unterstreichen, gähne ich herzhaft.

Idris gibt dem Kellner ein Handzeichen, dass wir zahlen möchten und erwidert:

>>Ich fahre dich einfach direkt nach Hause.<<

Ich bin zu müde, um ihm zu widersprechen und die Aussicht, heute nicht mehr in einen Bus steigen zu müssen, klingt sehr verlockend. Ich lächele ihn dankbar an.

~ ~ ~

>>Das ist sehr nett von dir, dass du mich nach Hause fährst<<, bedanke ich mich bei Idris, kurz nachdem wir in seinen Wagen gestiegen sind. Er startet den Motor und dreht die Heizung voll auf, damit mir schnell warm wird.
>>Kein Problem. Das mache ich gerne<<, erwidert er und beginnt, sanft mein Knie zu streicheln. Trotz dem Jeansstoff dazwischen habe ich das Gefühl, seine Finger auf meiner Haut brennen zu spüren. Ich schaue ihn an und sehe in seinen Augen dasselbe Verlangen, welches ich trotz meiner Müdigkeit selbst in mir spüre. Mein Atem geht stoßweise, als er sich zu mir beugt und zärtlich seine weichen Lippen auf meine legt. Der Kuss ist langsam und so intensiv, dass ein gewaltiger Schauer durch meinen Körper fährt. Er wird immer fordernder, jedoch berührt er mich nicht. Seine linke Hand verweilt noch immer auf meinem Knie.
Ich werde mutiger und öffne die Knöpfe seines Mantels, ohne damit aufzuhören, ihn zu küssen.
Idris löst sich von mir, um seinen Mantel auszuziehen und auf die Rückbank zu werfen.
Sein Blick ist wild, als er sich mir erneut zuwendet und mich noch einmal küsst. Ich rücke näher zu ihm heran, strecke meine Hand aus und fahre damit unter seinen Pullover.

Als ich seinen Bauch und seine muskulöse Brust berühre, stockt ihm für einen kurzen Moment der Atem. Ich schalte meine Gedanken aus und wandere von seinem Oberkörper zu seiner Taille, um den Gürtel an seiner Jeans mit beiden Händen zu öffnen.

Er packt meine Handgelenke, bevor ich weitermachen kann.

>>Bist du dir sicher?<<, haucht er mit zittriger Stimme an meine Lippen und das erregt mich noch mehr. Ich sehe ihm fest in die Augen. >>Ja. Lass uns einfach Spaß haben.<<

Diese Worte klingen fremd für mich aus meinem Mund, aber ich kann sehen, dass Idris genauso empfindet wie ich.

So ist es also. Wir werden einfach unseren Spaß miteinander haben und unsere Sorgen für einen Moment vergessen. Ganz zwanglos.

Hektisch und wenig erotisch schäle ich mich aus meinem Mantel, während Idris seine Hose auszieht. Dabei lassen wir uns gegenseitig nicht aus den Augen.

Die Heizung hat mittlerweile den Innenraum seines Wagens komplett aufgeheizt und nun sitzen wir beide nur noch in Unterwäsche gekleidet nebeneinander.

Ich bin froh, dass er auf einem verlassenen Hinterhof geparkt hat, wo niemand vorbeikommt. Einen Parkplatz direkt auf der Schanze mit so einem Auto zu finden, ist nahezu unmöglich.

>>Im Handschuhfach sind Kondome<<, sagt Idris plötzlich frei heraus und ich brauche ein paar Sekunden, bis ich schalte und reagiere. Ich öffne also das Fach und hole zitternd eine Packung heraus.

>>Wir können das immer noch abbrechen, wenn du nicht willst<<, sagt er erneut, klingt dabei jedoch wenig überzeugend. Er will mich – und ich ihn noch mehr.

>>Sei still<<, zische ich und reiche ihm das Kondom. Er schmunzelt.

>>Du kleine Wilde<<, raunt er, während er dabei ist, sich das Kondom überzustreifen. Es ist dunkel im Auto, bis auf die wenigen Lichter im Cockpit, doch ich sehe genug und kann nicht aufhören, ihn anzuschauen. Das scheint ihn etwas zu verunsichern. Ich schlüpfe aus meiner Unterwäsche und klettere mit rasendem Herzen zu ihm herüber.

Er keucht, starrt mich bewundernd an und berührt mich am ganzen Körper, als ich ihn langsam in mich eindringen lasse.

Es beginnt sehr langsam und steigert sich immer mehr, bis ich das Gefühl habe, in einem Strudel aus wunderbaren Empfindungen zu verschwinden. Unsere Körper sind bereits nach kurzer Zeit völlig nassgeschwitzt und wir hören nicht auf, uns dabei wild zu küssen und überall zu berühren. In mir herrscht ein Hochgefühl, wie ich es noch nie zuvor hatte.

Idris flüstert immer wieder meinen Namen, bis er aufstöhnt und ich ihn in mir pulsieren spüre.

Wir bleiben noch eine ganze Weile so sitzen, klammern uns aneinander fest, bis ich mich irgendwann schweren Herzens von ihm löse und auf den Beifahrersitz zurückklettere.

Stumm ziehen wir uns wieder an und Idris dreht die Heizung herunter. Unsere Haare sind klatschnass *und unsere Köpfe komplett durcheinander. Das gerade war kein gewöhnlicher One-Night-Stand, dafür war es viel zu intensiv – und irgendwie vertraut. Idris meidet meinen Blick, als er losfährt, um mich nach Hause zu bringen. Seine Zerrissenheit ist fast greifbar und ich kann ihn verstehen. Ich empfinde genauso und bin froh über die Stille zwischen uns.*

Lange vorher habe ich ihm die Adresse von Linas und Bennys Wohnung gegeben und nun halten wir direkt vor dem Mehrfamilienhaus.

Ich schnalle mich ab und traue mich erst jetzt wieder, Idris anzusehen.

>>Gute Nacht, Malie<<, sagt er mit rauer Stimme und ich kann den Ausdruck auf seinem Gesicht nicht deuten.

>>Gute Nacht, Idris<<, erwidere ich – und steige aus.

13

Ich liege im Bett und starre an die Decke, am äußersten Bettrand, möglichst weit weg vom noch schlafenden Lars. Mein Körper ist völlig unversehrt, so als wäre mir niemals in den Rücken geschossen worden, als hätte es diese abartigen Schmerzen nie gegeben, aber dennoch bin ich nicht imstande, mich zu bewegen. Meine Atmung geht flach und ich löse den Blick nicht von der weißen Zimmerdecke, wage mich kaum zu blinzeln.

Ja, körperlich bin ich unversehrt, gesund.

Aber was ist mit meiner verdammten Seele? Die Erinnerung löscht sich leider nicht mit dem Beginn eines jeden Tages.

Lars hat mich betrogen. Ich lebe noch mit ihm zusammen, warum auch immer. Und ich habe es vergessen, ohne eine Erklärung dafür zu haben, wieso.

Idris ist gestern in einer Bank Amok gelaufen und ich wurde eiskalt erschossen. Von Polizisten, weil ich eine Gefährdung für die Allgemeinheit dargestellt und einem Polizisten seine Waffe entwendet und ihm ins Bein geschossen habe. Ich bin unter schlimmsten Schmerzen gestorben, in meinem eigenen Blut ertrunken. Idris´ Panik und Angst um mich, die in seinen klaren Augen standen.

Ich habe ihm meine Liebe gestanden.

Wir kannten uns lange vorher schon und ich wusste es nicht. In der Vergangenheit haben wir miteinander geschlafen, verdammt, und dieser Mistkerl hat mir nichts erzählt! Er hat mich die ganze Zeit belogen! Hat so getan, als würden wir uns gar nicht kennen!

Ich spüre Idris´ Hände meinen Körper überall berühren und beginne unwillkürlich zu zittern. Mir steigen Tränen in die Augen und wütend wische ich sie mit dem Handrücken weg.

Was ist mit mir passiert?

Und warum lügt mich jeder um mich herum an?

Mein Handy auf dem Nachttisch kündigt summend eine eingehende Nachricht an. Das weckt mich aus meiner Trance und wie in Zeitlupe, weil ich Lars auf gar keinen Fall wecken möchte, greife ich danach.

Es ist eine Nachricht von einer unbekannten Nummer, jedoch kann ich mir gleich denken, von wem sie stammt.

Ich seufze und widerwillig öffne ich sie.

Und bereue es sofort.

Malie, ich muss dich sehen. Komm bitte runter, ich warte draußen vor dem Eingang.

Nein Idris, das werde ich nicht! Ich möchte dich gerade nicht sehen.

Seine Antwort folgt umgehend:

Was wird das hier, Malie? Hör gefälligst auf, solche kranken Spielchen mit mir zu spielen!

Der hat vielleicht Nerven!

Die Frage ist, wer hier mit wem Spielchen spielt!

Wütend schalte ich das Handy komplett aus und pfeffere es auf den Boden.
Davon wird Lars wach.
Er gähnt und schaut auf den Wecker.
>>Oh, schon kurz nach Elf.<< In mir brodelt es. Er strahlt mich aus verschlafenen Augen an.
>>Frohes neues Jahr, Süße!<<
>>Halt einfach deine beschissene Klappe!<<, schreie ich ihn an.
>>Liebling, was …<<
>>Jeden Tag derselbe Scheiß, jeden gottverdammten Tag!<< Ich brülle noch immer und springe aus dem Bett.
>>Malie!<<
>>Lasst mich doch einfach alle in Ruhe, ihr Lügner!<<
Okay, es ist so weit, ich verliere den Verstand …
Ich reiße die Türen zum Kleiderschrank auf und schmeiße meine Klamotten wie eine Furie auf den Fußboden. Keine Ahnung, was ich anziehen soll.
>>Was zum … Hey! Was machst du da? Bist du verrückt geworden!?<<
Ich blende Lars einfach aus und nachdem ich mein Nachthemd ausgezogen habe, schlüpfe ich in irgendwelche erstbeste Unterwäsche – dabei glaube ich, sogar verschieden farbige Socken angezogen zu haben – und in Jeans und einen roten Pullover.
>>Wo willst du denn hin? Sag doch was!<<

>>Weiß ich nicht. Weg<<, entgegne ich knapp – doch dann fällt mir ein, dass ich ja auch nicht aus der Wohnung kann.

Hier drinnen Lars, draußen Idris.

Na toll! Ich sitze also in der Falle.

>>Scheiße!<<, brülle ich und lasse mich heulend auf den Boden fallen. Dabei vergrabe ich meinen Kopf in beiden Händen.

Lars setzt sich neben mich.

>>Liebling, was hast du denn? Du flippst ja total aus!<<

Als er mich an der Schulter berührt, schlage ich seine Hand weg. Er sieht mich völlig entgeistert an.

>>Fass mich ja nicht an!<<, fauche ich. >>Du hast mich betrogen! Und ich weiß es!<<

Hilflos öffnet Lars den Mund und schließt ihn wieder.

>>Malie, ich …<<

>>Nein, sei still! Ich will nur eine Frage beantwortet haben: Warum in Gottes Namen wohnen wir überhaupt noch zusammen? Soweit ich weiß, wollte ich dich doch eigentlich verlassen, nachdem ich dich in flagranti erwischt habe!<<

Meine Stimme bekommt einen zynischen Unterton. Das ist gut! So klinge ich wenigstens nicht mehr so verzweifelt. Nur noch leicht verrückt …

Lars seufzt, er sucht nach Worten. Nach den *richtigen* Worten. Ich bin gerade eine tickende Zeitbombe.

>>Wir haben uns nur kurzzeitig getrennt. Für ein paar Tage. Du hast bei Lina und Benny gewohnt, bist dann wieder zu mir zurückgekommen und wir haben miteinander gesprochen. Du wolltest mir die Chance geben, dir zu erklären, wie es dazu kommen konnte.

Ich habe dir gesagt, dass ich mich von dir vernachlässigt gefühlt habe … Und dann kam Valentina dazwischen mit ihrer verständnisvollen Art … Du hast es irgendwann verstanden und konntest mich verstehen.<< Er schluckt einmal kräftig, so als müsse er Kraft tanken für seine folgenden Worte.

>>Dann hast du mir gestanden, dass du … mich auch betrogen hast. Aber es war laut deinen Worten nur ein bedeutungsloser One-Night-Stand gewesen, nichts Ernsthaftes. Du hast dich unter Tränen dafür entschuldigt. Irgendwann lagen wir uns weinend in den Armen … Wir haben beschlossen, es wieder miteinander zu versuchen. Haben uns vergeben.<<

>>Warum kann ich mich an nichts mehr erinnern? Was ist mit mir passiert, Lars?<<

An seinem Blick sehe ich, dass er mir nicht antworten möchte. Aber ich brauche Antworten, verdammt nochmal!

>>Lars! Sag es mir! Ich drehe sonst noch durch!<<

>>Du hattest einen Unfall<<, beginnt er und unwillkürlich halte ich den Atem an.

>>Du … bist gestürzt und dabei wurdest du stark am Kopf verletzt. Bist im Krankenhaus wieder aufgewacht und hattest große Erinnerungslücken.<<

>>Gestürzt? Wie? Wobei?<<

>>Beim Spaziergang. An der Alster. Nachdem du dich mit Lina getroffen hattest. Passanten, die dich gefunden haben, haben den Krankenwagen gerufen.<<

Ich starre ins Leere und kann es kaum fassen.

>>Was ist mir noch entgangen? An was kann ich mich noch nicht erinnern?<<

Verdammt, ich kann mich nicht einmal daran erinnern, in einem Krankenhaus aufgewacht zu sein!
>>Nichts. Wir haben dich im Krankenhaus besucht, als du wieder zu dir kamst. Sogar deine Eltern aus München waren hier. Aber du standst sehr neben dir. Schädelhirntrauma, sagten die Ärzte. Du musstest mehrfach am Kopf genäht werden. Wir haben dir alles erzählt, deine Erinnerung kam jedoch nur stückweise bis gar nicht zurück. Erst an Weihnachten hatte ich das Gefühl, dass du wieder ganz die Alte warst.<<

Er lächelt mich warm an und tätschelt meine Hand.
Seine liebevolle, verständnisvolle Art soll mich beruhigen.
Doch ich glaube ihm nicht. Er verschweigt mir noch immer etwas.
In diesem Moment klingelt es an der Tür. Immer wieder, ohne Pause.
Wie an dem Morgen nach Italien.
Lars schaut leicht erschrocken und verwundert auf.
Ich seufze resigniert.
Wortlos stehe ich auf, greife in die Garderobe und ziehe meinen Mantel über.
>>Wo willst du hin?<<, fragt Lars mich und erhebt sich ebenfalls.
>>Ich verlasse dich. Es tut mir leid, aber ich kann dir nicht verzeihen.<<
Bevor er mich aufhalten oder noch weitere Fragen stellen kann, verlasse ich die Wohnung und stürme das Treppenhaus hinunter.

Ich reiße die Außentür auf, laufe direkt in Idris´ Arme – und stoße ihn mit aller Kraft, die ich aufbringen kann, von mir weg.

>>Hau ab! Lügner!<<, schreie ich ihn hysterisch an und kann die Tränen nicht zurückhalten.

Idris stellt keine Fragen, er kommt einfach auf mich zu, packt mich und zieht mich so dicht an sich, dass ich mich in seinem Griff nicht bewegen kann.

Ich höre nicht auf zu schreien und trommele mit meinen Fäusten wild gegen seine Brust.

>>Lass mich los! Lass mich in Ruhe! Du hast mich belogen, du auch, die ganze Zeit! Wir kennen uns, du Mistkerl!<<, schluchze ich verzweifelt.

Er greift mit einer Hand an mein Kinn, während er mich mit dem anderen Arm noch immer fest umklammert hält, und zwingt mich damit, ihn anzusehen. Ich nehme ihn durch meine verheulten Augen nur verschwommen wahr.

>>Was soll das Theater?<<, knurrt er mich an. >>Erinnerst du dich wieder, oder was ist mit dir los?<<

>>Warum hast du mir nichts gesagt? Hast so getan, als würden wir uns nicht kennen? Wir haben miteinander geschlafen, eine kurze Nummer in deinem Auto, und du hast mir die ganze Zeit über was vorgemacht! Warum? Warum warst nicht wenigstens *du* ehrlich zu mir?<<

>>Das ist alles, woran du dich erinnerst?<<

>>Was!?<< Jetzt bin ich erst recht verwirrt.

Er schmunzelt und senkt seinen Kopf, verteilt hauchend zarte Küsse auf meinem Hals, wandert dann zu meinem Ohrläppchen hinauf und knabbert zärtlich daran.

>>Eine schöne Erinnerung, findest du nicht?<<, wispert er dann in mein Ohr. Sein heißer Atem macht mich fast wahnsinnig und ich halte die Gänsehaut und Erregung nicht mehr aus. Ich bin schwach vor Verlangen und das weiß dieser Mistkerl ganz genau.

Ich drehe meinen Kopf und presse meine Lippen auf seine.

Mein Herz scheint sich nicht darum zu scheren, was mein Kopf will.

Seine Zunge dringt in meinen Mund ein, schiebt sich zwischen meine Zähne und in diesem Moment will ich, dass dieser Kuss niemals wieder endet. Er drückt mich noch fester an sich und ich klammere mich an ihm fest, als wäre er mein Rettungsanker auf stürmischer See.

>>Malie?<<

Idris löst sich von mir und als er an mir vorbeischaut, verdunkelt sich sein Blick sofort.

Er lässt mich los und ich vermisse plötzlich seine Körperwärme und die Enge seines Griffes.

Ich drehe mich um.

Lars ist mir gefolgt und sieht nun mit ungläubigem Blick zwischen Idris und mir hin und her.

>>Scheiße! An *ihn* erinnerst du dich auch?<<

>>Der geht mir tierisch auf die Nerven<<, grummelt Idris und sieht dabei so aus, als würde er gleich Hackfleisch aus Lars machen wollen.

Ich beachte Lars nicht und drehe mich wieder zu Idris um.

>>Lass uns fahren. Irgendwo hin. Egal. Weg von ihm<<, zische ich.

Idris´ Mundwinkel verziehen sich zu einem teuflischen Lächeln.

>>Wieso? Lass es uns doch direkt hier vor seinen Augen auf der Motorhaube treiben. Dann versteht er es vielleicht. Noch besser, er kann sich morgen eh nicht mehr daran erinnern.<<

Lüstern sieht er mich an und leckt sich über die Lippen.

Warum stehe ich nur so auf diesen Idioten?

Ich rolle mit den Augen.

>>Nein. Wir fahren<<, befehle ich und steige in seinen Audi.

>>Malie, was machst du da? Bleib hier!<<, höre ich Lars verzweifelt rufen.

Idris lacht. >>Vergiss es, Schlappschwanz! Du siehst doch, zu wem von uns beiden sie will.<<

Er zeigt Lars den Mittelfinger, läuft um den Wagen herum und lässt sich schließlich triumphierend grinsend neben mich hinters Steuer fallen.

>>Du bist ein Arsch.<<

>>Trotzdem bist du zu mir ins Auto gestiegen.<<

Sein selbstgefälliges Grinsen grenzt stark an Überheblichkeit.

~ ~ ~

Wir fahren keine zehn Minuten, als Idris auf den Parkplatz eines Motels fährt.

Nachdem wir geparkt haben, treten wir kurz danach in die große, helle Lobby aus vorwiegend Beige- und Blautönen.

Die blonde Empfangsdame hinter dem hellblau beleuchteten Tresen begrüßt uns freundlich lächelnd. >>Ist noch ein Doppelzimmer frei?<<, fragt Idris sie in seiner typisch charmanten Art, die er anscheinend bei allen außer mir anwenden kann, und die Empfangsdame lächelt ihn flirtend an. >>Aber natürlich.<<

Ich rolle mit den Augen, aber innerlich recke ich die Faust in die Luft.

Dieses Mal werde ich diejenige sein, die mit ihm auf dem Zimmer verschwinden wird.

Oh je, wie tief bin ich bereits gesunken ...

Idris nimmt meine Hand und zwinkert mir verschwörerisch zu, was mir sofort Hitze ins Gesicht steigen lässt. Natürlich weiß ich, warum wir hier sind und ich schwanke dazwischen, es kaum erwarten zu können sowie einem unerklärlichen Unbehagen.

Als wir auf den Fahrstuhl warten, meine ich förmlich die Blicke der Empfangsdame auf meinem Rücken zu spüren.

Das Zimmer ist schön. Groß und hell, die Bettlaken strahlend weiß, die Vorhänge in demselben Blau, wie bereits unten in der Lobby.

Wir ziehen unsere Mäntel aus und hängen sie gleichzeitig im Wandschrank auf. Ich bin vor Nervosität ganz zittrig und es scheint mir die Sprache verschlagen zu haben.

Idris zieht die hellblaue Tagesdecke vom Bett und legt sie, nachdem er sie ordentlich zusammengefaltet hat, in eine Ecke auf den Fußboden.

>>Das Bett sieht bequem aus, stimmt´s?<<, fragt er mich beiläufig und ich kann aus seiner belegten Stimme ebenfalls Nervosität heraushören.

Idris und nervös? Das passt normalerweise überhaupt nicht zusammen.

Als er mich ansieht, sehe ich die Unsicherheit in seinem Blick.

>>Ähm …<< Ich räuspere mich.

>>Ich bin heute noch nicht dazu gekommen, mich frisch zu machen. Macht es dir was aus, wenn ich kurz unter die Dusche springe?<< *Oh Gott, warum fühle ich mich in seiner Gegenwart immer wie ein Teenager?*

Seine Augen wandern an mir hoch und runter.

>>Nein. Geh ruhig.<<

Hastig verschwinde ich im Badezimmer und schließe die Tür hinter mir.

Seufzend lehne ich mich mit dem Rücken dagegen und betrachte meine Umgebung.

Das Bad ist groß, mit anthrazitfarbenen Fliesen und einer ebenerdigen, verglasten Duschkabine.

Ich drehe die Heizung hoch und schlüpfe aus meinen Klamotten – dabei fällt mir auf, dass ich tatsächlich verschieden farbige Socken trage - um kurz darauf unter herrlich heißem Wasser zu stehen. Erleichtert stelle ich fest, dass es hier Duschgel und Shampoo gibt und entspanne mich augenblicklich unter der massierenden Brause.

Ich schließe die Augen und bekomme nichts mehr um mich herum mit.

So merke ich erst, dass jemand mit mir im Raum ist, als ein unerwartet kalter Luftzug mich trifft. Ich reiße die Augen auf – und sehe Idris splitterfasernackt vor mir in der Dusche stehen. Mein Herz droht beinahe stehenzubleiben, während ich seinen Körper betrachte und mich zwinge, in seine Augen zu schauen, die mich zu verschlingen scheinen. Ich atme hörbar aus und Idris entblößt seine weißen Zähne.

>>Was ist los, kleine Malie? Es ist doch nicht das erste Mal, dass du mich nackt siehst.<<

Seine Stimme hallt in der Kabine wider und vibriert in mir.

Er kommt auf mich zu und ich halte den Atem an, als er mit seiner Hand in mein nasses Haar greift, mich mit seinem nackten Körper an die Wand drückt und seine warmen Lippen auf meine presst. Dann packt er meine Hüften und hebt mich hoch.

Ich schlinge Arme und Beine um ihn und vergrabe meine Finger in seinem Haar, unsere Küsse enden nicht, als er sich in mich schiebt.

Dieses Mal beginnt es nicht langsam.

Vor Schmerz und Lust schreie ich auf, als er unnachgiebig immer wieder in mich stößt, bis eine riesige Welle in mir mich zu zerreißen droht. In dem Moment, als ich komme, stöhnt Idris laut auf und heiße Lava durchflutet mein Innerstes.

Es war kurz und wild und ich klammere mich noch immer an ihm fest, nicht imstande, mich zu bewegen. Zart küsst er meinen Hals. >>Alles klar bei dir?<<

Ich nicke stumm und lasse mich schließlich von ihm auf meine zittrigen Beine absetzen.

Ohne ein weiteres Wort duschen wir uns ab, seifen uns gegenseitig ein, was mir ein wunderbares Gefühl von Normalität und Vertrautheit zwischen uns gibt.

Nach dem Duschen lässt Idris mir keine Zeit, mich abzutrocknen.

Er hebt mich hoch, trägt mich ins Schlafzimmer, wo er bereits die Gardinen zugezogen und das Licht gedimmt hat, und legt mich, klatschnass wie ich bin, auf den herrlich weichen Bettlaken ab, die ich komplett durchnässe. Doch das stört mich nicht.

Idris kniet vor mir und streichelt sanft die Innenseite meiner Schenkel, während er aus verschleiertem Blick meinen Körper betrachtet. Ich keuche und werde fast wahnsinnig vor Erregung.

Behutsam drückt er meine Beine auseinander und berührt kurz darauf meine intimste Stelle mit seinen Lippen.

Ein ersticktes Stöhnen entfährt mir und ich kralle mich in den Laken fest, als ich zaghaft seine Zungenspitze spüre. Ich drücke meinen Rücken durch und strecke ihm meine Hüften entgegen, bis seine Bewegungen schneller und energischer werden und ich schließlich meinen zweiten Höhepunkt erreiche.

Atemlos liege ich mit ausgetreckten Armen da, als sich Idris grinsend über mich beugt – und ohne Vorwarnung erneut in mich eindringt.

Meine Nägel zerkratzen seinen Rücken, als er mich wild nimmt, doch das scheint er gar nicht zu merken. Er küsst mich überall, mein Gesicht, meinen Hals, meine Brust und seine Bartstoppeln hinterlassen dabei rote Striemen auf meiner Haut.

In den nächsten Stunden lieben wir uns immer wieder.

Irgendwann liege ich erschöpft in seinen Armen und habe fürchterlichen Hunger.

~ ~ ~

>>Unglaublich, was so ein zartes Persönchen wie du alles verschlingen kann.<<

Ich verschlucke mich beinahe an meinen Spaghetti mit Tomatensoße, als ich in Idris´ belustigtes Gesicht sehe.

Wir sitzen im Restaurant des Motels und Idris genießt ein Steak mit Rosmarinkartoffeln, während ich mich mit meinen Nudeln vollstopfe.

>>Wie gesagt, ich habe Hunger<<, antworte ich mit halbvollem Mund.

>>Du bist langsam aus der Übung<<, erwidert er süffisant und schiebt sich die Gabel mit einem Fleischstückchen in den Mund.

>>Wie bitte?<< *Was meint er denn damit?*

>>Genieß deine Nudeln. Du brauchst Energie für später.<< Seine Augen verschlingen mich, was mir sofort die Schamesröte ins Gesicht treibt.

>>Idris … Warum warst du nicht ehrlich zu mir? Wieso hast du mir nicht einfach erzählt, dass wir uns in der Vergangenheit schon einmal begegnet sind und … sogar intim miteinander wurden?<<, frage ich ihn in ruhigem Ton, nachdem unsere leeren Teller

abgeräumt wurden und wir mit einem Glas Wein angestoßen haben.

Ich hatte meine Wut über ihn in all den Stunden komplett vergessen.

Er weicht meinem Blick aus, starrt stur auf sein Weinglas.

>>Du warst nicht bereit für die Wahrheit.<<

>>In wie fern?<<

Er sieht mich wieder an.

>>Malie, sei doch mal ehrlich. Wie haben wir uns kennen gelernt nach deiner Amnesie? Du hast beobachtet, wie ich mich auf einer Theaterbühne erschossen habe, was scheinbar dazu geführt hat, dass wir gemeinsam in dieser Schleife gelandet sind. Anschließend habe ich dich in der Elbe ertrinken lassen. Du hattest fürchterliche Angst vor mir, was ich kaum ertragen konnte. Ich war für dich doch bloß ein Irrer, der mit dir in einer Zeitschleife gefangen ist. War es nicht so? Und nun stell dir einmal vor, ich hätte dir auch noch unterbreitet, dass wir letzten Monat etwas miteinander gehabt haben. Du wusstest bis dato ja nicht einmal, dass du unter Amnesie leidest.<< Er hält meinem Blick stand und ich öffne meinen Mund und schließe ihn wieder. Darauf fällt mir nichts ein.

>>Was weißt du darüber?<<, frage ich ihn hoffnungsvoll. >>Ich kann mich bloß daran erinnern, dass mich Lars, nach unserer Begegnung auf dem Weihnachtsmarkt, am selben Abend mit seiner Arbeitskollegin betrogen hat. Und vorher schon, aber das weißt du ja bereits … Deshalb ist es zwischen uns beiden überhaupt passiert an jenem Abend, nachdem

du mich von der Arbeit abgeholt hast und ich dir in der Bar alles erzählt habe. Und du mir auch. Du, der bald Geschiedene und ich, die Betrogene. Ich habe Lars damit konfrontiert, weil ich nicht verstehen konnte, warum wir überhaupt noch zusammen sind und er sagte, dass wir uns gegenseitig unsere Seitensprünge gestanden und verziehen haben. Aber ich habe das Gefühl, er war nicht ehrlich zu mir. Und dann die Geschichte mit meiner Amnesie ... Ich wäre beim Spaziergang gestürzt und im Krankenhaus wieder aufgewacht.<<

>>Er hat dir erzählt, du hättest ihm deinen One-Night-Stand mit mir gestanden?<<, hakt er mit einem seltsamen Unterton in seiner Stimme nach.

>>Genau. Und laut seinen Worten war danach alles wieder gut zwischen uns.<<

Es tritt ein beunruhigender Ausdruck in sein Gesicht und er schaut wieder auf sein Weinglas.

Idris scheint wütend zu sein, jedoch weiß ich nicht, ob auf Lars oder auf mich.

Ich habe das ungute Gefühl, dass er mehr über meine Geschichte weiß, als mir lieb ist.

Und ich hätte auch keinerlei Erklärung dafür, wenn es so ist.

>>Malie<<, beginnt er, ohne mich anzusehen. Ich versteife mich augenblicklich.

>>Ich kenne dich. Besser, als du es dir vorstellen kannst. Ich weiß so gut wie alles über dich. Das wusste ich bereits, bevor wir uns in der Schleife erneut begegnet sind.<<

Meine Hände verkrampfen sich in meinem Schoß, meine Nägel bohren sich tief in die Haut.

>>Das glaube ich dir nicht. Nicht einmal Lars weiß alles über mich, und heute wäre eigentlich der Tag unserer Verlobung. Warum also sollte ich ausgerechnet dir, der mit dem ich mich bloß einen Abend vergnügen wollte, um meinen Liebeskummer zu vergessen, irgendetwas über mich erzählen?<<, fauche ich ihn an.

Soweit ich mich erinnern kann, habe ich ihm an dem Abend in der Bar nur die Sache mit Lars und sonst nur Belangloses über mich erzählt.

>>Es geht nicht darum, was du mir in der Bar erzählt hast<<, erkennt Idris wieder einmal meine Gedanken.

>>Okay, ich möchte es dir beweisen, damit du mir glaubst. Abgesehen von der Adoption oder dem Wohnort deiner Eltern, kann ich dir Dinge über dich sagen, die du mir in der Schleife nicht erzählt hast. Dein Geburtstag ist der neunzehnte Mai, dieses Jahr wirst du Achtundzwanzig. Dein Lieblingsessen sind Spaghetti mit Tomatensoße, was ich persönlich unglaublich langweilig finde, es gibt so viele tolle Gerichte. Deine Lieblingsfarbe ist Grün, weshalb du mir einmal gesagt hast, dass du es liebst, mir in die Augen zu schauen. Du trägst am liebsten sportliche Klamotten, denn du hasst hübsche Kleider und Make-Up, was bei deinem wunderschönen Gesicht und deiner tollen Figur echt schade ist, denn das würde dir stehen. Ach, und du wirst immer knallrot im Gesicht, wenn man dir Komplimente macht. Du hasst es, zu kochen, dafür liebst du Backen umso mehr. Du bist verrückt nach Hundewelpen, hast aber eine irrwitzige Angst vor Katzen. Du meidest Fahrstühle so gut es geht und nimmst lieber die Treppe, egal wie hoch das

Stockwerk ist, weil du immer Angst hast, es könnte mal einer stecken bleiben. Du kannst kein Schlittschuhlaufen. Das habe ich dir beigebracht – oder es zumindest versucht. Wenn du zu sehr lachst, kommt es schon mal vor, dass du dir aus Versehen in die Hose machst. Ich habe noch nie einen ehrlicheren und aufrichtigeren Menschen als dich getroffen. Man weiß bei dir genau, woran man ist. Du kannst schlecht lügen, deine Mimik und Gestik verraten dich sofort. Du bist dickköpfig, hältst immer an deiner Meinung fest und ziehst gnadenlos durch, was du dir in den Kopf gesetzt hast, ohne dass dich jemand aufhalten könnte. Andererseits bist du sehr liebevoll, einfühlsam und leidenschaftlich. Und du liebst mich.<<

Bei seinem letzten Satz lächelt er sanft und seine Augen verzehren meine.

Ich habe das Gefühl, dass mir der Boden unter den Füßen weggerissen wird.

Wie kann er das alles über mich wissen?

Ich drücke beide Hände auf meine Ohren.

>>Nein! Hör auf damit!<<

>>Malie, was …<<

>>Wer hat dir das alles über mich erzählt?<<, brülle ich ihn an.

>>Wie bitte?<< Ein entsetzter Ausdruck tritt in sein Gesicht.

>>Jemand muss es dir erzählt haben, jemand der mich kennt, wie sonst solltest du das wissen? Kanntest du Lars, bevor du mit mir geschlafen hast? War das vielleicht ein abgekartetes Spiel von euch, bist du deshalb zu mir in die Praxis gekommen und

hast mich dann abgeschleppt? Damit Lars nicht mehr der Dumme ist, weil er mich betrogen hat? Damit ich ihm verzeihe?<<

Die Leute im Restaurant drehen sich zu uns um, doch ich kann mich nicht beruhigen. Ich kann die Tränen nicht zurückhalten, als sich diese furchtbare Ahnung in meine Gedankengänge schleicht, sich wie ein krankmachender Parasit in meinem Kopf festsetzt.

Idris kocht vor Wut, in seinen Augen blitzt es gefährlich und seine Stimme ist bedrohlich leise, als er spricht.

>>Das ist erfundener Mist, den du da von dir gibst. Ich würde dieses Arschloch lieber töten, als mit ihm unter einer Decke zu stecken! Vor allem, wenn es um dich geht!<<

>>Ich weiß, dass du einen Sohn hast<<, mache ich weiter, jedoch habe ich mich etwas beruhigt.

>>Adrian. Warum hast du mir in der Schleife bis jetzt nichts von ihm erzählt? Von deiner Ex konntest du schließlich auch sprechen!<<

>>Es reicht langsam, Malie<<, knurrt Idris zwischen zusammengebissenen Zähnen.

>>Ich spreche nicht über ihn, ist das klar?<<

>>Nein, ist es nicht! Warum nicht, Idris? Was ist dein Problem? Und warum zum Teufel begeht ein erwachsener Mann mit Noch-Frau und Kind in aller Öffentlichkeit Selbstmord!?<<

>>Weil Adrian tot ist, verdammte Scheiße!<<, brüllt er mich an und schlägt mit beiden Fäusten auf die Tischplatte, sodass wieder alle Gespräche um uns herum verstummen und ich erschrocken

zurückweiche. Jedoch dieses Mal nicht wegen seiner Reaktion.

>>Was?<<, flüstere ich.

Idris´ Augen sind tränennass und seine Stimme ist brüchig, als er weiterspricht.

>>Er stirbt jeden Gottestag, Malie. Jeden ersten Januar. Maria hat mit ihm einen Autounfall, ein LKW rammt die beiden von hinten, als er auf ein Stauende, in dem die beiden stehen, zu rast. Maria überlebt schwer verletzt, liegt im Krankenhaus, während mein Sohn … Die Polizei steht jeden Morgen vor meiner Haustür, um mir die Nachricht zu überbringen, immer um Punkt zwanzig vor Zehn. Von dem Klingeln an der Tür werde ich wach, so auch an dem ersten Januar, als ich in die Schleife gerutscht bin, obwohl ich eigentlich tot sein sollte. Ich war ein Wrack, Malie! In den ersten Tagen in der Schleife bin ich sogar zu Maria ins Krankenhaus, nur um sie zu töten. Obwohl sie, wie es aussieht, keine Schuld trifft. Alkohol und Hass wurden zu meinem täglichen Begleiter. Auch Hass auf dich. Weil du mich einfach vergessen hast, als hätte es mich nie in deinem Leben gegeben … Ich habe dich nach deinem Unfall im Krankenhaus besucht, ein Nachbar von euch hatte mir gesagt, wo du bist, nachdem du dich nicht mehr bei mir gemeldet hattest. Du hast mich weggeschickt. Besser gesagt, dein toller Freund. Du wusstest nicht, wer ich bin. Hast mich mit befremdlichem Blick gemustert und dich an deinem Freund festgeklammert. Da wusste ich, dass alles vorbei war. Und dann habe ich dich in dem Theater gesehen … Ich dachte, ich kann es nicht durchziehen, nicht, wenn

du da bist und es siehst. Obwohl ich so betrunken war, dass ich kaum noch etwas um mich herum mitbekommen habe. Aber an deinem Gesichtsausdruck konnte ich erkennen, dass du mich noch immer nicht erkannt hast, dich noch immer nicht erinnern konntest. Du hast bloß einen Verrückten mit einer Knarre gesehen. Nur bei deinem Lars schien es *klick* gemacht zu haben. Ich wollte nicht mehr leben, Malie. Nicht ohne mein Kind, nicht ohne dich …<<

Er bricht ab und vergräbt sein Gesicht in seinen Händen.

Ich räuspere mich, weil ich fürchte, nicht mehr sprechen zu können.

>>Was ist mit uns passiert, Idris? Da war doch noch mehr, als nur die eine Nacht …<<

>>Das schnallst du ja früh!<<, bellt er mich an und ich zucke zusammen. Sein Blick ist fremd, hasserfüllt.

>>Aber vergiss es, ich werde dir nichts darüber erzählen. Vielleicht kommst du irgendwann von selbst darauf, nur dann renn bloß nicht zu mir! Du kannst ja deinen Prinzen dazu befragen, morgen wachst du ja eh wieder neben ihm auf, so wie jeden beschissenen Morgen, obwohl dieser Drecksack dich betrogen hat. Er hat dich nach Strich und Faden belogen, da hast du deine Antwort!<< Wütend springt er auf.

>>Idris … Was soll das? Was redest du da!?<<

>>Nein, es ist okay. Ich werde dich ab sofort nicht mehr belästigen. Du wolltest mich doch nicht mehr sehen, also erfülle ich dir jetzt diesen Wunsch. Finde alleine aus der Schleife heraus. Und komm ja nicht

auf die Idee, mich aufzusuchen, wenn ich mal wieder in einer Bank um mich schießen oder sonst etwas anstellen sollte!<<

>>Nein! Idris, bitte geh nicht!<<, flehe ich ihn unter Tränen an, doch er wendet sich eiskalt von mir ab und lässt mich verzweifelt und alleine im Motel zurück.

14

Lina und Benny schlafen bereits, als ich die Tür aufschließe und die Wohnung stockdunkel vorfinde.

Ich bin froh, dass ich von Lina den Zweitschlüssel bekommen habe, auch wenn es somit für die beiden mehr Stress bedeutet, da sie sich immer absprechen müssen, wer als erstes zuhause ist, damit keiner vor verschlossener Tür stehen muss.

So bin ich flexibler und kann kommen und gehen, wann ich möchte.

Ich schleiche durch die Wohnung und traue mich nicht einmal, Licht zu machen, da ich die beiden nicht wecken möchte. Erst als ich im Badezimmer bin und die Tür hinter mir schließe, mache ich das Licht an und atme einmal tief durch. Ich stütze mich mit beiden Armen auf dem Waschbecken ab und betrachte mein Spiegelbild.

Ich sehe verändert aus. Meine Wangen sind gerötet, meine Lippen geschwollen und meine Augen leuchten geradezu.

Meine Sinne sind vom Alkohol noch etwas benebelt und ich muss mich erst einmal sammeln, muss versuchen zu verstehen, was da vorhin eigentlich passiert ist.

Mein Herz beginnt zu flattern und leichte Übelkeit steigt in mir auf, sodass ich mir eiskaltes Wasser ins Gesicht spritzen muss.

Ich darf mir nicht den Kopf darüber zerbrechen. Es war eine einmalige Sache, bloß eine Ablenkung, um für einen Moment nicht über Lars nachdenken zu müssen.

Ich trockne mein Gesicht ab, schleiche danach halb blind ins Wohnzimmer zurück und taste nach dem Schalter der Leselampe neben der Couch, die für die nächste Zeit mein Schlafplatz ist.

Aus dem Bettkasten krame ich meine Bettwäsche hervor und schlüpfe lediglich aus Jeans und Pullover, sodass ich nur noch mein T-Shirt und Unterwäsche trage. Anschließend stelle ich meinen Handywecker und kuschele mich hundemüde unter die Bettdecke.

Morgen werde ich mit Lars sprechen.

Trotz meiner Müdigkeit bekomme ich kein Auge zu. Meine Gedanken werden von Idris beherrscht, ich sehe immerzu seine grünen, durchdringenden Augen meine geradezu verschlingen, fühle seine Hände jeden Zentimeter meines Körpers berühren.

Ich schiebe jeden Gedanken an ihn beiseite und zwinge mich einzuschlafen.

Irgendwann gelingt es mir tatsächlich, in einen tiefen, traumlosen Schlaf zu fallen.

~ ~ ~

>>Du bist schon zuhause?<<

Ich erschrecke beinahe, als ich am nächsten Tag nach der Arbeit die Wohnung betrete und Lars fernsehschauend auf der Couch im Wohnzimmer vorfinde.

Er dreht sich um und springt sofort auf.
>>Schatz! Du ... Schön, dass du wieder hier bist!<<
Er kommt strahlend auf mich zu, doch ich weiche ihm
aus, und enttäuscht sieht er mich an.
Er reibt sich den Nacken.
>>Ja, ich ... war die letzten Tage nicht arbeiten. Das
mit uns hat mich ziemlich fertiggemacht, weißt du.<<
>>Ich muss mit dir reden, Lars. Genau darüber.<<
Ich deute auf die Couch und gemeinsam nehmen wir
uns gegenübersitzend darauf Platz.
Lars ist völlig nervös und rote Flecken bilden sich auf
seiner hellen Gesichtshaut.
>>Liebling, ich kann dir das alles erklären. Ich gebe
zu, dass ich ein einziges Mal mit Valentina geschlafen
habe, aber es hatte nichts zu bedeuten, ich habe es
anschließend sofort bereut! Sie hat einfach zu einem
unpassenden Zeitpunkt in der Bank angefangen zu
arbeiten, mitten in deiner und meiner Krise. In der
Zeit, in der wir sehr viel gestritten haben. Ich habe
mich von dir unverstanden und irgendwie ...
vernachlässigt gefühlt. Mit Valentina konnte ich
darüber sprechen, sie hat mir zugehört und mich
verstanden, da sie mit ihrem Exfreund auch solche
Phasen hatte. Und dann ist irgendwie ... eins zum
anderen gekommen. Aber glaub mir, ich schäme mich
so unendlich dafür! Ich liebe dich über alles!<<
>>Und warum hast du ihren Kuss auf dem
Weihnachtsmarkt dann zugelassen? Da war doch
angeblich wieder alles gut zwischen uns.<<
Er weicht meinem Blick aus.
>>Ich ... Da war ich komplett überrumpelt, als sie
mich wieder geküsst hat. Ich habe ihr vorher erklärt,

dass unser Verhältnis zukünftig rein kollegial weiterbestehen wird und ich kein Interesse an ihr habe.<<

Wütend funkele ich ihn an.

>>Das sah mir aber nicht danach aus!<<

>>Es tut mir wirklich unglaublich leid! Ich habe großen Mist gebaut, Malie, das sehe ich doch ein! Alles, was ich will, ist noch eine einzige Chance von dir zu bekommen. Ich werde ihr in Zukunft auf der Arbeit aus dem Weg gehen, das schwöre ich dir.<<

Tränen treten in seine Augen und er tut mir fast leid.

>>Ich habe dich auch betrogen<<, setze ich nun dem Ganzen noch die Krone auf.

Schockiert starrt er mich an.

>>Wie bitte? Wann?<<

>>Gestern Abend. Nach Feierabend war ich noch mit einem Mann in einer Bar und anschließend ... ist es in seinem Auto passiert.<< Ich habe keine Ahnung, warum ich so grausam zu ihm bin.

Lars schluckt hörbar.

>>Mit wem?<<, flüstert er fast.

>>Das ist nicht wichtig, denn ich werde ihn nicht noch einmal wiedersehen. Es war nur ein One-Night-Stand. Ich wollte die Sache mit uns für einen Moment vergessen.<<

Lars schaut stumm an mir vorbei. Die Tränen laufen ihm in Strömen über das Gesicht und sein verletzter Gesichtsausdruck bringt mich ebenfalls zum Weinen.

>>Was ist nur mir uns passiert?<<, wispert er und kurz darauf liegen wir uns schluchzend in den Armen. Diese Nacht bleibe ich bei ihm, jedoch schlafen wir Rücken an Rücken liegend ein.

~ ~ ~

Am nächsten Morgen schalte ich den Wecker nach dem ersten Klingeln sofort aus, um Lars nicht zu wecken. Da er bis jetzt nicht aufgestanden ist, gehe ich davon aus, dass er heute auch zuhause bleiben wird. Anscheinend will er dieser Valentina wirklich aus dem Weg gehen ...
Ich mache mich zügig fertig und schaffe es, ohne Lars zu wecken die Wohnung zu verlassen.
Heute habe ich auf der Arbeit zum Glück jede Menge zu tun, sodass ich bis zur Mittagspause keine Zeit habe, mir über irgendwen oder irgendetwas Gedanken zu machen.

In der Pause gehe ich mit Tanja und Jasmin in den Gemeinschaftsraum der Praxis und schmeiße ein Paket Fertigessen in die Mikrowelle.
Als ich mein Handy aus meiner Tasche krame, sehe ich, dass ich eine Nachricht von Lars habe.

Hi, Schatz. Kommst du heute Abend nach Hause oder bist du wieder bei Lina und Benny? Ich würde mich freuen, wenn wir den Abend zusammen verbringen.

Ich seufze und packe mein Handy zurück in die Tasche, ohne ihm zu antworten.
Eigentlich hatte ich vorgehabt, heute wieder zu unseren Freunden zu fahren, da mir das mit Lars zu schnell geht. Meine Gefühle sind völlig

durcheinandergeraten und ich bin mir nicht sicher, ob ich ihn noch genug liebe, um ihm eine zweite Chance geben zu können.

>>Ist alles okay mit dir?<<

Ich drehe mich zu meinen Kolleginnen um und blicke direkt in ihre fragenden Gesichter.

>>Ja, alles gut<<, lüge ich lächelnd und hole mein Mittagessen aus der Mikrowelle.

~ ~ ~

Der Nachmittag verläuft ruhiger als der Vormittag und um Punkt sieben Uhr ziehe ich mich um, verabschiede mich von meinem Chef und meinen Kolleginnen und verlasse die Praxis.

Bis jetzt habe ich Lars noch immer nicht geantwortet und beschlossen, diese Nacht wieder bei Lina und Benny zu verbringen. Ich brauche einfach noch Abstand von ihm.

Als ich aus der Praxis ins Freie trete, sehe ich zuerst den schwarzen Audi am Straßenrand stehen und mein Herz rutscht augenblicklich eine Etage tiefer.

Idris steht lässig mit den Händen in den Taschen seines schwarzen Mantels an den Wagen gelehnt und sieht mich mit einem verschlagenen Lächeln im Gesicht an.

Ich bleibe abrupt stehen und weiß nicht, wie ich mich verhalten soll.

Soll ich auf ihn zugehen oder ihn einfach ignorieren und weitergehen?

Was hat er hier zu suchen?

Idris nimmt mir die Entscheidung kurzerhand ab und kommt auf mich zu.

Er sieht umwerfend aus und als er dicht vor mir zum Stehen kommt, seine grünen Augen mich durchdringen und ich seinen Duft wahrnehme, drohe ich dahin zu schmelzen. Seine Wirkung auf mich ist unglaublich.

>>Hallo, Malie<<, raunt er mir mit tiefer Stimme zu und ich werde knallrot, als ich mich an unseren gemeinsamen Abend erinnere.

>>Was ... was machst du hier?<<, krächze ich nur.

Sein Blick wird noch eindringlicher, sein Lächeln immer breiter.

>>Es tut mir wirklich leid. Ich weiß, das mit uns war nur eine einmalige Sache und ich habe es versucht, aber ... Ich kann dich einfach nicht vergessen.<<

15

>>Malie! Das ist aber eine Überraschung!<<
Meine Mutter sieht mich mit großen, grauen Augen an, die grau gesträhnten, dunkelblonden Haare zu einem wirren Pferdeschwanz zusammengebunden.
Sie hat nicht damit gerechnet, dass ich sie besuchen würde, denn ich habe sie nicht vorgewarnt. Ich bin heute Morgen einfach zum Flughafen gefahren und in einen Flieger nach München gestiegen.
Die Spontanität habe ich mir definitiv von einer gewissen Person abgeschaut …
>>Du hättest auch anrufen können.<< Sie wischt sich ihre Hände an der blauen Schürze ab, die sie sich um die Hüfte gebunden hat.
Ich lächele sie gezwungen fröhlich an.
In Wirklichkeit ist mein Herz ein einziger Trümmerhaufen.
>>Ich wollte dich überraschen. Frohes neues Jahr!<<
Ich falle ihr um den Hals und sie erwidert lachend meine Umarmung.
>>Ja, meine Süße, dir auch. Komm doch erstmal rein …<<
Zusammen betreten wir mein Elternhaus und sofort durchflutet mich eine wohlige Wärme.
Kindheitserinnerungen und vertraute Gerüche empfangen mich, als wir durch den hellen Flur laufen.
Das Haus ist nicht besonders groß, im unteren Bereich befinden sich bloß direkt rechts vom Flur das

Wohnzimmer mit Terrasse und einem kleinen Gartenstück, gegenüber auf der linken Seite die Küche sowie ein Gäste-WC. In der oberen Etage ist das Schlafzimmer meiner Eltern, das Badezimmer mit Dusche und Badewanne und mein ehemaliges Kinderzimmer, das nun zu einem Gästezimmer umfunktioniert wurde, seitdem ich wegen Lars nach Hamburg gezogen bin.

Vor vier Jahren haben Lars und ich uns in München auf dem Oktoberfest kennengelernt, als er mit Benny dort war. Zuerst war es bloß eine Fernbeziehung, doch ich habe mich nicht nur in Lars, sondern auch in die wunderschöne Hansestadt Hals über Kopf verliebt. Ich habe die Berge gegen den Hafen und das Meer getauscht – und es keine Sekunde lang bereut.

Ich stelle meinen provisorisch gepackten Rucksack in der Garderobe im Flur ab – auch wenn ich ihn natürlich nicht benötige, so erspare ich mir jedoch Erklärungen, die meine Eltern sowieso nicht verstehen würden – hänge meinen Mantel auf und schlüpfe aus meinen Stiefeln.

Meine Mutter ist bereits in der Küche, wo sie gerade den Abwasch macht.

Ich verstehe bis heute nicht, warum meine Eltern keine Spülmaschine haben. Oder eine Mikrowelle. Meine Mutter ist der festen Überzeugung, dass das Geschirr in der Maschine nur kaputtgeht. Und das Essen in der Mikrowelle nur schädlichen Strahlen ausgesetzt ist …

>>Wo ist Papa eigentlich?<<, frage ich sie und bleibe im Türrahmen stehen.

>>Ach, der ist schon seit einer Stunde drüben bei den Müllers und hilft, deren Gartenzaun zu reparieren<<, erklärt sie mir, ohne ihre Arbeit dabei zu unterbrechen.

>>An einem Feiertag?<<

>>Du kennst deinen Vater doch. Nicht einmal eine Minute hält er aus, ohne etwas zu tun.<<
Schmunzelnd schüttelt sie darüber den Kopf.

>>Du hast doch bestimmt Hunger. Ich wollte in etwa einer halben Stunde mit dem Kochen anfangen.<<
Ich winke ab. >>Das ist okay. Noch bin ich nicht hungrig. Ich habe heute Morgen am Hamburger Flughafen eine Kleinigkeit gefrühstückt.<<
Sie unterbricht den Abwasch und sieht mich an.

>>Sag mal ... Wo hast du eigentlich Lars gelassen?<<

>>Der ist zuhause geblieben.<< Ich weiche für einen Moment ihrem Blick aus.

>>Mama, ich ... brauche momentan Abstand von ihm. Ich erinnere mich, weißt du. Ich weiß von der Amnesie und ... Es dringen nach und nach Erinnerungsfetzen in mein Bewusstsein vor. Er hat mich betrogen und damit muss ich erst einmal fertigwerden. Schon wieder.<<

>>Deine Erinnerung kommt wieder zurück? Malie, das ist ja wunderbar!<<
Meine Mutter zieht ihre Schürze aus und legt sie auf die Arbeitsplatte. Dann schnappt sie sich ein Glas aus dem weißen Küchenschrank, füllt es mit Mineralwasser, kommt damit auf mich zu und drückt es mir in die Hand.

>>Komm Schatz, lass uns ins Wohnzimmer gehen und in Ruhe darüber sprechen.<<

Ich lächele sie dankbar an und folge ihr in die Stube.

>>Das mit Lars war wirklich keine schöne Geschichte. Wir haben ihm deswegen noch immer nicht richtig verziehen. Bloß weil ihr mal eine Zeit lang Probleme hattet ... So etwas sollte man wirklich nicht tun, wenn man einander aufrichtig liebt.<<

Wir sitzen nebeneinander auf der mit braunem Stoff überzogenen Couch im Wohnzimmer, das gleichzeitig auch als Esszimmer dient, mit Blick auf die Terrasse und den kleinen Garten.

Es ist trotz seiner eher altmodischen Einrichtung gemütlich, wobei Fremde es als chaotisch und vollgestellt bezeichnen könnten, mir jedoch hat es schon immer gefallen. Es ist vertraut und gibt mir das Gefühl, wirklich zuhause zu sein.

>>Es gibt da noch jemanden, an den ich mich erinnere. Einen Mann ... mit dem ich eine Nacht verbracht habe, nachdem ich herausgefunden habe, dass Lars mich betrogen hat<<, erzähle ich weiter und nehme einen Schluck von meinem Wasser.

Meine Mutter nickt. >>Idris. Ich weiß.<<

Ich spucke das Wasser zurück ins Glas.

>>Du ... du weißt von ihm?<<, bringe ich hustend hervor.

>>Oh ja. Dein Vater und ich kennen ihn sogar, Malie.<<

Jetzt starre ich sie erst recht verwirrt an.

>>Woher? Wie kann das sein?<<

>>Da war mehr zwischen euch als nur eine Nacht, Liebes. Du hast ihn uns vorgestellt, als es laut deinen Worten mit euch offiziell wurde. Als ihr ein richtiges Paar wurdet. Ihr habt ein komplettes Wochenende hier in unserem Haus verbracht.<<

Sie schaut an mir vorbei aus dem Fenster und scheint dabei in ihrer Erinnerung versunken zu sein.

>>Er war wirklich sehr nett, von Anfang an. Und sehr zuvorkommend. Dabei hat man gleich gemerkt, dass er nicht bloß eine Rolle gespielt hat, nur um uns zu gefallen. Selbst wenn dein Vater und ich ihn nicht geduldet hätten, hätte er dich niemals aufgegeben. Dazu war er viel zu vernarrt in dich.<<

Sie sieht mir wieder direkt in die Augen und ihr Lächeln wird dabei ganz warm.

>>Er hat dich sprichwörtlich auf Händen getragen. Und wie er dich angesehen hat ... So etwas habe ich zuvor noch nie bei einem Mann gesehen. Als wärst du einfach ... Alles für ihn.<< Sie lacht verhalten. >>Nicht einmal dein Vater hat mich jemals so angesehen.<<

Ich schlucke und meinen Körper überzieht eine Gänsehaut, als mir bewusstwird, dass Idris nie damit aufgehört hat, mich so anzusehen.

Ich weiß ganz genau, was sie meint ...

Die Tatsache, dass meine Mutter mir gerade beiläufig bestätigt hat, dass da mehr mit ihm lief, als bloß eine einzige Nacht – dass wir sogar ein Paar waren – wirft mich völlig aus der Bahn.

Das erklärt auch, warum er so viel über mich weiß.

Und warum er mir von Anfang an das Gefühl gegeben

hat, als würde er mich kennen. Daher wusste er auch, wo ich wohne und hatte meine Handynummer.

Doch warum ist dann seine Nummer nicht mehr in meinem Handy gespeichert? Hatten wir Streit? Habe ich sie deshalb vielleicht gelöscht?

>>Eine Sache verstehe ich aber nicht<<, werfe ich ein, um das Thema zu wechseln und stelle mein Glas dabei vor mir auf dem hellen, marmornen Wohnzimmertisch ab, der fürchterlich hässlich und klobig, dafür jedoch unkaputtbar ist.

>>Ich war doch nur knapp einen Monat lang mit Idris liiert, bevor ich mein Gedächtnis verlor. Und da habe ich ihn bereits zu euch mitgebracht? Bei Lars hat das damals fast ein halbes Jahr gedauert, bis ich ihn euch vorgestellt habe!<<

>>Das mit euch beiden ging unglaublich schnell. Wir waren zuerst auch wie vor den Kopf gestoßen, als du uns von ihm erzählt hast und plötzlich mit ihm vor unserer Tür standst. Und das, obwohl wir noch nicht einmal wussten, dass du und Lars offiziell getrennt wart. Dein Vater war anfangs überhaupt nicht begeistert, vor allem wegen eures Altersunterschiedes und der Tatsache, dass Idris verheiratet war und einen Sohn hat ...<<

Sie hält inne und reibt sich die Hände in ihrem Schoß. Es entsteht eine lange Pause und ich will sie gerade ungeduldig zum Weiterreden drängen, als sie endlich fortfährt.

>>Nun ja, jedoch wart ihr wie ... wie soll ich es sagen ... Seelenverwandte. Er schien dir wirklich gut zu tun. Das mit Lars hatte dir enorm zugesetzt, du warst so zerrissen. Doch mit Idris warst du wie

ausgewechselt, ein komplett neuer Mensch. Viel redseliger, viel aufmerksamer als früher. Und glücklicher. Glaub mir, so glücklich haben wir dich das letzte Mal gesehen, als du noch ein Kind warst. Idris schien alle positiven Seiten aus dir herauszuholen, die jahrelang verborgen blieben. Und das in dieser kurzen Zeit. Und er hat dich so gut behandelt … Uns wurde bewusst, dass du mit Lars in all den Jahren niemals so warst wie mit Idris. Während dein Vater, wie du selbst weißt, mit Lars öfter seine Probleme und Auseinandersetzungen hatte, war er mit Idris sofort auf einer Wellenlänge. Wir haben ihn schnell ins Herz geschlossen und waren der festen Überzeugung, dass er der Richtige für dich ist.<<

Meine Gedanken und Gefühle fahren Achterbahn, während ich meiner Mutter zuhöre. Ich will ihr nicht Glauben schenken, da diese Geschichte mehr als verwirrend klingt und ich mich an einfach überhaupt nichts erinnern kann, jedoch weiß ich in meinem tiefsten Inneren, dass alles, was sie sagt, wahr ist.

Warum sollte meine eigene Mutter mich auch belügen?

Meine Vernarrtheit in Idris kann ich, nachdem ich ihn in der Schleife wieder getroffen und kennengelernt habe, absolut nachvollziehen.

Doch nun ist er weg und ich weiß nicht, was ich ohne ihn machen soll … Welchen Sinn diese Schleife dann überhaupt noch ergibt …

Meine Mutter bemerkt meinen scheinbar völlig apathischen Gesichtsausdruck und reißt vor Schreck ihre Augen auf.

>>Oh Liebes, ich habe dich hoffentlich nicht überfordert? Ich sollte wirklich damit aufhören, dir noch mehr zu erzählen und dich zu belasten, bis deine Erinnerung wieder vollständig zurückkommt …<<

>>Nein, ist schon gut, ich will unbedingt, dass du mir mehr erzählst! Endlich ist mal jemand ehrlich zu mir<<, widerspreche ich ihr sofort energisch.

Sie betrachtet mich mit zärtlichem Blick. >>Also gut.<<

Kurz darauf erhebt sie sich vom Sofa, geht auf den alten Wohnzimmerschrank aus dunkelbraunem Massivholz zu und öffnet eine der unteren Schubladen.

Als sie sich erneut neben mich setzt, drückt sie mir zwei Fotos in die Hand.

>>Ich habe euch an dem Wochenende, an dem ihr uns besucht habt, nach dem Abendessen am Esstisch fotografiert. Wir haben Wein getrunken und die Stimmung war ausgelassen. Ihr wart so glücklich zusammen, das musste ich einfach als Erinnerung festhalten.<<

Ich betrachte die beiden Bilder und die Welt um mich herum scheint sich aufzulösen.

Idris und ich, auf einem Bild schauen wir strahlend in die Kamera, er hat den Arm um meine Schultern gelegt, ich gekleidet in einen schwarzen Rollkragenpullover, er in einen dunkelblauen Kaschmirpullover. Meine Wangen sind gerötet, meine Augen strahlen vor Glück. Am Befremdlichsten ist jedoch Idris. Mit diesem breiten Lächeln und dem Strahlen im Gesicht, ohne die dunklen Ringe oder den Hass in seinen Augen, erkenne ich ihn kaum wieder.

Das zweite Bild zeigt uns, wie wir uns lächelnd in die Augen sehen, die Welt um uns herum völlig ausgeblendet, sein Arm noch immer um meine Schultern gelegt.

Meine Mutter hatte Recht. Der Blick, mit dem er mich betrachtet, ist nicht in Worte zu fassen.

Ich habe ihm gehört. Ich war sein Ein und Alles. Und er meines.

Es gab eine Zeit, in der ich ihn augenscheinlich zum glücklichsten Menschen auf der Welt gemacht habe. Und er mich.

Die altbekannte Leere in mir kehrt zurück, haut ihre langen, schmerzhaften Krallen in jede Stelle meines Körpers hinein und lähmt mich damit, zieht mich erneut in ihre Dunkelheit, und ich kann nichts dagegen tun.

>>Warum, Mama? Warum habe ich ihn vergessen und nicht Lars?<< Meine Stimme klingt so verzweifelt, dass meine Mutter bemüht ist, ihre Tränen zurückzuhalten.

>>Malie, du hast dein Kurzzeitgedächtnis verloren. Die letzten Wochen vor deinem Unfall sind aus deiner Erinnerung gelöscht, nicht die letzten Jahre. Es tut mir so leid.<<

>>Er hat mich verlassen<<, höre ich meine eigene Stimme tonlos wie aus weiter Ferne.

Meine Mutter legt ihre Hand auf meinen Arm, doch ich spüre ihre Berührung nicht, ich bin wie betäubt.

>>Nein mein Schatz, ihr könnt beide nichts dafür. Du hattest einen Unfall und hast deine Erinnerung verloren<<, versucht sie, mich zu beruhigen.

>>Du verstehst mich nicht. Ich meine nicht damals. Er hat mich *jetzt* verlassen.<<

Meine Mutter runzelt die Stirn.

>>Nein, das verstehe ich wirklich nicht. Wovon sprichst du? Hast du ihn etwa wieder getroffen?<<

Sie kann die Aufregung in ihrer Stimme nicht verbergen und rutscht sogar auf ihrem Sitzplatz weiter nach vorne, so als könne sie sonst nicht deutlich genug hören, was ich sage, obwohl ich direkt neben ihr sitze.

Ich wäge im Geiste ab, was ich ihr erzählen soll. Die Schleife werde ich definitiv nicht erwähnen. Das ist schon einmal nach hinten losgegangen, als ich Lars davon erzählt habe.

Aber nun ist es raus und zu spät, als dass ich es wieder zurücknehmen könnte.

>>Ja, ich bin ihm wieder begegnet. Das war so zwischen Weihnachten und Silvester. Er kam mir irgendwie bekannt vor ...<<, lüge ich und stelle selbst fest, wie erbärmlich das klingt. Aber meiner Mutter scheint meine Flunkerei gar nicht aufzufallen.

Idris hätte es sofort gemerkt!

Sie sieht mich mit vor Spannung weit geöffneten Augen an, als würde sie gerade eine Krimiserie schauen. Es fehlt nur noch die Popcornschachtel in ihren Händen und ich muss dem inneren Impuls widerstehen, sie danach zu fragen.

>>Tatsächlich? Okay, und wie geht es ihm? Wie habt ihr aufeinander reagiert?<<

Ihre Mimik verrät mir, dass sie ihn sehr gemocht haben muss.

Ich seufze.

>>Er hat mir anfangs nicht einmal gesagt, dass wir uns kennen … Dass wir sogar zusammen waren. Das kam dann Stück für Stück in meiner Erinnerung zutage.<<

>>Ihr habt euch also öfter als einmal gesehen, nachdem ihr euch wieder begegnet seid?<<

>>Ja, Mama.<< *Weil ich in einer Zeitschleife festhänge, mit Idris zusammen, und sich der erste Januar immer wiederholt. Und du kannst dich morgen sowieso nicht mehr an unser Gespräch erinnern.*

>>Er ist nicht mehr Derselbe. Jedenfalls nicht der, der er gewesen zu sein scheint. Nicht der auf diesen Fotos.<< Schweren Herzens lege ich sie vor mir auf der Tischplatte ab. Ich hätte sie am liebsten nie wieder aus den Händen gegeben.

>>Willst du sie behalten?<<, fragt meine Mutter mich und deutet dabei mit ihrem Kopf auf die Bilder.

Habe ich etwa laut gedacht?

Stumm schüttele ich den Kopf. Morgen liegen sie sowieso wieder in der Schublade des riesigen Wohnzimmerschranks meiner Eltern. Meine Mutter macht wieder den Abwasch, die blaue Schürze um ihre Hüften gebunden und mein Vater repariert den Gartenzaun der Nachbarn. Und das jeden Tag aufs Neue, vermutlich bis in alle Ewigkeit.

Der einzige Trost für mich besteht darin, dass sie es nicht wissen und jeder Tag für sie neu ist.

>>Wie auch immer, es spielt keine Rolle mehr. Es ist vorbei. Ich habe gewaltigen Mist gebaut und jetzt will er nichts mehr von mir wissen<<, füge ich resigniert hinzu.

>>Was ist mit ihm passiert?<<

Ich zupfe nervös an meinem dunkelblauen Strickpulli und schaue dabei auf meine Füße.

Was soll ich ihr darauf antworten? Wie würde sein jetziges Verhalten in ihren Ohren klingen, wenn sie einen komplett anderen Idris kennt, an den ich mich nicht erinnern kann?

Ich kann ihr schlecht erzählen, dass er sich in einem Theater erschossen hat und nur deshalb noch am Leben ist, weil er in einer Zeitschleife steckt …

Ausgerechnet mit mir zusammen. Und dass ich ebenfalls nicht sterben kann, da ich immer wieder aufwache und kein Morgen erlebe.

Der Idris von vor einem Monat klingt ganz und gar nicht nach einem Selbstmörder. Und der Idris, den ich in der Schleife kennengelernt habe, schon gar nicht. Klar, er ist verrückt, überschreitet jede Grenze und spielt nach seinen eigenen Regeln, aber auch nur, weil er weiß, dass nichts von dem, was er tut, Konsequenzen haben wird …

Ich konzentriere mich also auf mein letztes Gespräch mit Idris und muss mich beherrschen, nicht in Tränen auszubrechen.

>>Es ist etwas Schlimmes passiert … Ein Unfall. Seine Exfrau und sein Sohn waren im Auto unterwegs, als sie von einem LKW gerammt wurden. Sie kam schwerverletzt ins Krankenhaus, doch sein Sohn ist gestorben.<< Ich habe keinen persönlichen

Bezug dazu, doch ich kann einfach nicht mehr vergessen, unter welchen seelischen Schmerzen mir Idris davon berichtet hat. Ihm ist das Schlimmste widerfahren, was einem liebenden Vater passieren kann. Alleine die Vorstellung, wie meine Eltern leiden würden, sollte mir jemals etwas zustoßen – außerhalb der Schleife, versteht sich – zerreißt mir das Herz. Und ich bin nicht einmal ihre leibliche Tochter.

Meine Mutter schlägt fassungslos beide Hände vors Gesicht.

>>Was? Adrian ist tot? Das ist ja furchtbar!<<

>>Kanntet ihr ihn etwa auch?<<

Meine Mutter schüttelt den Kopf. >>Nein, Idris hat uns nur von ihm erzählt. Das ist so unglaublich schrecklich! Der arme Idris! Wann … wann ist das mit dem Jungen denn passiert?<<

>>Ich weiß es nicht<<, lüge ich kleinlaut und muss den Blick von meiner Mutter abwenden.

Heute! Er ist heute gestorben und morgen stirbt er nochmal, und es geht täglich so weiter. Und wir können ihm nicht helfen, niemand kann ihm helfen, weil Idris und ich schlafen, wenn es passiert und weil wir mit dem, was wir heute tun, keinerlei Einfluss auf den morgigen Tag haben, denn es ist unmöglich! Alles löscht sich über Nacht, es ist, als hätte nie einer dieser Freitage existiert.

>>Judith? Wo steckst du denn?<<

Meine Mutter und ich zucken zeitgleich zusammen, als wir die Stimme meines Vaters durch den Flur hallen hören. Wir haben beide nicht bemerkt, wie er das Haus betreten hat und nun scheinbar auf der Suche nach meiner Mutter ist.

>>Ich bin im Wohnzimmer, Marian!<<, ruft sie zurück, ohne jedoch Anstalten zu machen, aufzustehen.

Kurz darauf betritt mein Vater das Wohnzimmer, gekleidet in seinen geliebten Blaumann, in dem man ihn beinahe täglich zu Gesicht bekommt, seit meiner Kindheit, obwohl er bereits in Rente gegangen ist. Er war damals Zimmermann von Beruf und heute denkt er überhaupt nicht daran, sich zur Ruhe zu setzen, er findet in allem Arbeit für sich, und wenn er nur den Nachbarn beim Reparieren des Gartenzaunes behilflich ist.

Meine Eltern könnten vom Alter her beinahe meine Großeltern sein, da sie mich damals sehr spät adoptiert hatten. Beide waren damals schon Anfang Vierzig gewesen.

Ich betrachte das lichte, graue Haar meines Vaters und schmunzele über seinen überraschten Gesichtsausdruck, als er mich auf seiner Couch sitzen sieht.

>>Guck mal, wer uns einen unerwarteten Besuch abstattet<<, erklärt ihm meine Mutter das Offensichtliche.

Ich springe förmlich von der Couch und hüpfe fröhlich auf meinen Vater zu, der mich kurz darauf in eine kräftige Umarmung schließt. Ich vergrabe mein Gesicht im harten Stoff seines Blaumanns und atme seinen vertrauten Geruch nach Holz und Arbeit ein.

Als er mir liebevoll über den Kopf streichelt, fühle ich mich sofort wieder wie ein kleines, geborgenes Kind.

>>Hallo, meine Kleine. Das ist aber mal wirklich eine gelungene Überraschung<<, lacht mein Vater und ich schaue zu ihm hoch. Vertraute, blassblaue Augen schauen mich mit einem unglaublich warmen Ausdruck an und ich drücke ihm einen Kuss auf die warme, stoppelige Wange.

>>Frohes neues Jahr, Paps!<<

~ ~ ~

Der Abend mit meinen Eltern könnte schöner nicht sein.

Es gibt Mamas weltbestes Gulasch mit herrlich zart gekochtem Rindfleisch und Nudeln, und ich habe das Gefühl, alle Sorgen vergessen zu können. Ich versuche, daran zu glauben, morgen hier an diesem Ort aufzuwachen und mit meinen Eltern zusammen zu frühstücken. Beinahe nehme ich schon den Geruch frisch gebackener Brötchen, Omelett und herrlichstem Kaffeeduft wahr, oben in meinem Bett in meinem alten Kinderzimmer liegend, wovon ich glücklich wach werde.

Mein Vater hatte sich kurz nach unserer liebevollen Begrüßung natürlich auch nach Lars erkundigt, doch ich sagte ihm einfach, dass ich alleine kommen wollte. Er wirkte danach irgendwie zufrieden und ich meinte sogar, ihn etwas von >>Ist vielleicht auch besser so<< murmeln gehört zu haben, als er sich von mir abwandte und das Wohnzimmer verließ, um sich frisch zu machen und sich umzuziehen.

Nach dem Essen helfe ich meiner Mutter beim Tischabräumen und begleite sie kurz darauf in die Küche, während mein Vater es sich auf der Couch vor dem Fernseher gemütlich macht.

Ich schnappe mir ein Geschirrhandtuch aus einem der unteren Küchenschränke und meine Mutter reicht mir nach und nach das nasse Geschirr, welches sie zuvor in der Spüle abgewaschen hat.

Insgeheim bin ich unheimlich froh und erleichtert, dass wir beim Essen bloß über Belangloses gesprochen haben und meine Mutter weder meine wiederkehrende Erinnerung, noch das Thema mit Idris erwähnt hat.

In der Küche schweigen wir uns an, innerlich zufrieden und glücklich damit, zusammen zu sein, und hängen unseren eigenen Gedanken nach.

Später sitzen wir zu dritt auf der Couch und schauen uns irgendeine lustige Quizsendung an, während wir lauthals mit raten und genervt aufspringen, wenn die dort auf dem Stuhl sitzenden, ahnungslosen Kandidaten die Antwort nicht wissen, die nach unserer Meinung doch auf der Hand liegt.

Ich fühle mich beinahe, als hätte ich Ferien, und als meine Mutter uns heiter fragt, was wir denn morgen zusammen unternehmen wollen, fährt ein stechender Schmerz durch mich hindurch, als mir bewusstwird, dass ich morgen wieder in Hamburg neben Lars wach werde. Und alles wieder von vorne beginnt. Ohne Idris …

Was am Anfang der Schleife noch so tröstlich für mich war, entwickelt sich mittlerweile zu meinem schlimmsten Albtraum.

Ich kann das nicht. Ich halte diesen Zustand nicht bis in alle Ewigkeit aus. Ich will nicht für immer leben, wenn es bedeutet, für immer in Schmerzen zu leben. Nicht ohne Idris …

Für den das ewige Leben jedoch eine noch größere Strafe darstellt, als für mich.

>>Schätzchen, ist alles okay mit dir?<<

Ich schaue meine Mutter an, sehe ihren besorgten Blick und versuche, die Anspannung in meinen Gliedern zu lösen.

Mein Vater ist bereits eingeschlafen und schnarcht friedlich vor sich hin, auf dem Rücken liegend, die eine Hand unter seinem Kopf, die andere auf seiner Brust ruhend. Ebenfalls ein vertrauter Anblick, der sich einem seit Jahren im Laufe eines jeden Abends bietet.

Gewohnheiten. Sie geben einem Geborgenheit und das Gefühl von Sicherheit. Man braucht sie zum Leben.

Ich lächele meine Mutter an, lächele über meine Verzweiflung und Zerrissenheit hinweg.

>>Es ist alles gut. Mach dir keine Sorgen<<, flüstere ich ihr zu, um meinen Vater nicht zu wecken, und kuschele mich in ihre Arme.

~ ~ ~

Ich weiß nicht, wie spät es ist, als ich mich in die frisch gewaschenen, weichen Laken meines alten Bettes einkuschele und die Decke bis unter meine Nase ziehe. Es befindet sich keine Uhr in meinem ehemaligen Kinderzimmer und mein Handy habe ich wissentlich gar nicht erst mitgenommen, um nicht von Lars genervt zu werden.

Das Licht der Nachttischlampe taucht das Zimmer in gedämpftes, oranges Licht, in dem ich mich nun müde umschaue. Es ist kaum wiederzuerkennen. Meine Eltern haben darin bloß meinen weißen Kleiderschrank und das Bett mit einem kleinen Nachttisch daneben gelassen.

Mein Schreibtisch, sowie mein hübscher, kleiner Schminktisch mit Spiegel und Lichterkette sind nicht mehr vorhanden. Es wirkt irgendwie leer und kalt. Aber das ist schon seit meinem Auszug so und langsam habe ich mich an diesen Anblick gewöhnt.

Ich seufze und weigere mich, die Augen zu schließen, obwohl sie mir vor Müdigkeit beinahe jede Sekunde zufallen. Ich zögere den Moment des Einschlafens so weit wie möglich hinaus, obwohl ich weiß, dass ich das nur bis Mitternacht kann, ehe mich die Dunkelheit zu sich holt und die Schleife morgen von Neuem beginnt.

Ich könnte natürlich erneut zu meinen Eltern fliegen und den wunderschönen Tag wiederholen. Vielleicht könnten wir einen Ausflug machen oder einfach nur einen kleinen Spaziergang durch die Stadt, wenn ich meine Mutter aus der Küche jagen und meinen Vater von der Arbeit bei den Nachbarn abbringen würde. Das könnte ich jeden Tag machen. Einfach zu meinen

Eltern reisen, raus aus Hamburg, weg von Lars. Oder ich fliege jeden Tag in ein anderes Land, in eine andere Stadt, verbringe den Tag im Auto und fahre ziellos über die Autobahn durch ganz Deutschland. Idris hat mir gezeigt, wie so etwas möglich ist. Dass es möglich ist. Es ist egal. Mir kann nichts passieren, ich kann nicht sterben, ich wache immer wieder in Hamburg in meinem Bett auf. Meine Möglichkeiten sind unbegrenzt.

Doch worin liegt der Sinn des Ganzen? Idris ist in eine Zeitschleife geraten, weil er gestorben ist. Vielleicht, um eine bestimmte Aufgabe zu erfüllen und somit eine zweite Chance zu bekommen, um sein Leben normal weiterleben zu können. Vielleicht auch als Strafe, weil er Selbstmord begangen hat.

Aber was ist mit mir? Warum bin ich mit ihm darin gefangen? Bin ich auch gestorben und weiß es nur nicht? Oder soll ich auch für etwas bestraft werden? *Irgendwie muss ich dieser Schleife doch entkommen können.*

Ich stelle mir fest vor, morgen hier bei meinen Eltern aufzuwachen. Ich glaube daran. Vielleicht schaffe ich es mit reiner Willenskraft, aus der Schleife auszubrechen. In mein normales Leben zurückzufinden.

Wie ein Mantra sage ich mir das immer und immer wieder.

Bis ich schließlich einschlafe.

16

Es ist stockdunkel draußen und es hat in Strömen zu regnen begonnen, weshalb ich meine Umgebung kaum wahrnehme. Der Regen prasselt unermüdlich gegen die Windschutzscheibe und versperrt einem fast komplett die Sicht, trotz der auf höchster Stufe eingestellten Scheibenwischer.

Ich schaue aus dem Fenster auf der Beifahrerseite und sehe verschwommen die Schatten der Bäume, Häuser und hin und wieder andere Autos vorbeirauschen. Ehrlich gesagt habe ich keine Ahnung, wo in Hamburg ich mich befinde. Und wo er mit mir hinwill.

Ich schaue auf mein Handy, das in meiner rechten Hand liegt, auf meinem Schoß ruhend, und tippe nach kurzem Zögern eine Nachricht an Lina, dass sie heute Abend nicht mit mir zu rechnen braucht und dass sie sich keine Sorgen machen soll. Und vor allem, dass sie nicht reagieren soll, wenn Lars sie kontaktiert!

Nachdem ich die Nachricht abgeschickt habe, schalte ich mein Handy komplett aus und packe es zurück in meine Tasche.

Idris wirft mir wegen meiner plötzlichen Regung einen Seitenblick zu, konzentriert sich jedoch kurz danach wieder auf den Verkehr und schweigt mich weiterhin an.

Er zögerte nicht lange, nachdem er mich nach Feierabend vor der Praxis abgefangen und mir offenbart hat, dass er mich nicht vergessen kann. Ich stand mit offenem Mund vor ihm, nicht imstande, mich zu regen oder irgendetwas zu erwidern. Was hätte ich auch sagen sollen?

Mir geht es genauso? Doch ich versuche vehement, dich aus meinem Kopf zu bekommen, während ich auch noch vor Lars flüchte?

Er durchbohrte mich einfach mit seinen grünen Augen, trat auf mich zu, nahm meinen Kopf in beide Hände – und küsste mich. Einfach so.

Und nun sitze ich neben ihm, in seinem Wagen, und lasse mich seitdem von ihm anschweigen. Unsicher schiele ich zu ihm hinüber und fühle mich gleichzeitig lebendig und nervös. Wieder einmal scheine ich ihm blind zu vertrauen, bin ein zweites Mal zu ihm in den Audi gestiegen und lasse mich von ihm durch die Gegend fahren, ohne zu wissen, wo es hingeht.

Warum tue ich das? Er könnte schließlich auch ein Psychopath sein, mich entführen und irgendwo in der Pampa umbringen. Wobei …

Ich denke an den Abend auf dem verlassenen Parkplatz zurück. Wenn er das wirklich vorhätte, wäre da doch bereits die perfekte Chance für ihn gewesen.

>>Bist du wieder in deinen Gedanken versunken?<<
Idris' tiefe Stimme lässt mich unmerklich zusammenzucken.

Ich räuspere mich. >>Nein … Warum?<<

>>Du schweigst mich schon wieder an.<< Ein leichtes Lächeln umspielt seine Mundwinkel, während sein Blick weiterhin auf die Straße gerichtet ist.

Tief in meinem Inneren schäme ich mich für mein ziemlich albernes Verhalten ihm gegenüber, jedoch kann ich nichts dafür, dass mich seine bloße Gegenwart völlig aus dem Konzept bringt.

>>Wohin fahren wir?<<, frage ich, unsicherer als beabsichtigt, was mir überhaupt nicht ähnlich sieht.

Idris wirft mir einen kurzen Blick zu, was mein Herz kurzzeitig zum Stolpern bringt.

>>Ich verschleppe dich schon nicht, keine Angst. Worauf hast du Lust? Möchtest du irgendwo was Essen gehen, oder soll ich dich doch lieber nach Hause bringen?<<

>>Lass uns zu dir fahren<<, entgegne ich hastig und habe keine Ahnung, wo mein plötzlicher Sinneswandel auf einmal herkommt.

Idris zieht eine Augenbraue hoch, ebenfalls sichtlich überrascht.

>>Okay. Ich könnte uns was kochen ... Magst du Gambas?<<

~ ~ ~

Der Regen wird immer stärker, als wir in eine ruhige, relativ moderne Wohngegend kommen, nachdem wir durch halb Hamburg-Eppendorf gefahren sind, vorbei an all den typischen, wunderschönen Altbauwohnungen.

Ich habe mir immer erträumt, einmal in einer solchen Wohnung zu leben. Mit den herrlich hohen Wänden, den großen Fenstern, geziert mit hübschen Orchideen auf der Fensterbank und ohne Jalousien, damit jeder reinschauen kann, in der Hoffnung, etwas Interessantes darin zu sehen, so wie ich es tue, wenn ich daran vorbeifahre. Nicht zu vergessen, der wunderschöne Stuck an den Decken, rund um die hölzernen, leichten Türen ...

Idris steuert auf eine Tiefgaragenzufahrt zu und als er oben vor dem Tor zum Stehen kommt, spüre ich innerlich eine gewaltige Erleichterung, nicht bei dem Sauwetter auch noch durch den Regen ins Haus laufen zu müssen. Er beugt sich zu mir und greift ins Handschuhfach, um die Fernbedienung herauszuholen. Dabei berührt er leicht mein Knie, was einen Stromschlag durch meinen Körper schickt. Mein Bein zuckt von der Berührung unbewusst leicht zurück, doch er scheint es nicht zu bemerken. Er drückt auf die kleine Fernbedienung, das Tor vor uns geht auf und als der Wagen sich in Richtung Tiefgarage in Bewegung setzt, entspanne ich mich augenblicklich, strecke meine Beine und atme leise aus.

>>Du hast hier mit deiner Familie gelebt?<<
Ehrlich gesagt, habe ich ein Haus erwartet. Oder zumindest eine größere Wohnung.
>>Wie viele Zimmer gibt es hier?<<
Idris ist mir voraus ins Wohnzimmer gelaufen, ich stehe noch immer im kleinen Wohnungsflur und schaue mich um, während ich mich meiner Stiefel und meines Mantels entledige.
>>Zwei Zimmer<<, ruft er mir zu. >>Aber ich lebe hier alleine. Maria und ich haben ein Haus, aber das wollen wir verkaufen. Nachdem sie ausgezogen ist,

habe ich mir eine neue Wohnung gesucht, denn ich habe es in dem Haus nicht mehr ausgehalten.<< Er kommt zu mir in den Flur, um nun auch Mantel und Schuhe auszuziehen, dann dreht er sich mit dem Rücken zu mir und deutet auf die zwei Türen rechts und links vom Flur.

>>Hier links ist das Schlafzimmer, rechts das Bad.<< Dann streckt er den linken Arm nach vorne aus. >>Geradeaus befinden sich Küche, Wohn- und Esszimmer.<<

Ich muss kichern, weil er aussieht und klingt wie ein Steward bei der Sicherheitseinweisung im Flugzeug.

Ich folge ihm also geradeaus in den Wohn- und Essbereich und muss feststellen, dass dieser Raum riesig ist. Und sehr hell.

Direkt auf der linken Seite ist die große, offene Küche, rechts ein hellbrauner, hölzerner Esstisch mit vier dazu passenden Stühlen, und Zugang zu einer hübschen Terrasse. Im hinteren Teil des Raumes sehe ich das Wohnzimmer mit großer, schwarzer Ledergarnitur auf weißem Flokati-Teppich und riesigem Flachbildfernseher an der Wand, darunter eine schwarze Kommode aus glänzendem Klavierlack. Dort sind auch nochmal zwei große Fenster auf beiden Seiten, was die Helligkeit erklärt. Der Fußboden ist komplett aus dunkelbraunem Laminat.

Insgesamt ist es hier nur spärlich eingerichtet, es hängen nicht einmal Bilder an den Wänden, aber es gefällt mir. Vielleicht, weil es so zu Idris passt ...

Dieser steht bereits in der Küche aus auf Hochglanz poliertem, weißem Lack und kramt in der Tiefkühltruhe herum.

>>Ich habe leider nur tiefgefrorene Garnelen, aber ich kann uns trotzdem daraus etwas Leckeres zaubern.<<

>>Kein Problem<<, erwidere ich und schaue zu ihm. Er hat beide Ärmel seines dunkelgrünen Pullovers mit V-Ausschnitt hochgeschoben und wäscht sich nun die Hände gründlich in der Spüle.
>>Brauchst du Hilfe?<<

>>Nein, setz dich ruhig auf die Couch, mach dir den Fernseher an, wenn du willst. Möchtest du was trinken?<<
Ich schüttele den Kopf und gehe ins Wohnzimmer, wo ich mich auf der Ledercouch niederlasse.
Nach ein paar Minuten stelle ich fest, dass es nichts Interessantes im Fernsehen zu sehen gibt. Also schalte ich den Fernseher aus und geselle mich zu Idris in die Küche, der gerade dabei ist, saftige, grüne Blätter von einem Kopfsalat zu zupfen.

>>Ich dachte mir, uns zu den Garnelen einen kleinen Salat zu machen, was hältst du davon?<<, fragt er mich, nachdem er mitbekommen hat, dass ich mich neben ihn gestellt habe.

>>Das klingt super. Lass mich den Salat doch machen, dann kannst du dich um die Garnelen kümmern<<, biete ich ihm an, und als ich merke, dass er mein Angebot ausschlagen will, füge ich rasch hinzu: >>Außerdem ist mir langweilig.<<
Idris schmunzelt. >>Alles klar.<<

Kurz darauf bin ich damit beschäftigt, die gezupften Salatblätter zu waschen, sowie eine Gurke zu schälen und zusammen mit zwei Tomaten ebenfalls zu waschen und zu schneiden, während Idris die tiefgefrorenen Riesengarnelen in einer Pfanne mit Olivenöl und frischem Knoblauch scharf anbrät. Schnell verbreitet sich der herrliche Duft in der ganzen Küche und dabei merke ich erst, wie hungrig ich bin.

>>Es hat bisher noch nie ein Mann für mich gekocht<<, stelle ich murmelnd fest, mehr zu mir selbst als zu Idris.

>>Ernsthaft? Noch nie?<<

>>Nein. Lars hat nie eine Küche auch nur von innen gesehen und so musste ich mir all die Jahre täglich überlegen, was ich uns kochen soll, obwohl ich es hasse, zu kochen und in der Hinsicht zugegebenermaßen auch ziemlich talentfrei bin. Nudeln mit Tomatensoße kann ich gut, was auch mein Lieblingsessen ist, das war's dann aber auch schon. Meistens sind wir draußen essen gegangen, oder haben uns was nach Hause liefern lassen.<<

>>Dein Lieblingsessen sind Nudeln mit Tomatensoße?<< Idris kann sich ein Lachen nicht verkneifen, während er weiterhin die brutzelnden Gambas in der Pfanne im Auge behält.

Ich ignoriere seine Stichelei.

>>Ja. Das ist schon seit meiner Kindheit so. Das kann man überall auf der Welt essen und damit nichts falsch machen.<<

>>Wie langweilig. Dann muss ich dich heute Abend wohl schnell eines Besseren belehren.<<

Er zwinkert mir zu, und wenn er dabei nicht so unglaublich gut aussehen würde, wäre ich vermutlich stinksauer auf ihn.

>>Okay, ich muss meine Meinung zum Thema Lieblingsessen heute Abend wohl oder übel revidieren. Diese Gambas ...<< - Ich seufze theatralisch und lecke mir genüsslich die Finger, was ein eigenartiges Blitzen in Idris' Augen verursacht - >>... könnten meinen bisher ungeschlagenen Nudeln mit Tomatensoße ernsthaft gefährlich werden.<<

>>Ich hoffe, das ist ernst gemeint.<< Idris schenkt mir ein schiefes Lächeln und zwinkert mir zu. ˚

>>Machst du Witze?<< Ich deute auf die kleine Schüssel voll mit Garnelenschalen, die wir zuvor mit den Fingern auseinander gepult haben, um an das wenige, leckere Fleisch zu kommen.

Mühselig, aber es lohnt sich.

>>Ich habe mit Sicherheit schon mehr verputzt als du ... Sorry.<< Ich spüre Schamesröte in mein Gesicht aufsteigen.

Wie schön, dass dieser fabelhafte Mann nun auch live und in Farbe mitbekommen hat, wie es aussieht, wenn Malie, der Vielfraß, alles in sich hineinstopft. Schnell und gierig.

Ohne Rücksicht auf Verluste.

Lars war das immer unangenehm. Er wollte schon gar nicht mehr mit mir ins Restaurant gehen, weil ich laut seinen Worten >>In Sekundenschnelle das Essen quasi einatme, und er könne schwören, dass ich dabei nicht einmal Luft hole<<.

Natürlich ist das völlig übertrieben. So schlimm bin ich nun auch wieder nicht ...

Idris hingegen scheint es zu amüsieren.

>>Schon okay. Es freut mich, wenn es dir schmeckt. Du scheinst ja einen ... Bärenhunger zu haben. Und das bei deiner Körpergröße.<< Er nimmt einen Schluck von dem Rotwein, den er uns zum Essen eingeschenkt hat. Keine Ahnung, aus welchem Land der ist. Ich bin keine Weinkennerin. Auf jeden Fall ist er süß und sehr lecker.

>>Wie ist der Salat?<<

Beschämt stelle ich fest, dass ich den noch gar nicht angerührt habe.

Die Gambas sind aber auch so lecker ...

>>Ähm ...<< Ich räuspere mich. >>Den esse ich gleich. Ich ... brauchte Platz für die kleinen Süßen hier.<< Mit meinem verschmierten Finger zeige ich auf die restlichen Garnelen in der Pfanne.

>>Die Einzige, die hier süß ist, bist du.<<

Ein leiser Würgelaut entfährt mir, als ich mich an dem zarten Fleisch in meinem Mund verschlucke. Mein Husten ebbt erst wieder ab, als ich in Idris´ amüsiertes Gesicht schaue.

~ ~ ~

>>Sind das deine Eltern?<<

Ich stehe vor der Kommode unter dem an der Wand hängenden Fernsehbildschirm und schaue auf das dort stehende, eingerahmte Foto, das strahlende Gesichter eines glücklichen, älteren Pärchens präsentiert. Bis jetzt ist es mir noch gar nicht aufgefallen.

>>Ja<<, entgegnet Idris schlicht, noch immer in der Küche zugange, nachdem ich ihm nach dem Essen beim Aufräumen geholfen habe.

Ich betrachte die beiden Personen auf dem Bild eingehend, schaue in freundliche Gesichter und suche nach Ähnlichkeiten, suche Idris in ihnen.

Sein Vater mit dem dunkelbraunen Haar und den ebenholzfarbenen Augen weist jedoch keinerlei Ähnlichkeit auf, genauso wenig wie seine Mutter mit ihrem gelockten, roten Haar und den sandfarbenen Augen. Keine Gesichtspartie, kein einziges Merkmal, welches Idris in irgendeiner Form gleicht.

So eine Situation wie diese ist mir nur allzu sehr vertraut, wenn ich Fotos meiner Eltern betrachte. Ich kenne dieses Gefühl nicht, dass jemand Dinge zu mir sagt, wie >>Du siehst immer mehr wie deine Mutter aus<<, oder >>Die Nase und das Kinn hast du eindeutig von deinem Vater geerbt<<. Ich habe diese Worte auch nie vermisst. Meine Eltern haben mich zwar adoptiert, damals in Thailand, aber immer wie ihr eigen Fleisch und Blut behandelt.

Ich schüttele meine Gedanken beiseite und räuspere mich. Spreche sie laut aus.

>>Idris, ich möchte nicht unhöflich klingen oder dich beleidigen, aber irgendwie siehst du ihnen überhaupt nicht ähnlich. Keinem von beiden.<<

Er unterbricht seine Arbeit in der Küche und kommt schweigend auf mich zu.

>>Ja, da hast du allerdings Recht. Ich kann ihnen aber auch gar nicht ähnlich sehen<<, antwortet er schließlich, als er neben mir zum Stehen kommt.

Auf meinen fragenden Blick hin, fügt er hinzu: >>Sie sind nicht meine leiblichen Eltern. Ich war noch ein Baby, als sie mich adoptiert haben. In Griechenland. Sie haben mich aus einem Waisenhaus geholt. Meine Mutter konnte keine eigenen Kinder bekommen. Man vermutet, dass meine leiblichen Eltern mit mir flüchtig waren und bei der Flucht ums Leben gekommen sind. Bis heute weiß niemand, woher ich komme. Aber das ist nicht wichtig. Ich hatte eine wundervolle Kindheit und heute weiß ich, wer ich bin.<<

Er erzählt seine Geschichte ohne Bedauern, ohne einen Funken von Traurigkeit in seiner Stimme. Genauso wie ich, wenn ich die meine erzähle.

Ich weiche einen Schritt zurück und betrachte ihn, kann meinen Blick nicht mehr von ihm lösen, starre ihn regelrecht an.

>>Das ist unglaublich<<, flüstere ich.

Idris ist sichtlich irritiert von meiner Reaktion. Bevor er Fragen stellen kann, erkläre ich leise: >>Es ist einfach unfassbar, du ... Du hast die gleiche Vergangenheit wie ich.<<

Seine Augen weiten sich, und während ich ihm davon berichte, von meiner Adoption, meinen Eltern, meiner Kindheit, setzen wir uns gemeinsam auf die Couch und können unsere Augen nicht mehr voneinander abwenden. Unsere Seele spiegelt sich in der des anderen wider.

Er erzählt mir, dass seine Eltern beide nicht mehr leben, schon vor einiger Zeit gestorben sind. Zuerst sein kranker Vater, ein halbes Jahr später aus unerfindlichen Gründen seine bisher kerngesunde Mutter. Eine Welle der Traurigkeit überkommt mich und ich muss den Blick abwenden. Dabei fällt mir ein weiteres eingerahmtes Foto auf, das auf der anderen Seite der Kommode steht. Es zeigt ein Portraitbild seines Sohnes, vermutlich in der Schule von einem Fotografen aufgenommen. Er lächelt auf dem Bild und entblößt dabei eine Zahnlücke, wo einer seiner Schneidezähne sein sollte.

In diesem Moment überkommen mich gewaltige Zweifel, und das Gefühl der Verbundenheit, welches ich eben noch empfunden habe, weicht einem großen Unbehagen.

Er ist Familienvater. Er ist oder war bereits verheiratet. Ich selbst denke noch lange nicht über Kinder nach. Durch unseren Altersunterschied ist sein Leben bisher so viel anders verlaufen, als meines. Fremder könnte man sich gar nicht sein.

Dass ich eine bedeutungslose Nacht mit ihm verbracht habe, ist eine Sache. Doch was habe ich nun hier, in seiner Wohnung, zu suchen?

>>Malie, ist alles in Ordnung mit dir? Du siehst so nachdenklich aus.<<

Hilfesuchend schaue ich auf meine Hände in meinem Schoß. Meine Gedanken überschlagen sich, während ich versuche, die richtigen Worte zu finden, ohne mich dabei lächerlich zu machen.

Nein. Es würde alles lächerlich klingen.

Wie geht es mit uns weiter?

Schlafen wir einfach noch einmal miteinander?
Oder willst du eine ernsthafte Beziehung mit mir?
Was meintest du damit, als du sagtest, du könntest mich nicht vergessen?
Was will ich *überhaupt?*
Ich schweige und stehe stattdessen auf.
>>Idris ... Ich möchte nach Hause.<<
Ohne ein weiteres Wort, wende ich mich ab und begebe mich auf den Weg aus dem Wohnzimmer in Richtung Flur.
Idris folgt mir, ohne Fragen zu stellen oder mich überreden zu wollen, bei ihm zu bleiben.
>>Ich fahre dich<<, erwidert er trocken und schlüpft ebenfalls in seine Winterstiefel.
Es mag albern klingen, aber sein Verhalten versetzt mir einen gewaltigen Stich.
Wünsche ich mir etwa, dass er mich versucht aufzuhalten und mich bittet zu bleiben?
Was habe ich erwartet? Nein, das ist nicht seine Art.
Einen Augenblick später stehen wir uns in dem dunklen Wohnungsflur gegenüber, gekleidet in Schuhe und Mantel, und schauen uns an.
Das Licht vom Wohnzimmer scheint schwach zu uns durch und ich kann sein Gesicht und seine Augen kaum sehen, kann seinen Blick im Halbdunkel nur erahnen.
Sein Autoschlüssel klimpert in seiner Hand.
Ein winziger Teil von mir will tatsächlich gehen, will diesen atemberaubenden Mann hinter sich lassen, ihn versuchen zu vergessen.
Der andere, viel größere Teil jedoch denkt nicht nach, handelt einfach.

Als wäre ich bloß ein Zuschauer, sehe ich, wie ich langsam auf ihn zu trete, meine Arme leicht ausstrecke, um mit meinen Händen seinen Mantel zu packen und zu umklammern, und mit nur einem Ruck diesen großen, kräftigen Mann zu mir heranziehe.

Ich stelle mich noch auf meine Zehenspitzen, doch mehr brauche ich gar nicht zu tun.

Idris greift in mein Haar an meinem Hinterkopf, beugt sich zu mir herunter und küsst mich, lässt seine Zunge in mich eindringen, und es fühlt sich an wie eine Erlösung, wie ein Festmahl kurz vor dem drohenden Hungertod.

Gemeinsam setzen wir uns in Bewegung, ohne uns voneinander zu lösen, ohne unseren innigen Kuss zu unterbrechen. Hastig reißen wir uns gegenseitig die Mäntel herunter, stolpern unbeholfen aus unseren Schuhen, und als wir in seinem Schlafzimmer ankommen, hebt er mich hoch und setzt mich auf sein Bett.

Er löst sich erst jetzt von mir, und ich öffne zaghaft meine Augen, kann in dem dunklen Raum jedoch kaum etwas erkennen. Idris ist bloß ein schwarzer Schatten, direkt vor mir stehend, der damit beginnt, seinen Pullover über den Kopf zu ziehen.

Mein Herz poltert wild in meinem Brustkorb und zitternd entkleide ich mich ebenfalls Stück für Stück.

>>Warte.<< Idris beugt sich zu mir, stützt seine Hände neben mir an beiden Seiten auf dem Bett ab.

Als ich seine raue Stimme dicht an meinem Ohr wahrnehme, seinen warmen Atem auf meiner empfindlichen Haut fühle, bekomme ich eine Gänsehaut, wie ich sie noch nie zuvor gespürt habe.

>>Die Unterwäsche gehört mir.<< Ich kann förmlich sein schelmisches Grinsen in seiner Stimme hören.

Als Antwort bringe ich bloß ein jämmerliches Glucksen zustande, während er mit einer blitzschnellen Bewegung meinen BH öffnet, mir sanft die Träger von meinen Armen gleiten lässt und kurz darauf meine Brüste mit seinen Lippen und seiner Zungenspitze liebkost.

Seufzend lasse ich mich zurück in die weichen Laken fallen und genieße die langsame und süße Qual, die seine Küsse Zentimeter für Zentimeter auf meiner Haut hinterlassen.

Unwillkürlich halte ich die Luft an, höre meinen eigenen Herzschlag in meinem Kopf pulsieren, als er mich meines Höschens entledigt und ich heiße Luft an meiner intimsten Stelle spüre, während er die Innenseiten meiner Oberschenkel mit seinen Händen streichelt.

Seine Zunge drückt sich rhythmisch zwischen meine Beine und ich stöhne auf.

Ich bewege meine Hüften in seinem Takt, den er vorgibt, lasse ihn mit mir spielen, bis ich mich in meinen intensiven Höhepunkt fallen lasse, mich ihm vollkommen hingebe.

Diese Nacht lieben wir uns viermal.
Richtig.
Kein Vergleich zu unserem kurzen ersten Mal in seinem Wagen.
Immer wieder sinken wir völlig erschöpft Arm in Arm in einen kurzen Schlaf, nur um gefühlt wenige

Minuten später erneut aufzuwachen und unser Liebesspiel fortzusetzen.

In den frühen Morgenstunden, liegend in feuchten, durchgeschwitzten Bettlaken, als Idris ruhig und friedlich neben mir schläft und ich seinen gleichmäßigen Atemzügen lausche, muss ich mir eingestehen, dass ich mich wider jegliche Vernunft in diesen Mann verliebt habe – und absolut nicht weiß, wie es mit uns weitergehen soll.

17

Ich kann mich wegen des Wetters an diesem ersten Januar keineswegs beschweren.

Klar, es ist weder ein herrlich warmer Frühling, noch ein heißer Sommer, aber zu meinem Glück mangelt es an Sonne nicht. Trotz der Kälte fühle ich mich richtig wohl, hier auf einer Parkbank direkt an der Alster sitzend.

Mein Plan, am zweiten Januar im Hause meiner Eltern in München aufzuwachen, ist leider nicht aufgegangen. So richtig daran geglaubt habe ich, ehrlich gesagt, auch nicht.

Dafür wurde mir eine weitere Kostprobe meiner Erinnerung serviert.

Der Idris darin ist so ganz anders als der Idris, den ich in der Schleife kennen gelernt habe.

Irgendwie … netter. Einfühlsamer. Aufmerksamer. Glücklicher. Und zugleich weniger interessant …

Trotzdem habe ich mich schon vor einem Monat in ihn verliebt, obwohl ich erst zweimal mit ihm zusammen war.

Und jetzt, in der Schleife, schon wieder.

Zusammen mit ihr ist er mein ganz persönlicher Fluch, dem ich nicht entkommen kann.

>>Es ist wirklich wunderbar, dass deine Erinnerung zurückkommt. Ehrlich.<<

Linas Stimme lässt mich unmerklich zusammenfahren. Fast hätte ich durch meinen

Gedankenstrudel vergessen, dass sie ja neben mir sitzt.

Heute wieder als meine beste Freundin, meine Zuhörerin, meine Beraterin, auf die ich zählen kann, wenn ich sie brauche. Nicht als die arrogante Kritikerin, die sie auch sein kann.

>>Klar kann ich es Lars irgendwie nicht verdenken, dass er darüber nicht so glücklich ist. Dass er dir deswegen so viel verschweigt. Nach allem, was ihr durchgemacht habt … Natürlich ist es nicht die feine Art von ihm, aber er ist einfach so froh, dich wieder zu haben. Er liebt dich wirklich aufrichtig.<<

Ich rolle mit den Augen, doch Lina bemerkt es nicht. Bis auf meine Eltern – und natürlich Idris – ist scheinbar jeder fest davon überzeugt, dass Lars alles, was er getan hat, zutiefst bereut und mich über alles liebt. Dass er mich deshalb von vorne bis hinten belügt. Weil er es doch nur gut mit mir meint.

Er selbst ist davon am meisten überzeugt …

Ich für meinen Teil habe die Nase davon langsam gestrichen voll.

>>Es geht nicht einmal darum, dass er mich betrogen hat und zu feige war, es mir zu sagen. Was an sich ja schon schlimm genug ist und der Auslöser unserer Krise war.

Ich habe nicht nach jemandem wie Idris gesucht. Im Gegenteil. Mir hat viel daran gelegen, Lars verzeihen zu können und es wieder mit ihm zu versuchen.

Idris ist mir einfach über den Weg gelaufen. Es kam eins zum anderen, wie Lars es doch so schön mit dieser … *Valentina* formuliert hat. Ich habe mich in ihn verliebt. Er scheint eine entscheidende Rolle in meinem Leben gespielt zu haben, das werde ich hoffentlich irgendwann herausfinden. Und Lars hält es nicht für nötig, mir von ihm zu erzählen. Nur über die eine Nacht mit ihm hat er mit mir gesprochen. Aber auch nur, weil ich mich daran erinnert und ihn damit konfrontiert habe. Und wo ist der Rest?<<

Ich schaue Lina erwartungsvoll mit hochgezogenen Augenbrauen an, will wieder einmal vergeblich Antworten auf meine Fragen bekommen.

Doch diese schaut nur stumm auf ihre gefütterten Absatzstiefel, ihr glattes blondes Haar rutscht ihr dabei über die Schultern, verdeckt somit ihr Gesicht.

Sie antwortet nicht, scheint sich regelrecht hinter dem Vorhang aus Haaren zu verstecken.

Ich schnaube verächtlich.

>>Lars ist zum Lügner mutiert. Ich frage mich wirklich, wie lange schon. Dabei dachte ich nach all den Jahren, ich würde ihn kennen.<<

Lina scheint aus ihrer Starre aufgewacht zu sein. Sie wirft ihr langes Haar zurück und schaut mich endlich wieder an.

>>Lars hat dich nicht belogen, er hat nur … einen Großteil der Geschichte verschwiegen.<<

>>Ja, ausgerechnet den wichtigsten Teil! Das ist dasselbe wie Lügen. Nein, sogar schlimmer.<<

Meine Freundin seufzt, ermüdet, diese Unterhaltung mit mir fortführen zu müssen.

Es ist aber auch nicht leicht, einen Lars permanent in Schutz zu nehmen …

>>Liebes, ich kann verstehen, dass deine Gefühle durch die wiederkehrende Erinnerung durcheinandergeraten und du, was diesen Idris

betrifft, völlig aufgewühlt bist. Aber glaube mir, wenn ich dir sage, dass das mit ihm kein Happy End genommen hat.<<

Ich drehe meinen Kopf erneut zu ihr, schaue diesmal in ihre aufrichtigen, blaugrauen Augen.

>>Wie meinst du das? Ich bin gestürzt und habe mein Kurzzeitgedächtnis verloren, das weiß ich bereits, aber …<<

>>Genau genommen, haben wir dir alle von einer Beziehung mit diesem Mann abgeraten<<, unterbricht Lina mich. Ich öffne und schließe meinen Mund, lasse sie jedoch fortfahren.

>>Nicht nur Benny und ich, anfangs auch deine Eltern. Wer hätte das nicht getan, dem du am Herzen liegst? Ein noch verheirateter Mann mit einem achtjährigen Sohn … Er konnte doch nur schlecht für dich sein. Als was hat er dich gesehen? Wohl eher als eine kleine Affäre, einen netten Zeitvertreib, um seine Scheidung erträglicher zu machen. Mit Sicherheit nicht als die große Liebe, wie du es genannt hast.

Und was ist mit dir? Ich will dich nicht verletzen, aber ehrlich sein. In deinem Fall wäre vermutlich jeder nette, gutaussehende Mann in deinen Fokus geraten, nur um über Lars und die Trennung hinwegzukommen. Schließlich hast du selbst gesagt, dass es anfangs nur ein bedeutungsloser One-Night-Stand war.<<

>>Das war es auch<<, entgegne ich kleinlaut.

Linas Worte verletzen mich, bohren sich tief in mein bereits gebrochenes Herz hinein, doch ich kann nicht leugnen, dass ein Funken Wahrheit in ihnen steckt.

>>Aber wir haben uns wiedergesehen, sind uns immer nähergekommen … War es nicht so?<< Mit Tränen in den Augen schaue ich meine Freundin an.

Mittlerweile ist es mir egal, was vor der Schleife passiert ist, ob ich nur sein Betthäschen oder was auch immer für ihn war.

Was für mich zählt, ist der erste Januar. Idris im ersten Januar. Nur das ist real.

Doch er hat mich verlassen, und ich weiß nicht, wie lange ich das noch aushalte.

Wie ich es überstehen soll.

Lina sieht mich mitfühlend an, streckt ihre Arme aus und zieht mich zu sich heran in eine feste Umarmung.

>>Ja, Malie<<, flüstert sie an mein Haar.

>>Es war so. Du warst unglaublich verliebt in diesen Kerl. Ich habe ihn zwar nicht kennengelernt, aber laut deinen Erzählungen über ihn, schien er das auch in dich gewesen zu sein. Schließlich hat er es sogar geschafft, dass deine Eltern ihn mochten. Und das will schon was heißen, nicht wahr?<<

Wir lösen uns voneinander und ich schaue sie mit tränennassem Gesicht an – aber lächelnd.

Ihr Blick wird augenblicklich wieder ernst.

>>Wie dem auch sei, es ist vorbei. Ich meine es ernst, wenn ich sage, dass Lars und du eine zweite Chance mehr als verdient habt. Ihr liebt euch. Gehört zusammen. Habt eine gemeinsame Zukunft vor euch liegen.<<

Aus ihrem Mund klingt alles so einfach.

So logisch.

Lars und ich verzeihen uns, leben unser Leben so weiter wie bisher, ich nehme seinen Antrag an und wir heiraten.

Idris gerät in Vergessenheit, ein weiteres Mal.

Ja, es könnte wirklich einfach sein.

Wäre da nicht die Sache mit der Zeitschleife und die Tatsache, dass ich Lars nicht mehr liebe.

Ich behalte meine Gedanken für mich, aber Lina lässt nicht locker. Eine Frage beschäftigt sie noch.

>>Was würdest du tun, wenn du Idris plötzlich über den Weg laufen würdest? Jetzt, da du dich wieder an ihn und eure gemeinsame Zeit erinnerst ...<<

Jetzt ist es soweit. Sag es ihr. Sie weiß es doch morgen nicht mehr.

>>Ich bin ihm schon begegnet<<, beginne ich, und Lina fährt mit weit aufgerissenen Augen zu mir herum.

>>Es mag verrückt für dich klingen, was ich dir jetzt erzähle, aber es ist so.<<

Also erzähle ich ihr von der Schleife und meinen Treffen mit Idris.

Als ich fertig bin, funkelt Lina mich wütend an.

>>Sag mal, willst du mich auf den Arm nehmen!? Ich treffe mich heute extra mit dir, damit du eine Schulter zum Ausheulen hast, gebe dir Ratschläge, obwohl ich meine Zeit lieber mit meinem Verlobten verbringen würde, und du fantasierst dir hier so einen *Schwachsinn* zusammen?<< Sie schnaubt und steht auf.

Da ist sie wieder, die Arschloch-Lina.

>>Weißt du was, vielleicht ist es für alle das Beste, wenn du wieder zu diesem *Idris*<< - sie spuckt seinen

Namen förmlich aus - >>zurückgehst und dich unglücklich machst. So eine wie dich hat Lars nun wirklich nicht verdient!<<

Erschrocken über ihre niederschmetternden Worte, reiße ich den Mund auf, will protestieren, doch es kommt kein Ton heraus.

>>Ich für meinen Teil fahre jetzt zurück nach Hause, zu Benny. Dann können wir wenigstens unseren Rausch gemeinsam ausschlafen.<<

Sie wirft einen letzten missbilligenden Blick auf mich. Wie damals im Café.

Damals. Wo ist nur die Zeit geblieben? Wie lange hänge ich hier schon fest?

>>Das solltest du auch. Melde dich erst wieder bei mir, wenn du zur Vernunft gekommen bist.<< Damit wendet sie sich ab und stolziert forschen Schrittes davon.

Lässt mich alleine auf der Parkbank zurück.

Ich unterdrücke diese verfluchten aufkommenden Tränen und versuche nachzudenken, was ich als nächstes tun soll.

Mir kommt ein Gedanke, den ich lieber sofort wieder abschütteln sollte, doch er manifestiert sich in meinem Gehirn, möchte nicht verschwinden.

Ich schaue auf die von der Sonne glitzernde Wasseroberfläche der Alster und lächele.

Mein Plan für die kommenden ersten Januare steht fest.

Ich werde Idris suchen.

Ob er will oder nicht.

18

>>Adrian, das ist Malie.<<

Ich stehe einem für sein Alter relativ groß gewachsenen Jungen mit zerzaustem, dunkelbraunem Haar gegenüber, der missmutig zu mir hochschaut.

Mit grünen Augen, die denen von Idris so ähnlich sind.

>>Hallo, Adrian. Ich freue mich, dich kennen zu lernen.<< Ich strahle ihn fröhlich an und strecke ihm meine Hand entgegen.

Adrian jedoch ignoriert meine Geste, sieht mich ohne ein Wort weiterhin an, nicht wissend, wie er auf mich reagieren, wo er mich einordnen soll.

Idris räuspert sich, tritt unbehaglich von einem Fuß auf den anderen.

>>Er ist schüchtern<<, entschuldigt er, mit einem unsicheren Lächeln in meine Richtung, das zurückhaltende Verhalten seines Sohnes, beugt sich jedoch im nächsten Moment zu ihm herunter und flüstert ihm ins Ohr: >>Adrian, wenn jemand Hallo zu dir sagt, gehört es sich, ebenfalls Hallo zu sagen. Das ist unhöflich, wenn man das nicht macht.<<

Der Junge scheint sich immer weiter in sich zurückzuziehen und ich bekomme das ungute Gefühl, dass es nach gerade einmal einer Woche Beziehung noch viel zu früh ist, mich seinem Sohn vorzustellen.

Ja, ich nenne es Beziehung, auch wenn keiner von uns beiden es bisher ausgesprochen hat.

Seit jener gemeinsamen Nacht bin ich quasi bei Idris eingezogen, habe meine Sachen bei Lina und Benny gepackt und mit zu ihm gebracht.

Natürlich weiß Lina bereits über die ganze Sache Bescheid, ich musste ihr schließlich erklären, warum ich ausziehe – aber dennoch nicht zu Lars zurückgehe. Seitdem ist unser freundschaftliches Verhältnis leicht angeschlagen, da sie von meiner Aktion überhaupt nicht begeistert ist, zu einem in Scheidung lebenden Mann zu flüchten. Sie nennt es eine Kurzschlussreaktion, weil ich enttäuscht von Lars bin und das Bedürfnis habe, mich dafür an ihm zu rächen.

Sie scheint es wirklich besser zu wissen.

In Wahrheit habe ich mich bereits offiziell von Lars getrennt, und habe seit Idris das Gefühl, nach langer Zeit endlich wieder etwas fühlen, empfinden zu können.

Lars hatte Recht, das mit ihm und mir ist tatsächlich langsam eingeschlafen, nur hat er es früher gemerkt als ich. Die Gewohnheit macht blind für solche Dinge.

>>Willst du schon mal zur Schlittschuhausgabe vorlaufen? Dann können wir gleich aufs Eis<<, ermuntert Idris seinen Sohn und versucht somit, die Stimmung etwas aufzulockern.

Was zu funktionieren scheint. Adrian strahlt ihn an und hüpft freudig auf und ab, als würde er sich plötzlich wieder daran erinnern, warum wir eigentlich hier sind. >>Au, ja!<<

Dann rennt er los und wir folgen ihm in einigem Abstand, lassen ihn nicht aus den Augen.

Idris nimmt meine Hand und sofort strömen winzig kleine Schmetterlinge durch meinen Körper.

>>Er meint es nicht böse<<, raunt er mir mit gedämpfter Stimme zu und ich sehe ihn fragend an, muss mich erst einmal sammeln. Jede seiner Berührungen bringt mich jedes Mal völlig aus dem Konzept.

Ach ja, es geht um das distanzierte Verhalten seines Sohnes mir gegenüber.

Idris sieht mich nicht an, als er spricht, er behält weiterhin sein vorauslaufendes Kind im Auge. Ich muss mich erst noch an die Situation gewöhnen, dass sein Mittelpunkt der Erde sein Sohn ist, dass er ein fürsorglicher Vater ist. Nicht bloß mein Geliebter.

Das Wort Geliebter *setzt mir unbewusst zu.*

Hat Lina vielleicht Recht?

Bin ich bloß seine Affäre, seine Bettgefährtin, wie sie es zu sagen pflegte, nachdem ich ihr von Idris und mir erzählt habe?

Es bildet sich ein übergroßer Kloß in meinem Hals, und als Idris mich ansieht, liebevoll und gleichzeitig voller Verlangen, verschwindet er sofort wieder.

Ich darf seinen Sohn kennen lernen. Was nur bedeuten kann, dass ich weit mehr für ihn bin ...

>>Die Scheidung setzt ihm zu. Er ist verwirrt, dass Mama und Papa sich nicht mehr lieb haben und er mich nur noch jedes zweite Wochenende sieht.<<

>>Ich weiß nicht, ob es so schlau war, mich ihm jetzt schon vorzustellen<<, spreche ich meine Bedenken laut aus.

>>Verwirrt ihn das nicht noch mehr? Als was soll er mich denn sehen, als welchen Teil in deinem Leben?

Er wird seiner Mutter bestimmt vom heutigen Tag berichten, von mir erzählen. Machst du dir deswegen keine Sorgen?<<

Idris drückt meine Hand noch fester, zieht mich im Gehen näher zu sich heran.

Seine Worte sind wie Balsam für meine Seele, vertreiben jeden Zweifel in mir.

>>Ich habe vor zwei Tagen mit Maria und Adrian telefoniert, habe ihnen beiden von dir erzählt. Habe gesagt, dass ich eine Freundin habe. Dass du nun zu mir gehörst. Und dich sehr freuen würdest, Adrian kennen zu lernen.<< Er räuspert sich kurz.

>>Maria war nicht sehr begeistert. Sie wollte unserem Sohn ein Treffen mit dir nicht zumuten, noch nicht. Doch ich habe lange mit ihr gesprochen, und schließlich haben wir uns geeinigt, dass es okay ist.<<

Darauf erwidere ich nichts, gebe mich mit seiner Erklärung zufrieden, und zusammen mit Adrian lassen wir uns je ein Paar passender Schlittschuhe aushändigen.

Mit gemischten Gefühlen schlüpfe ich kurze Zeit später in die Schuhe, schnüre sie fest zu, und mit einer leichten Übelkeit schaue ich auf die große Eisbahn.

Ich war als Elfjährige das letzte Mal Schlittschuhlaufen und das endete in einer Katastrophe. Ich erinnere mich noch, dass ich unsicher und wackelig gerade einmal zwei Minuten auf der Bahn stand, als mich jemand aus Versehen regelrecht über den Haufen fuhr – und ich einen gebrochenen Arm und sämtliche Prellungen davontrug. Seither habe ich mich nicht mehr aufs Eis getraut.

>>Malie, nicht träumen! Komm, lass uns Spaß haben.<< Idris nimmt mich bei der Hand, um mir beim Aufstehen zu helfen, und ich schaue ängstlich zu ihm hoch.

Adrian ist bereits voller Elan und Begeisterung auf die Bahn gestürzt und vollführt dort, noch leicht wackelig, seine Kunststückchen.

Kinder haben es so leicht. Sie kennen das Wort Angst nicht.

Idris sieht meinen panischen Blick und ein belustigtes Grinsen schleicht sich in sein Gesicht.

Ich liebe es, wenn er lächelt. Es lässt seine Augen leuchten, intensiviert seinen Blick.

Wunderschöne, grüne Augen. So ausdrucksstark.

Grün ist meine Lieblingsfarbe. Welch ein wunderbarer Zufall.

>>Keine Angst, kleine Malie. Adrian und ich passen auf dich auf. Das wird lustig, versprochen.<< Er zwinkert mir zu und mein Herz macht einen Satz. Ich lasse mir von ihm hochhelfen und zusammen stapfen wir auf die Eisbahn zu.

Kleine Malie? Was soll das für ein Spitzname sein?

Innerlich ärgere ich mich etwas, dass er damit auf meine Körpergröße anspielt, aber andererseits gefällt es mir, wie er es gesagt hat. Aus seinem Mund klingt auch wirklich alles wie Musik.

Das Gefühl, auf dem Eis zu stehen, ist mehr als befremdlich.

Überall sind minimale Kerben von den Schienen der Schlittschuhe auf der weißen Oberfläche, und ich scheine in jede von ihnen hineinzurutschen, an jeder hängenzubleiben, was auch daran liegen mag, dass ich mich wie eine Schnecke vorwärtsbewege.

Meine Beine gehorchen mir nicht mehr, seitdem ich das Eis betreten habe, sie machen sich geradezu selbstständig, während ich mich krampfhaft am Rand der Bahn festkralle und mich in leicht gebückter Haltung, wie eine alte Frau mit Gehwagen, daran entlangziehe.

Es ist schweinekalt und ich bin froh, Mütze und Handschuhe zu tragen.

Kaum war Idris auf dem Eis, ist er elegant und leichtfüßig wie eine Gazelle, mit Adrian an der Hand, in die Mitte der riesigen und vollen Bahn vorausgelaufen, doch als er nun merkt, dass ich ihm nicht folge, kehrt er zusammen mit seinem Sohn wieder um.

Und findet mich wie ein Häufchen Elend am Rand der Bahn kauern.

Er kann sich ein Lachen nicht verkneifen, und augenblicklich fühle ich mich gekränkt, schäme mich in Grund und Boden. Es ist schließlich schon peinlich genug, dass ich mich wie ein Angsthase aufführe und mir die Leute um mich herum, insbesondere die Kinder, fragende Blicke zuwerfen. Da kann ich es wirklich nicht gebrauchen, dass ausgerechnet ein Idris mich zu allem Übel auch noch auslacht.

>>Was ist los, Malie? Hab keine Angst. Komm, nimm meine Hand. Du musst vom Rand weg, sonst lernst du das Laufen auf dem Eis ja nie.<<

Ich nehme seine Hand, trotzig wie ich sein kann, nicht entgegen, schlage sie regelrecht von mir weg, und bei dieser Bewegung gerate ich ins Straucheln.

Adrian stellt sich direkt vor mich, sieht verwirrt zu mir hoch. Es ist das erste Mal, dass er mit mir spricht. >>Kannst du kein Schlittschuhlaufen?<< In seiner Stimme liegt kein Hauch von Belustigung, er kann einfach nur nicht verstehen, warum er was kann, was eine erwachsene Frau nicht kann.

Beschämt schüttele ich den Kopf, muss mich beherrschen, vor Idris und dem Jungen nicht in Tränen auszubrechen. Dann wäre meine Schmach perfekt.

Adrian blinzelt zweimal, dann streckt er seine Hand aus und legt sie so fest er kann in meine. Er will mir Sicherheit geben, auf niedliche Art mein Beschützer sein.

>>Komm, ich zeig's dir. Du musst einfach loslassen und laufen. Es ist ganz leicht.<<

Unglaublich, dass ein Kind mich dazu bringen kann, meine Angst zu überwinden.

Ich vertraue ihm also und lasse den Rand der Eisbahn los, seine kleine Hand, die mich im Falle eines Sturzes niemals würde halten können, jedoch nicht und lasse mich in rutschenden und langsamen Bewegungen von ihm über das Eis führen. Er zeigt mir, wie ich mich bewege, wie ich einen Fuß vor den anderen setzen muss, um vorwärts zu kommen und nicht auszurutschen.

Idris folgt uns, dicht neben mir, um mich auffangen zu können, falls ich stürze.

Als ich zu ihm schaue, liegt ein Ausdruck von Stolz und Bewunderung in seinem Gesicht.

Das Eis zwischen Adrian und mir scheint gebrochen, er weicht mir den Rest des Nachmittages nicht mehr von der Seite, erzählt mir nahezu alles über sich. Was sein Lieblingsessen (Spinat mit Kartoffeln und Ei), seine Lieblingsfarbe (Gelb), seine liebste Beschäftigung (Fahrradfahren) ist, ja sogar von seinem Lieblingsfach in der Schule (wie nicht anders zu erwarten: Sport, an zweiter Stelle Mathe). Er nimmt mich immer wieder an die Hand, auch dann noch, als wir längst nicht mehr auf der Eisbahn sind, sondern unsere Schuhe abgeben und auf dem Weg zurück zum Auto sind, sieht mich aus strahlenden Augen an.

Idris wirkt mehr als glücklich, sagt kaum ein Wort, um den Zauber zwischen mir und seinem Sohn nicht zu zerstören.

~ ~ ~

Als wir abends in seiner Wohnung im Bett liegen, nachdem wir Adrian zuhause bei seiner Mutter abgesetzt und vor dem Zubettgehen eine Kleinigkeit zu Abend gegessen haben, sagt er mir, wie stolz er auf mich ist, wie ich heute mit seinem Sohn umgegangen bin. Dass er überglücklich und erleichtert ist, dass Adrian mich bereits allem Anschein nach in sein kleines, liebendes Herz geschlossen hat.

Zum Abschied hat er mir sogar ein Küsschen auf die Wange gegeben, was riesige Glücksgefühle in mir ausgelöst hat, die noch immer nicht abgeklungen sind und mich den restlichen Abend über haben strahlen lassen.

Ich lächele, schlinge meine Arme um Idris, küsse ihn und wir lieben uns.

Stundenlang.

>>Idris ... Hast du vor mir je andere Frauen gehabt? Also, nach Maria?<<

Erschöpft und müde liegen wir nebeneinander im Bett, ohne uns zu berühren.

Innerlich spanne ich mich unbewusst an.

Habe ich ihm gerade tatsächlich diese Frage gestellt? Ich will die Antwort doch gar nicht wissen!

Geschweige denn, dass er mir überhaupt ehrlich antworten wird ...

Mein Puls geht schneller, als ich in der Dunkelheit endlich seine Stimme neben mir höre, die leise die Stille durchbricht, in meinen empfindlichen Ohren jedoch wie ein Kreischen klingt.

>>Ja<<, antwortet er wahrheitsgemäß. Sein Zögern hat höchstens eine Sekunde gedauert.

Ich schlucke und muss mich beherrschen, die nächste Frage nicht zu stellen.

Aber meine Person war schon immer masochistisch veranlagt.

>>Wie viele?<<

Mit beiden Händen umklammere ich einen Teil der Bettdecke, kralle meine kurzen Nägel in sie hinein.

Eifersucht. Ich hasse dieses Gefühl. Es ist lächerlich und macht einen schwach, aber gleichzeitig erinnert es einen daran, wie sehr man liebt.

Ich weiß nicht, wann ich zuletzt eifersüchtig war. Das muss am Anfang von Lars´ und meiner Beziehung gewesen sein.

Valentina konnte dieses Gefühl nicht in mir auslösen. Nein, ich war an jenem Abend auf dem Weihnachtsmarkt, als ich die beiden zusammen gesehen habe, nicht eifersüchtig.

Ich war gekränkt. Und enttäuscht.

Dieses Mal zögert Idris etwas länger seine Antwort hinaus. Er scheint über meine Frage nachzudenken.

>>Vier vielleicht, mehr nicht. Und dann kamst du.<<

Zärtlich spüre ich seine Finger meinen Bauch entlangstreicheln.

Normalerweise hätte diese Berührung eine Gänsehaut durch meinen Körper gejagt, aber ich zucke vor seinen Fingern zurück, als hätte ich mich an ihnen verbrannt.

>>Deshalb auch die Kondome im Handschuhfach deines Wagens, nicht wahr?<<

Meine Stimme bekommt einen scharfen Unterton, was ich nicht beabsichtigt habe.

Wer bin ich schon, dass ich das Recht dazu habe, ihn deswegen zu verurteilen?

Seine Stimme bleibt weich, es ist kein Anzeichen von Wut in ihr.

>>Malie, möchtest du ernsthaft mit mir darüber sprechen? Glaubst du mir, wenn ich dir sage, dass es mit keiner von ihnen so war wie mit dir?<<

Er rollt sich zu mir, verteilt zarte Küsse auf meinem Hals.

>>Du durftest heute meinen Sohn kennenlernen. Reicht dir das nicht als Beweis, was ich für dich empfinde? Bereits nach so kurzer Zeit? Du hast mich verzaubert, kleine Malie. Ich habe mich in dich verliebt.<<

Seine Worte lassen mein Herz höherschlagen, und gleichzeitig schäme ich mich für meine kindische Fragerei, meine Eifersucht.

Ich glaube zu spüren, wie Idris an meinem Hals lächelt, während er mich weiter küsst, seine Erregung an mein nacktes Bein drückt.

>>Du bist süß, wenn du eifersüchtig bist.<<

Er kichert rau, und kurz darauf lieben wir uns erneut, inniger denn je.

19

>>*Du bist verrückt, kleine Malie, weißt du das?*<<
Ich drehe meinen Kopf nach links, um Idris anzuschauen, sehe direkt in seine wunderschönen, grünen Augen und erwidere sein vergnügtes Lächeln.
>>*Verrückt ist mein zweiter Vorname*<<, *entgegne ich keck und kann es, genauso wenig wie er, noch immer nicht fassen, dass wir tatsächlich gerade in einem Flugzeug sitzen.*
Oh ja, ich bin verrückt. Wie Recht er damit hat.
Es war meine Idee gewesen, die ich ihm vor ein paar Tagen unterbreitet habe, spontan übers Wochenende nach Sizilien zu fliegen. Nun ja, ich hatte nicht konkret Sizilien im Visier.
Ich wollte einfach nur ins Warme, für ein paar Tage raus aus dem tristen, kalten Hamburg, und Idris hat mich gefragt, wo bisher ich noch nicht gewesen bin. Ich habe mir schon immer gewünscht, einmal nach Italien zu reisen. Palermo auf Sizilien kam also wie gerufen.

Auslöser der ganzen Aktion war ein Zwischenfall am letzten Montagabend, als Lars plötzlich vor der Haustür stand.
Er muss mir nach der Arbeit aufgelauert und mich bis zu Idris′ Wohnung verfolgt haben.
Wir aßen gerade gemütlich zu Abend, als es an der Tür sturmklingelte.

Fragend sahen Idris und ich uns an. Dann knallte er plötzlich seine Gabel lautstark auf den Teller.

>>Ich hoffe nicht, dass es Maria ist<<, knurrte er leise vor sich hin und stand auf.

Ich blieb auf der Couch sitzen, hörte jedoch klar und deutlich, was an der Tür gesprochen wurde.

>>Ist Malie da?<<

>>Wer zum Teufel sind Sie?<<

Idris war sauer, klang richtig gefährlich. In diesem Moment wollte ich nicht in der Haut des Störenfriedes stecken.

Moment. Die Stimme kommt dir doch bekannt vor. Das ist doch Lars!

Sofort sprang ich auf und hechtete auf die beiden Streithähne zu.

>>Ich weiß, dass sie hier ist! Ich muss dringend mit ihr sprechen! Sie ist meine zukünftige Verlobte! Malie!?<<

>>Ich warne Sie nur einmal, verschwinden Sie von hier! Sofort!<<

Idris´ Knurren hatte sich zu einem Bellen entwickelt, und unwillkürlich wich Lars einen Schritt vor ihm zurück.

Ich trat zwischen die beiden.

>>Lars, was hast du hier zu suchen? Woher weißt du, wo ich bin? Bist du mir etwa gefolgt?<<

Idris stand noch immer wie ein Fels in der Brandung auf einem Fleck, unerschütterlich, den Blick starr und rasend auf Lars gerichtet, die Hände kampfbereit zu Fäusten geballt.

Wie weit würde er gehen, um Lars zu vertreiben? Würde er ihn hier an Ort und Stelle, direkt vor meinen

Augen, einfach zusammenschlagen? Windelweich prügeln?

Wieder einmal wurde mir bewusst, wie wenig ich ihn doch kannte ...

Lars ignorierte Idris vollkommen, sah mich flehend an.

>>Malie, ich bitte dich, komm wieder nach Hause. Es ist schrecklich ohne dich. Lass uns noch ein letztes Mal darüber reden und es noch einmal miteinander versuchen!<<

Er warf einen kurzen, abschätzenden Blick auf Idris, als hätte er ihn erst jetzt bemerkt.

>>Ist das dein neuer Lover?<<

>>Lars, das geht dich nichts an! Ich habe mich von dir getrennt, schon vergessen? Und weißt du auch, was das bedeutet? Dass ich dir nicht verzeihen kann und will, meine Gefühle für dich sind komplett auf der Strecke geblieben. Bitte, geh jetzt und lass mich ein für alle Mal in Ruhe!<<

Er gab nicht auf.

>>Was ist mit unserer Wohnung? Mit deinen und meinen Sachen? Du haust einfach zu diesem Typen ab, und was ist mit mir? Wir haben ein gemeinsames Leben, das du einfach so aufgibst, verdammt!<<

Ich seufzte, hatte keine Lust mehr, mit ihm zu diskutieren.

>>Darüber werde ich mir später Gedanken machen. Erst einmal will ich meine Ruhe. Ich melde mich deswegen bald bei dir.<<

Nach diesen Worten wandte ich mich von ihm ab und Idris knallte die Tür vor seiner Nase zu.

Den Rest des Abends konnte man mich sprichwörtlich in die Tonne treten.

Idris konnte mich auch nicht aufheitern, was vielleicht auch daran lag, dass er selbst seinen eigenen Gedanken nachhing und irgendwie schlechte Laune nach Lars´ Besuch hatte.

Ich musste schmunzeln. War er etwa eifersüchtig?

Nach vier Stunden Flugzeit landen wir endlich im herrlich warmen Palermo.

Noch am Flughafen organisieren wir uns einen Mietwagen und fahren in die kleine Ferienwohnung außerhalb von Palermo direkt am Meer.

Dort schlüpfen wir erst einmal in sommerliche Klamotten.

>>Ich habe einen riesigen Kohldampf<<, sage ich, während ich mein geblümtes Kleid vor dem Spiegel im Badezimmer zurechtzupfe.

Idris schlendert mit einem geheimnisvollen Lächeln auf mich zu, stellt sich hinter mich, nimmt mein offenes langes Haar in beide Hände und küsst meinen Nacken.

>>Weißt du, worauf ich jetzt Hunger hätte?<<, raunt er in mein Ohr und ein wohliger Schauer durchfährt mich.

Ich kichere, drehe mich zu ihm um und schlage ihm sanft auf die Brust.

>>Du Spinner<<, lache ich.

>>Dafür haben wir noch genug Zeit. Ernsthaft, lass uns was essen gehen. Ich verhungere.<<

Idris mustert mein Gesicht mit einem unleserlichen Ausdruck in seinen Augen, dann nimmt er meinen Kopf in beide Hände und küsst mich.

~ ~ ~

Türkisblaues Wasser. Ein riesiger, ins Meer ragender Felsen, der so weiß ist, als würde Schnee auf ihm liegen. Die Scala dei Turchi.
Ich schaue aus dem Fenster unseres Mietwagens auf das Wunder der Natur, welches sich unter uns erstreckt und mein Herz macht in freudiger Erwartung einen Hüpfer nach dem anderen.
Der Anblick ist wunderschön. Ich habe alles Mögliche erwartet, aber nicht diese Art von Bildgewalt.
Eigentlich hatten wir für heute geplant, eine Sightseeing-Tour durch Palermo zu machen. Zumindest haben wir es gestern Abend in der kleinen Pizzeria direkt am Strand, trunken vom köstlichen, italienischen Wein, so besprochen.
Das hier sieht jedoch nach einem weit größeren Abenteuer aus.
Ich zücke mein Handy, um im Vorbeifahren noch schnell ein Foto machen zu können, und höre Idris neben mir kichern.
>>Du wirst noch genug Gelegenheiten bekommen, Fotos zu machen, kleine Malie.<<
Ich drehe mich zu ihm um, betrachte ihn, während er fährt, schaue auf seine bereits leicht gebräunten

Arme. Seine Augen sind hinter einer Sonnenbrille verborgen und seine Mundwinkel umspielt ein hinreißendes Lächeln, während sein Blick auf die holprige, schmale Straße vor uns gerichtet ist.

Ich kann es noch immer nicht fassen, dass dieser wunderschöne Mann mir gehört.

Mittlerweile liebe ich den albernen und wenig geistreichen Spitznamen, den er mir verpasst hat.

Genauso, wie ich ihn liebe.

Daran besteht kein Zweifel mehr. Er sagte, ich hätte ihn verzaubert, doch in Wirklichkeit ist es genau andersherum.

Zwischen uns herrscht eine Anziehungskraft, die nicht in Worte zu fassen ist. Wir haben uns von Anfang an vertraut, obwohl wir uns nicht kannten. Es ging alles so unglaublich schnell, dass es mich beunruhigen sollte, doch muss ich mir eingestehen, dass ich glücklicher bin als jemals zuvor. So, als wären wir schon immer füreinander bestimmt gewesen, nur hatte das Schicksal anderes für uns vorgesehen, bis wir endlich zueinander fanden.

Das Wort Seelenverwandte kommt mir in den Sinn und ich muss über diesen Kitsch schmunzeln.

Bisher war ich fest davon überzeugt gewesen, Lars wäre mein Seelenverwandter. Unsere Zukunft war klar. Heiraten, Kinder bekommen. Ich war mir dessen so sicher gewesen, dass sich mir bei dem Gedanken daran eine Schwere auf die Brust legt, die mir das Atmen erschwert.

Ich möchte die Zeit mit Lars auf gar keinen Fall jemals missen. Ich habe ihn aufrichtig geliebt. Ich hätte ihm sogar seinen Seitensprung verziehen, da bin ich mir sicher.

Aber dann ist Idris in mein Leben getreten ...

>>Wir sind da. Zieh lieber deine Regenjacke an.<<

Idris parkt den Wagen, nimmt seine dunkelgrüne Softshelljacke vom Rücksitz und steigt aus.

Ich wundere mich einen Augenblick lang über seine Aussage, da es heute nur etwas bewölkt ist, es bisher aber noch nicht geregnet hat, tue es ihm jedoch gleich.

Und als wir schließlich am Strand entlanglaufen, weiß ich auch, was er meinte.

Ich war so in Gedanken vertieft gewesen, dass mir gar nicht aufgefallen ist, wie stürmisch es hier an der Südküste Siziliens ist.

>>Oh, mein Gott!<<, brülle ich gegen den tosenden Wind und ziehe mir sofort die Kapuze über, die ich jedoch an beiden Seiten festhalten muss. Ich habe das Gefühl, bei dem Sturm kaum vorwärts zu kommen, und mir peitscht unaufhaltsam Sand ins Gesicht.

Wie kann das sein? Von da oben sah alles so friedlich, so schön aus!

Jetzt kann ich meine Augen kaum offenhalten.

Idris ist bereits vorausgelaufen und steht nun mit ausgebreiteten Armen auf einem großen Stein direkt am wütenden Wasser, dessen schäumende Wellen sich daran brechen und an ihm hochspritzen.

Er ist völlig irre.

Mühsam kämpfe ich mich zu ihm durch, balanciere über nasse Felsen, bis ich endlich neben ihm am Wasser stehe. Und von Kopf bis Fuß nass werde, genau wie er.

Ich schaue auf das wilde Meer und halte den Atem an, während mir der Wind um die Ohren fliegt, mich kaum auf den Beinen halten lässt.

Idris nimmt mich stützend am Arm und dreht mich zu sich herum.

Er sieht mich aus zusammengekniffenen Augen an, jedoch kann ich ein aufgeregtes Leuchten darin erkennen. Wassertropfen perlen ihm von der Nasenspitze, den Lippen, kleben wie kleine Kristalle in seinen Wimpern und in seinem dunklen Haar, das vom Wind ganz zerzaust wird.

Er zieht mich zu sich heran, dicht an sich, und drückt seinen Mund auf meinen. Mir stockt erneut der Atem, aber dieses Mal nicht wegen des starken Windes um uns herum.

Minutenlang stehen wir einfach so da, eng umschlungen, aus zwei Personen wird eine, während die Wellen unablässig gegen die Felsen krachen, auf denen wir stehen, und uns durchnässen.

Je weiter wir uns von der Gemeinde Realmonte entfernen, im Schutze riesiger Felsen, desto windstiller scheint es zu werden. Die Sonne findet hin und wieder einen Weg durch die dichten Wolken und teilweise lässt sie mich unter meiner Regenjacke fürchterlich schwitzen.

Unzählige schneeweiße, flache Felsen erstrecken sich großflächig über den Strand bis ins Wasser hinein, und als ich auf die kalkige Oberfläche hinauftrete und auf einem von ihnen herumlaufe, habe ich den Eindruck, mitten im Meer zu stehen. Sie sind die verheißungsvollen Vorboten auf das, was uns *erwarten wird, und in der Ferne sehe ich bereits die* Scala dei Turchi, *deren Rückseite ich bereits hoch oben auf dem Berg bewundern konnte.*

Wie der riesige, schneeweiße Arm eines monströsen Engels ragt sie ins Meer hinein, scheint Ozean mit Festland zu verbinden.

Der Weg dorthin erweist sich als tückisch. An einigen Stellen ist der Strand übersät von großen Felsbrocken und von Wasser überflutet, und man muss sich dicht an den steinigen Felswänden entlanghangeln, um keine nassen Füße zu bekommen.

Beim Näherkommen leuchtet mir der Name Scala *augenscheinlich ein. Der Felsen scheint eine einzige, überdimensionale Treppe zu sein, schräg und steil nach oben führend.*

Ein paar vereinzelte Touristen laufen auf dem Berg verteilt herum, mit scheinbarer Leichtigkeit, bleiben stehen, machen Fotos.

Ein beklemmendes Gefühl überkommt mich, als ich an dem kalkfarbenen Gestein hochschaue, und innerlich frage ich mich, wie ich meine Höhenangst überwinden und wie alle anderen einfach hinaufgehen soll.

Idris sieht meinen Blick und nimmt meine Hand. Als ich in sein Gesicht schaue, beruhige ich mich sofort. Vertrauen. Ja, ich vertraue ihm.

>>Das schaffst du, Malie. Hat mit dem Schlittschuhlaufen doch auch geklappt.<<

Er zwinkert mir zu und deutet kurz darauf mit dem Zeigefinger auf die ins Wasser ragende Spitze des Felsens links von uns.

>>Lass uns hier an der Seite hochgehen, da ist es flacher.<<

Ich nicke und folge ihm, trete mit meinen Sneakers auf die glatte, aber raue Oberfläche und bin erstaunt, wie leicht es tatsächlich ist, darauf weiter nach oben zu laufen.

Auf dem Berg ist es noch stürmischer als unten am Strand, aber der Ausblick ist sagenhaft.

Es übertrifft beinahe alles, was ich bisher gesehen habe.

Umgeben von weißem Gestein, blauem Ozean und unendlicher Weite, schließe ich meine Augen und breite die Arme aus.

Für einen kurzen Augenblick glaube ich tatsächlich, mich in die Luft zu erheben und davonzufliegen, doch dann umschließen mich kräftige Arme von hinten, und sofort ist es, als würde ich auf den Boden zurückgezogen werden.

>>Ich liebe dich<<, raunt mir eine tiefe, vertraute Stimme ins Ohr und eine Welle absoluter Glückseligkeit durchströmt mich, lässt hunderte kleiner Schmetterlinge in meinem Bauch durcheinanderfliegen.

Ich kralle mich an Idris´ Armen fest, die mich komplett umschlungen halten, drehe meinen Kopf, Gesicht an Gesicht, und dann küssen wir uns, und in diesem Augenblick existiert für mich nichts weiter als Idris und die Wärme, die mich dank seiner Umarmung umgibt.

Wir bleiben auf der Scala dei Turchi, *bis der Himmel am Horizont orange und schließlich dunkelrot wird, als die Sonne untergeht und die Dämmerung hereinbricht.*

~ ~ ~

>>Malie, es tut mir wirklich leid, aber ich muss heute noch zurück nach Hamburg. Wenn Adrian wirklich im Krankenhaus ist, muss ich so schnell es geht zu ihm.<<
Der Abend war perfekt gewesen, bis zu dem Zeitpunkt, als wir in den Jeep gestiegen sind, um zur Ferienwohnung zurückzufahren. Eine einzige SMS von Maria hat den restlichen Abend ruiniert.

Adrian geht es schlecht. Er hat hohes Fieber und ich musste mit ihm ins Krankenhaus fahren.
Maria.

Nun sind Idris und ich dabei, hastig unsere wenigen Sachen zu packen, obwohl wir erst morgen abreisen wollten.
Nachdem wir uns Palermo angesehen haben …
Ich versuche, meinen Groll Idris zuliebe zu unterdrücken, immerhin scheint sein Sohn wirklich ernsthaft krank zu sein und natürlich mache ich mir auch Sorgen um den Jungen.
Auch wenn es nicht leicht ist, zu akzeptieren, dass ich Idris niemals für mich alleine haben werde.
Da war es mit Lars einfacher. Wir konnten uns voll und ganz auf uns konzentrieren, die Welt um uns herum völlig ausblenden.
Es gab bloß ihn und mich.

Malie, hör auf, überhaupt nur einen einzigen Gedanken an Lars zu verschwenden! Er ist nicht Idris!*, schalte ich mich in Gedanken sofort zur Vernunft.*

Idris scheint meinen inneren Kampf mit mir selbst zu bemerken, denn er kommt auf mich zu, zieht mich von meinem Koffer weg zu sich heran und schließt mich in eine feste Umarmung.

>>Sorry<<, flüstert er mir zu, und sofort bekomme ich ein schlechtes Gewissen, obwohl ich meine Gedanken nicht einmal laut ausgesprochen habe.

>>Nein Idris, es ist okay. Er ist schließlich dein Sohn, dein einziges Kind! Ich an deiner Stelle würde auch so schnell wie möglich zu ihm wollen.<< Er lächelt mich dankbar an und sofort werde ich innerlich ruhiger.

Das ist es. Ich muss diese Dinge aus seiner Perspektive betrachten. Nur so kann ich ihm Verständnis entgegenbringen.

>>Ich meine es trotzdem ernst, wenn ich sage, dass es mir leidtut. Ich weiß, dass ich das nicht denken sollte, aber ich hoffe für Maria, dass sie mich nicht bloß belügt, um meine Aufmerksamkeit zu bekommen und mich von einer gemeinsamen Zeit mit dir versucht, abzuhalten.<< Er wendet den Blick ab, schaut finster an mir vorbei. Dann entspannt sich der Ausdruck auf seinem Gesicht und er sieht mich erneut warm an.

>>Wir werden noch genug Zeit miteinander haben, um solche Urlaube zu wiederholen.<<

Er küsst mich auf die Stirn und ich muss dem Impuls widerstehen, in die Luft zu springen.

Er will mit mir zusammenbleiben.
Glücklicher als in diesem Moment könnte ich gar nicht mehr sein.

~ ~ ~

Es ist mir nahezu unmöglich, diese Nacht schlafen zu können.

Ich liege seit gefühlten fünf Stunden mit offenen Augen im Bett, starre in die erdrückende Dunkelheit, und meine Gedanken wollen nicht aufhören, ihre endlosen Kreise zu ziehen.

Ich vermisse Idris neben mir. Ohne ihn ist das Bett, ja die ganze Umgebung zu groß, zu fremd.

Wir sind mitten in der Nacht wieder in Hamburg gelandet und Adrian war längst nicht mehr im Krankenhaus, sondern mit, zum Glück, gesenktem Fieber mit Maria zusammen bei ihren Eltern.

Idris hat mich also in seiner – unserer *– Wohnung abgesetzt und mir verkündet, dass er die Nacht ebenfalls bei seinen ehemaligen Schwiegereltern verbringen wird, damit er in der Nähe seines kranken Sohnes sein kann.*

Ich konnte eine aufkommende Eifersucht kaum unterdrücken und am liebsten hätte ich ihn davon abgehalten und ihn wie ein Kleinkind angefleht, bei mir zu bleiben.

Maria und er zusammen in einem Haus, die ganze Nacht, krank vor Sorge um ihren einzigen, gemeinsamen Sohn? In diesem Moment war ich mir ziemlich sicher, Idris in dieser Nacht zu verlieren.

>>Ich bin nur wegen Adrian dort.<< Er konnte wieder einmal meine Gedanken lesen, spürte mein Unbehagen.

>>Mach dir keine Sorgen. Ich weiß, so eine Situation ist nicht einfach für dich. Maria und ich sind getrennt, leben in Scheidung. Es wird nie wieder etwas passieren zwischen uns.<<

Er seufzte kurz, schien über seine nächsten Worte nachzudenken.

>>Wir haben einen gemeinsamen Sohn. Das wird uns immer irgendwie zusammenhalten. Dadurch bleiben wir miteinander verbunden, müssen zusammenarbeiten. Aber mehr auch nicht.<<

Zum Abschied gab er mir einen innigen Kuss, wie ein leises Versprechen, und ließ mich schließlich alleine mit meinen Gedanken zurück.

Die noch immer nicht stillstehen wollen.

Ich sollte ihm vertrauen, mir keine Sorgen machen, aber er hatte Recht damit, als er sagte, dass so eine Situation nicht einfach für mich ist.

Und das ist sie wahrhaftig nicht.

Nein, es ist sogar verdammt hart.

Tränen rinnen warm über meine Wangen, als ich die Augen schließe, und als in den frühen Morgenstunden starke Arme mich fest umschließen und ich an einen warmen, vertraut riechenden Körper gedrückt werde, spüre ich ihre getrockneten Überreste auf meinen Wangen und meinem Hals.

20

>>Malie, was tust du da? Warum stellst du das halbe Schlafzimmer auf den Kopf!?<<

Hektisch durchwühle ich die Schubladen unserer weißen Kommode. Es befindet sich nichts als Wäsche darin, doch man muss ja bekanntlich an den ungewöhnlichsten Stellen suchen, um fündig zu werden.

Dieser verdammte Ersatzschlüssel. Er muss doch hier irgendwo sein! Ich erinnere mich, dass Idris mir einen gegeben hat. Also wo zum Teufel ist er versteckt?

Lars sitzt gähnend nur in Boxershorts gekleidet auf der Bettkante und fasst sich kurz darauf mit schmerzverzerrtem Gesicht an den Kopf. Im Geiste spreche ich seine folgenden Worte mit, wie bei einem Film, den ich schon hunderte Male gesehen habe.

>>Oh Mann, wie viel habe ich gestern bitte getrunken?<<

Wie immer ignoriere ich ihn, springe auf, ohne das eben veranstaltete Chaos wieder zu beseitigen, stürme stattdessen aus dem Schlafzimmer, durch den Wohnungsflur ins Wohnzimmer. Dort setze ich meinen Zerstörungswahn fort.

Ohne Erfolg.

So groß ist die Wohnung doch gar nicht! Er muss hier sein! Ich habe ihn Idris mit Sicherheit nicht zurückgegeben ... Oder doch? Ich brauche einfach mehr meiner Erinnerung zurück!

Ich brauche Idris zurück!

>>Malie? Was ist denn los mit dir? Was machst du hier für eine Unordnung?<<

Lars ist mir ins Wohnzimmer gefolgt und sieht mich nun verzweifelt auf dem Boden sitzen, mein Gesicht tränenüberströmt.

Adrian. Die Erinnerung an Idris´ Sohn trifft mich unvorbereitet, wie ein Peitschenhieb.

Der Schmerz über seinen Tod ebenfalls.

Dieser liebe, kleine Junge! Er hat das nicht verdient!

Lars eilt auf mich zu, setzt sich neben mich und legt einen Arm um meine Schultern.

>>Schatz, bitte sprich mit mir. Warum weinst du? Und warum veranstaltest du in der gesamten Wohnung dieses Chaos?<<

>>Wo ist der Schlüssel?<<, frage ich ihn statt einer Antwort mit brüchiger Stimme, ohne ihn dabei anzusehen.

Lars blinzelt. Er versteht nicht, wovon ich spreche.

>>Was?<<

>>*Wo – ist – der – Schlüssel?*<<, frage ich erneut, lauter, betone jede Silbe und sehe ihm fest in die Augen.

>>Malie, welcher Schlüssel? Was ist los?<<

>>Der Schlüssel zu Idris´ und meiner Wohnung! Wo ist er nach meinem Unfall und der Amnesie hingekommen? Hast du ihn irgendwo versteckt?<<

Ich werfe ihm einen drohenden Blick zu.

Natürlich! Es kann nur Lars gewesen sein! Mit Sicherheit hat er alles, was mich an Idris erinnern könnte, sorgsam beseitigt, einschließlich seiner Nummer auf meinem Handy.

Für den perfekten Neuanfang, als wäre nie etwas gewesen.

Meine Amnesie kam doch wie gerufen für ihn, um mich zurück zu bekommen und mit mir weiterleben zu können wie bisher.

Übelkeit steigt in mir auf. Plötzlich kommt mir ein furchtbarer Gedanke.

Ist Lars vielleicht schuld an meinem Unfall?

Im Geiste setze ich Puzzleteil für Puzzleteil zusammen, und gelange immer wieder zu der Erkenntnis, dass es nur Lars gewesen sein kann. Er ist der Einzige, der ein Motiv hat. Und er ist derjenige, der mich von allen am meisten belügt und mir Dinge zum Unfallhergang verschweigt.

Er hat mich betrogen. Ich habe ihn daraufhin wegen eines anderen Mannes verlassen.

Damit ist er nicht klargekommen.

War es aus einem Affekt heraus? Oder wollte er mich umbringen?

Ich löse mich aus seiner Umarmung und rutsche von ihm weg.

>>Malie, ich habe nichts versteckt. Wie kommt es, dass du mich danach fragst? Erinnerst du dich wieder?<<

Er schluckt kräftig, als ihn die Erkenntnis trifft.

>>Deine Wohnung ist hier, Liebling<<, fährt er mit krächzender, leiser Stimme fort.

Ich sehe die Angst in seinen Augen. Die Angst, mich ein weiteres Mal verloren zu haben.

Dieses Mal für immer. Fast könnte er mir leid tun …

>>Du lebst hier, bei mir. Nicht bei *ihm*.<<

>>Du hast ihn komplett aus meiner Erinnerung gelöscht, aus meinem Leben, hast alles vernichtet, was mit ihm zu tun hatte. Das werde ich dir nie verzeihen<<, fauche ich ihn an.

Hilflos hebt Lars beide Hände.

>>Warum trauerst du diesem Kerl hinterher, stellst ihn quasi auf ein Podest? Er ist nicht der Gott, für den du ihn hältst und schon immer gehalten hast. Er ist verantwortlich für deinen Unfall!<<

Mir klingeln die Ohren.

Was hat er da gerade gesagt? Idris verantwortlich für meinen Sturz, mein Schädelhirntrauma, meine Amnesie?

Das kann nicht sein! Hat Idris nicht erzählt, dass er unsere Nachbarn fragen musste, wo ich bin, nachdem er nichts mehr von mir gehört hat? Und ich dann bereits im Krankenhaus lag?

Da passt nichts zusammen. Also *wer* zum Teufel belügt mich die ganze Zeit!?

Ich versuche das aufkommende Schwindelgefühl zu ignorieren.

>>Lüg mich nicht an!<<, schreie ich Lars ins Gesicht. Seine Stimme hat einen ruhigen Tonfall angenommen.

>>Ich lüge dich nicht an, Malie. Es ist die Wahrheit. Er hat alles, aber auch wirklich alles zwischen uns zerstört. Letztendlich hat er *dich* zerstört.<<

Sofort springe ich auf, der Boden unter mir fängt bedrohlich an zu wanken.

>>Nein, *du* warst es, der alles zerstört hat! Du hast mich belogen und betrogen! Idris war derjenige, der

mich aufgefangen und wieder zusammengeflickt hat!<<

Ich mache einen Satz auf Lars zu, der unwillkürlich zurückweicht. Am liebsten würde ich ihn treten, bis ihm Hören und Sehen vergeht.

>>Und jetzt hast du erneut alles zwischen uns zerstört!<<

>>Er war nicht gut für dich, sieh das doch endlich ein! Das hat jeder von Anfang an gesagt. Er hat dich nur benutzt!<<

>>Sei still, sonst vergesse ich mich noch!<< Mit diesen Worten stürze ich aus dem verwüsteten Wohnzimmer.

Mir fällt nichts Besseres ein, als Sturm zu klingeln. So, wie Idris es die letzten Male bei Lars und mir gemacht hat.

>>Na los, mach schon auf!<<

Natürlich tut Idris das nicht.

Nach ein paar Minuten gebe ich mein Vorhaben auf.

Mit Sicherheit ist er gar nicht zuhause, sondern schon längst über alle Berge, auf der Flucht vor mir.

Ich ärgere mich darüber, dass er so viel früher aufwacht als ich. Damit hat er einen gewaltigen Vorsprung und es ist mir beinahe unmöglich, ihn zu erreichen.

Das einzig Tröstliche daran ist, dass er nicht untertauchen kann. Er kommt jeden Tag aufs Neue nach Hamburg zurück.

Und ob er sich jedes Mal die Mühe machen will, quer durch die Welt zu reisen?

Vielleicht verbarrikadiert er sich auch einfach in seiner Wohnung. Rottet vor sich hin.

Tagein, tagaus, bis in alle Ewigkeit …

>>Irgendwann kriege ich dich noch<<, verspreche ich der geschlossenen Haustür vor mir und mache auf dem Absatz kehrt.

21

Wir müssen heute Abend besprechen, wie wir Weihnachten zusammen feiern. Zu zweit? Mit Adrian? Oder verbringen wir erneut ein paar nette Tage bei meinen Eltern? ;-)
Küsse, Malie.

Lächelnd drücke ich auf senden *und setze mich kurz danach an den Tisch im Pausenraum der Praxis.*
Ich habe Idris heute Morgen gar nicht mehr gesehen, da er sehr früh aus dem Haus ist, um zur Arbeit zu fahren.
>>Na, wie läuft es mit deiner neuen Liebe?<<, fragt mich meine Kollegin Tanja, die mir gegenüber sitzt. Sie bindet sich ihr hellbraunes Haar zu einem Pferdeschwanz und zwinkert mir verschwörerisch zu. Sie ist die einzige Person, die meine Liebe zu Idris bisher mit keinem einzigen Wort kritisiert hat. Dank ihr habe ich endlich eine Person gefunden, mit der ich über meine frische Beziehung sprechen und von ihr schwärmen kann.
Ich grinse von einem Ohr zum anderen.
>>Oh, so wahnsinnig schön! Idris ist wundervoll. Letztes Wochenende haben wir sogar meine Eltern in München besucht.<<
Tanja beugt sich mit großen Augen weiter nach vorne, die Arme dabei auf dem Tisch abgestützt.
>>Wirklich? Wie war es? Was halten deine Eltern von ihm?<<

Ich kann ihren besorgten Blick vollkommen nachvollziehen, da ich ihr bereits mehrfach erzählt habe, wie kritisch meine Eltern in Bezug auf das Thema Malie und Männer sind ...

Und wie schwer sie es Lars im Laufe unserer Beziehung und vor allem zu Beginn immer wieder gemacht haben.

>>Anfangs war es sehr angespannt. Natürlich hatte ich meine Eltern ein paar Tage vor unserem Besuch am Telefon vorgewarnt und ihnen von Idris erzählt, doch sie waren gar nicht begeistert. Wegen dem Altersunterschied und den anderen Umständen, du weißt schon ...<<

Tanja nickt und ermutigt mich mit ihrer Mimik, weiterzusprechen.

>>Doch Idris war einfach er selbst, und schnell hat er sie noch am selben Tag um den Finger gewickelt. So, wie er jeden um den Finger wickelt.<<

Ich kichere und spüre, wie ich leicht erröte, wie immer, wenn ich von Idris spreche.

>>Unglaublich! Also sind sie tatsächlich begeistert von ihm?<< Tanjas Kinnlade klappt förmlich nach unten.

Ich lache. >>Oh ja! Vor allem mit meinem Vater war er sehr schnell auf einer Wellenlänge. Was soll ich sagen ...<< Ich zucke mit den Schultern.

>>Er kann einfach gut mit Menschen umgehen, schätze ich.<<

>>Und was ist mit Lars? Also, was halten deine Eltern davon, dass du und er getrennt seid?<<

>>Ganz ehrlich? Ich glaube sogar, dass sie froh darüber sind. Dass er mich betrogen hat, können sie ihm einfach nicht verzeihen.<<
Tanja nickt verständnisvoll. Sie ist auch nicht gerade begeistert von seiner Aktion.

~ ~ ~

Als ich Feierabend habe und auf mein Handy schaue, wundere ich mich etwas, dass Idris mir noch immer nicht geantwortet hat.
Doch schnell beschließe ich, mir nicht weiter den Kopf darüber zu zerbrechen.
Vielleicht hatte er heute viel zu tun und keine Gelegenheit dazu gehabt, mir zu antworten.
Dass ich ihn zuhause sehen werde, hebt meine Laune augenblicklich, so wie jeden Abend, wenn ich in unsere gemeinsame Wohnung zurückkehre.
Doch als ich vor der Haustür stehe, meine ich, Stimmen in der Wohnung zu hören.
Idris´ Stimme. Und eine weibliche ...
Hitze steigt in mir auf und mich beschleicht ein ungutes Gefühl.
Ich habe fürchterliches Herzklopfen und meine Hand zittert leicht, als ich den Schlüssel ins Schloss stecke.
Im selben Moment wird die Tür plötzlich von innen aufgerissen – und mir gegenüber steht nicht Idris, sondern eine zierliche, blonde Schönheit.
Ihre eisblauen Augen mustern mich skeptisch von oben bis unten, und bohren sich schließlich in meine.

Ihr Blick ist so hasserfüllt, dass mir das Blut in den Adern gefriert.

Maria.

Sie ist genauso, wie Idris sie beschrieben hat. Die reinste Eiskönigin.

>>Ich weiß, wer du bist<<, schneidet ihre Stimme durch die eben entstandene Stille.

>>Du solltest verschwinden. Idris und ich haben Wichtiges zu besprechen. Nichts, was für deine Ohren bestimmt wäre.<<

Ihre Arroganz macht mich fast sprachlos.

Aber eben nur fast.

>>Ich wohne hier. Wenn hier jemand verschwinden sollte, dann du*<<, knurre ich sie an, und als sie die Augen aufreißt, befürchte ich, zu weit gegangen zu sein.*

Meine innere Stimme schimpft mit mir. Ich darf mich da nicht einmischen. Dieses Biest scheint zu allem fähig zu sein, einschließlich, Idris das Sorgerecht für Adrian komplett zu entziehen, sollte ich es mir zu sehr mit ihr verscherzen.

Doch so langsam habe ich die Schnauze voll, dass sie sich andauernd in Idris' und mein Leben einmischt! Erst vermiest sie uns den Urlaub und jetzt will sie mich aus unserer gemeinsamen Wohnung schmeißen?

>>Was fällt dir ein, an meine Haustür zu gehen?<<, höre ich Idris schimpfen, und als er mich sieht, tritt ein warnender Ausdruck in sein Gesicht.

>>Deine Freundin hier will mich rausschmeißen<<, beschwert sich Maria über mich und gerne würde ich ihr die blauen Augen auskratzen.

>>Wie soll ich das anstellen? Momentan bin ich diejenige, die nicht einmal die Gelegenheit dazu bekommt, überhaupt nur einen Fuß in diese Wohnung zu setzen!<<, kontere ich wütend und schaue Idris erwartungsvoll an.

Soll er sich doch darum kümmern und dieses Weib rauswerfen ...

Doch Idris schüttelt nur den Kopf, seine wunderschönen grünen Augen funkeln mich wütend an, was sich wie eine scharfe Messerklinge anfühlt, die mein Herz zerschneidet.

>>Malie ... Bitte, geh jetzt. Maria und ich müssen ein paar Dinge klären. Alleine<<, sagt er mit monotoner Stimme, ohne den Blick dabei von mir abzuwenden.

In seinen Augen liegt kein Hauch einer Entschuldigung, kein Anzeichen von Bedauern über seine Worte.

Nur Gleichgültigkeit. Ich erkenne ihn nicht wieder.

Ich bin kurz davor, die Fassung zu verlieren, doch diese Blöße will ich mir nicht geben.

Nicht vor dieser Frau ...

>>Okay, und wo soll ich hin? Es ist bereits abends, stockdunkel und verdammt kalt draußen, und hier ist mein Zuhause!<<, versuche ich, Idris möglichst ruhig zu erklären, doch meine Stimme zittert.

Idris seufzt genervt, verdreht die Augen. An seiner Reaktion sehe ich, dass er mir liebend gerne einfach die Tür vor der Nase zuschlagen würde, doch Maria steht ihm im Weg – selbstgefällig grinsend, unser Schauspiel beobachtend.

>>Weißt du was? Das ist mir gerade ziemlich egal! Muss ich mich wirklich um dich kümmern, wie um ein

kleines Kind? Du bist erwachsen, setz dich irgendwo in ein Café. Oder noch besser, verbring einfach die Nacht bei einer Freundin. Geh mir nicht auf die Nerven! Das hier ist immer noch meine Wohnung, nicht unsere. Ich bin eben ein netter Kerl und lasse dich hier wohnen ...<< Seine Stimme hat solch eine Härte angenommen, wie ich sie noch nie an ihm erlebt habe. Er spricht mit mir, als wäre ich ein Niemand, als wäre ich nichts für ihn, bloß eine nette Affäre, die nun ausgedient hat und wie ein altes Kleidungsstück einfach ausrangiert werden kann.

Malie, wach auf! Genau das bist du für ihn, warst es die ganze Zeit! Deine Naivität hat dich geblendet, hat dich glauben lassen, er wäre in dich verliebt!

Idris wendet sich ab und verschwindet in der Wohnung.

Ich bin nicht imstande, mich zu bewegen, bin durch seine Worte wie gelähmt, und muss mich somit Marias verachtenden Blicken aussetzen.

>>Du hast es gehört ... Malie.<< Sie spricht meinen Namen langsam und angewidert aus, als wäre er ein verbotenes Wort. >>Geh jetzt.<< Damit knallt sie mir die Tür vor der Nase zu.

~ ~ ~

Ich habe keine Ahnung, was ich hier tue.
Ich renne durch die Gegend, verloren, frierend, doch kann ich gleichzeitig nicht fühlen, wie kalt es ist.
Weil ich innerlich noch kälter bin. Ich fühle rein gar nichts. Meine Emotionen sind zu Eis erstarrt, kalt und

blau, wie die Augen der Frau, die den letzten Rest
Liebe und Hoffnung in mir ausgelöscht hat.
Der Wind ist so eisig und schneidend, dass meine
Hände bereits taub sind, mein Gesicht übersät von
Nadeln, doch ich kann nicht aufhören zu laufen.
Ich weiß nicht, wo ich hinsoll.
Natürlich könnte ich wieder einmal Lina und Benny
um Asyl bitten, aber möchte ich mir das wirklich
antun? Ich höre Linas Stimme und ihre Worte bereits
in meinem Kopf.
Ich habe es dir doch gesagt! Aber du wolltest ja nicht
auf mich hören! Das hast du nun davon!
Ja, das habe ich nun davon ...
Außer Atem bleibe ich stehen, keuchend, Tränen
laufen mir über die Wangen und scheinen in
Sekundenschnelle darauf zu gefrieren.
Alle hatten Recht. Sie alle! Nur ich war wieder einmal
zu dumm, zu blind, es zu merken.
Natürlich hat er mich nur benutzt! Wie sollte es auch
sonst sein?
In meiner Verzweiflung begehe ich vermutlich den
größten Fehler, den ich nur machen kann – der
vielleicht weitaus schlimmer ist, als Idris vertraut zu
haben – aber ich weiß nicht, wie ich mir anders helfen
soll.
Also rufe ich die Person an, von der ich glaube, dass
sie die einzige ist, die mir in dieser Situation helfen
kann.

>>Malie!<< Ich drehe meinen Kopf und sehe Lars
mit besorgtem Gesichtsausdruck auf mich zukommen.
>>Was ist passiert?<<

Statt einer Antwort, stürme ich heulend auf ihn zu und werfe mich in seine Arme, vergrabe mein Gesicht an seinem Hals, atme seinen vertrauten Geruch ein, während seine Arme mich fest umschließen und an sich drücken. Sofort durchflutet mich eine wohlige Wärme.

>>Sch-scht. Ganz ruhig<<, flüstert er in mein Haar und streichelt meinen Kopf, gibt mir Zeit, meinen Tränen freien Lauf zu lassen.

Während wir an einem ruhigen Platz an der Alster entlanglaufen, direkt unten am Wasser, beide die Hände in den Manteltaschen, den Blick zu Boden gerichtet, erzähle ich Lars, was passiert ist. Er hört mir zu, nickt an einigen Stellen verständnisvoll, lässt mich aber weiterhin ausreden, bis ich geendet habe. Ich erwarte fast, dass er ähnlich reagieren wird, wie ich es von Lina glaube und mich mit Vorwürfen überschütten wird, und beinahe bereue ich meine Entscheidung schon, ihn überhaupt angerufen zu haben, aber er bleibt stumm.

>>Dieser Mistkerl<<, flucht er schließlich vor sich hin. >>Wie konnte er dir das nur antun?<< Ich erwidere nichts darauf.

>>Was wirst du nun tun?<<, fragt er mich dann. Doch ich zucke bloß mit den Schultern.

>>Ich weiß es nicht. Ehrlich gesagt, weiß ich nicht einmal, wo ich überhaupt die Nacht verbringen soll. Oder ob ich mir sogar eine eigene Wohnung suchen muss ...<<

Lars antwortet nicht darauf, er bietet mir auch nicht an, zu ihm zurückzukommen oder zumindest die

Nacht bei ihm unterzukommen. Aber das erwarte ich auch nicht.

Nur, weil Idris mich weggeschickt hat, heißt das noch lange nicht, dass ich wieder zu Lars zurückkehre …

Ich ziehe mein Handy aus der Manteltasche. Ein letzter Funken Hoffnung keimt in mir auf, als ich auf das Display schaue, doch Idris hat mir weder geschrieben, noch mich angerufen.

Natürlich nicht.

Enttäuscht will ich es schon wieder zurückpacken, doch dann beschließe ich, ihm eine Nachricht zu schreiben.

So schnell kann er mich nicht abservieren. Das letzte Wort in diesem Spiel werde immer noch ich haben!

Ich wollte dich nur wissen lassen, dass ich gerade mit Lars zusammen bin. Wir gehen an der Alster spazieren und ich habe ihm alles erzählt. Du brauchst heute nicht mehr mit mir zu rechnen, lass dir bloß Zeit mit deiner Maria! Ich werde die Nacht bei Lars verbringen.

Malie.

Als ich die Nachricht abschicke, merke ich selbst, wie kindisch sie klingt und wie lächerlich ich mich damit mache, aber der Selbsterhaltungstrieb in mir hat die Oberhand übernommen.

Wenn Idris wieder mit seiner Ex anbandelt, dann kann ich das schon lange …

>>Ist alles okay? Du hast ihm doch hoffentlich nicht geschrieben?<<

Ich schaue zu Lars, der mich mit hochgezogenen Brauen ansieht, und packe mein Handy sofort wieder weg. >>Nein<<, entgegne ich eine Spur zu hektisch. >>Natürlich nicht.<<

Wir setzen uns auf eine Bank und Lars zieht mich zu sich heran. Ich leiste keinen Widerstand, lasse seine Nähe zu. Es beruhigt mich sogar, wie er mit seinem Daumen meine kalte Wange streichelt und seine Lippen an meinen Scheitel drückt.

Eine ganze Weile sitzen wir schweigend so da und ich ignoriere vehement das stetige Vibrieren in meiner Manteltasche. Lars scheint es gar nicht zu bemerken, er hält mich weiterhin einfach nur fest.

>>Komm zu mir zurück<<, haucht er schließlich an meine Kopfhaut und meine Haut überzieht eine Gänsehaut, jedoch nicht von der Kälte um uns herum.

>>Na klar kannst du die heutige Nacht bei mir verbringen, wenn du willst. Das steht außer Frage. Es ist immer noch unsere Wohnung.<< Ich spüre ihn an meinem Haar lächeln.

>>Aber ich meine es ernst. Komm zu mir zurück. Ich liebe dich noch immer so sehr, Malie, und das wird auch immer so bleiben.<<

Ich winde mich aus seiner Umarmung und stehe auf. >>Lars, ich ... Das ist nicht so leicht. Ich kann das nicht. Ich kann nicht einfach so wieder zu dir zurück.<<

Lars erhebt sich ebenfalls, tritt auf mich zu. >>Natürlich ist das leicht. Wir gehören zusammen. Das war schon immer so.<< Er schließt seine Arme erneut um mich, zieht mich zu sich heran.

>>Ich werde immer für dich da sein<<, haucht er an meine Lippen, ohne, dass ich mich wehre. >>Das wird sich niemals ändern.<<

Mein Verstand scheint auszusetzen, ich lasse es geschehen, lasse es zu, dass Lars seine Lippen auf meine drückt, lasse den warmen, mir nach vier Jahren Beziehung so vertrauten Kuss zu.

Zu Lars zurückkehren.

Es klingt wirklich leicht. Und es scheint auch, als wäre es das Vernünftigste.

Er liebt mich, komme was wolle. Ja, er hat mich betrogen, aber es war ein Fehler, sein schlimmster Fehler, den er je begangen hat. Er bereut ihn zutiefst. Ich habe ihn schon zu lange dafür leiden lassen. In meinem tiefsten Inneren weiß ich, dass er so etwas nie wieder machen wird.

Er will mich heiraten. So lange habe ich darauf gewartet. Bald wird er mir einen Antrag machen. Mein Traum wird wahr werden. Wir werden eine Familie gründen.

Unsere Zukunft ist so klar, so sicher. Ich werde niemals wieder an einem gebrochenen Herzen leiden müssen.

Wenn es da nicht einen Haken an der ganzen Sache geben würde.

Ich liebe ihn nicht. Nicht mehr.

Ich liebe Idris. Mein verteufeltes Herz gehört ihm, und er hat es mir heute herausgerissen, es zu Boden geworfen und zertrampelt, nur um es mir, ramponiert wie es nun ist, wiedereinzusetzen.

Nur leider ist es nicht mehr funktionsfähig, nicht mehr dazu fähig, weiterzuschlagen, zu überleben ...

Ich unterbreche unseren Kuss, um Luft zu holen, um mich zu sammeln.

Ich will ihn von mir stoßen, muss ihm sagen, dass es aus und vorbei ist, dass ich ihn nicht mehr liebe, dass es für uns keine weitere Zukunft mehr geben wird.

Er hat es nach all den Jahren verdient, dass ich ehrlich zu ihm bin.

Dass ich uns beiden nur etwas vormachen, ihn und mich selbst bloß belügen würde, wenn ich wieder zu ihm zurückkomme und wir unsere Beziehung weiterführen. Nur, weil es das Bequemste für mich zu sein scheint.

Das hat er nicht verdient. Er hat eine Frau verdient, die ihn aufrichtig liebt, ihm Fehler verzeiht, die nicht einmal in der Lage sein wird, sich in einen anderen Mann zu verlieben, weil Lars für sie das Größte auf der Welt sein wird.

Er wird seine große Liebe finden. Leider werde ich das nicht sein.

All diese Worte liegen mir in diesem Moment auf der Zunge, jeden Moment bereit, meinen Mund zu verlassen. Ich muss ihnen bloß meine Stimme geben, sie klangvoll gestalten, sodass er für den Rest seines Lebens nicht traurig darüber sein muss, mich verloren zu haben.

Nein, er hat mich nicht verloren. In Wahrheit habe ich doch ihn verloren ...

Doch ich bekomme keine Möglichkeit dazu, diese Worte auszusprechen.

Es passiert so schnell, im Bruchteil einer Sekunde, dass ich gar nicht registrieren kann, was genau sich gerade vor meinen Augen abspielt.

Lars wird an beiden Schultern gepackt und gewaltsam nach hinten gerissen, sodass er vor Schmerz aufschreit und gar nicht weiß, wie ihm geschieht.

Sein Angreifer wirbelt ihn zu sich herum – und schlägt ihm kurzerhand, ohne ein einziges Wort, die Faust ins Gesicht.

Ein ekelerregendes Geräusch dringt in meine Ohren, als Lars zu Boden sinkt, das Gesicht blutüberströmt.

Ihm wurde gerade die Nase gebrochen.

Mit rasendem Herzen schaue ich zu seinem Angreifer, der in kampfbereiter Haltung über ihm steht, den Arm noch immer erhoben, weiterhin bereit, auf den am Boden kauernden Lars einzuprügeln, und versuche, in dem schwachen Schein der Straßenlaterne etwas erkennen zu können.

Dann trifft es mich wie ein Schlag.

Es ist Idris.

Er keucht, ist rasend vor Wut.

Ich bleibe wie angewurzelt stehen, bin nicht imstande, mich zu bewegen und ihn aufzuhalten.

Unter ihm rührt Lars sich wehklagend stöhnend, richtet sich gekrümmt unter Schmerzen auf, hält sich die Hand vor die blutende Nase.

Noch ein weiterer Schlag von Idris, und er würde bewusstlos erneut zu Boden stürzen.

Vielleicht sogar nicht mehr aufstehen ...

Unerwarteter Weise ist Lars der erste, der das Wort wiederergreift. Wenn auch leicht unverständlich und mit gedämpfter Stimme.

>>Was ist dein Problem, du krankes Arschloch?<<

>>*Was mein Problem ist?*<<, *brüllt Idris mit bellender Stimme zurück, und vor ihrem Klang zucke ich unfreiwillig zurück.*

>>*Du hast Malie gerade geküsst, das ist mein beschissenes Problem!*<<

Lars lässt die Hand sinken. Sein Gesicht sieht wirklich schlimm aus. Mir wird schlecht.

In diesem Moment will ich wirklich nicht wissen, wie seine Nase unter dem ganzen Blut aussieht.

>>*Malie kann dir doch egal sein! Genau das hast du ihr doch noch vor wenigen Stunden vermittelt. Hast sie einfach so weggeschickt, nachdem du sie wie einen Putzlappen benutzt hast. Nur um mit deiner Ex alleine sein zu können!*<<

Er kommt direkt auf Idris zu, mit unerschütterlicher Miene, zeigt ihm, dass er keine Angst vor ihm hat.

Idris ballt seine Hände zu Fäusten, sein ganzer Körper ist angespannt, während Lars sich, mutig wie er ist, ganz dicht vor ihn stellt, Gesicht an Gesicht – dabei sieht man deutlich den Größenunterschied der beiden. Lars muss seinen Kopf heben, um Idris in die Augen schauen zu können.

>>*Lass die Finger von ihr*<<, *knurrt jemand von ihnen, und erst glaube ich, dass es Idris ist, doch diese Worte stammen eindeutig von Lars.* >>*Sie ist fertig mit dir. Sie kommt zu mir zurück, daran kannst du mit deinem proletenhaften Verhalten rein gar nichts mehr ändern.*<<

Während sich die beiden ein gefährliches Blickduell liefern, scheinen sie dabei völlig vergessen zu haben, dass ich auch noch da bin und ihnen dabei zusehe.

Ängstlich räuspere ich mich, und Idris dreht seinen Kopf, sieht mich direkt an. In seinen Augen blitzt es bedrohlich.

>>Ist das wahr?<<, fragt er mich mit seiner tiefen Stimme, so leise, dass ich ihn kaum verstehe. >>Du rennst wieder zu ihm zurück?<<

Ich weiß nicht, was ich darauf erwidern soll. Hilflos öffne ich meinen Mund und schließe ihn wieder.

Lars antwortet für mich.

>>Ja, es ist wahr. Und jetzt mach, dass du aus ihrem Leben verschwindest!<<

Dieser törichte, übermütige Lars, *denke ich noch, als Idris sich wutentbrannt zu ihm umdreht und ihn am Kragen seines Mantels packt.*

>>Stopp!<<, schreie ich und stürme auf die beiden zu.

>>Hört sofort auf damit!<<

Idris ist gerade dabei, erneut seinen Arm zu heben, die Hand zur Faust geballt, um Lars endgültig seinen Gnadenschlag zu verpassen – doch ich dränge mich zwischen die beiden und versuche, sie voneinander zu trennen.

Und wieder geht alles unglaublich schnell.

Ich höre noch, wie sich beide unter ohrenbetäubendem Gebrüll gegenseitig anschreien und beschimpfen, als plötzlich eine Hand gewaltsam und schmerzhaft gegen meinen Brustkorb schlägt.

Die Wucht des Schlags ist so gewaltig und mein Schock darüber so groß, dass ich ihr nicht standhalten kann. Sie raubt mir den Atem, für ein paar Sekunden ist es mir unmöglich, Luft zu holen.

Meine Füße werden vom Boden weggerissen, ich wirbele nach hinten – und falle.

Ich falle nicht tief, aber trotzdem kommt mir der Sturz wie eine Ewigkeit vor. Die Welt um mich herum zieht wie in Zeitlupe an mir vorbei, dreht sich, und ich kann noch einen letzten Blick auf Idris und Lars erhaschen – beide mit schockiertem Gesichtsausdruck, meinen Namen rufend, die Arme nach mir ausgestreckt, um mich festzuhalten – doch keinem von beiden gelingt es, mich einzuholen, mich zu fangen, ich entgleite ihnen und falle einfach weiter.

Das Letzte, das ich sehe, ist der sternenklare Nachthimmel.

Das Letzte, das ich spüre, ist ein furchtbarer, bis ins Mark erschütternder Schmerz – und dann ist es dunkel und still um mich herum.

Ende Buch 1